전지적 독자 시점

Omniscient Reader's Viewpoint

전지적 독자 시점

싱숑 장편소설

PART 4   03

비채

일러두기

- 이 책은 e-book 《전지적 독자 시점》을 바탕으로 편집 및 제작되었습니다.
- 인명 등 고유명사는 국립국어원 외래어 표기법을 따르되, 입말로 굳은 단어 등은
  예외로 하였습니다.

차 례

Omniscient
Reader's
Viewpoint

81
Episode

만두의 추억

Omniscient Reader's Viewpoint

✳

1

"이보게! 자네들 외지인인가?"

사내는 늙수그레한 중년인이었다.

그러자 예의 바른 신유승이 먼저 앞으로 나서며 인사했다.

"저희는 서방 세계로 부처님을 찾아가는 길이랍니다."

"호, 부처? 보기완 다르게 고승이셨구려!"

감탄하는 중년인을 보며 이길영이 엣헴, 하고 뒷짐을 지고 섰다.

노인은 묘한 눈으로 두 아이를 바라보더니 이내 내 쪽을 돌아보았다.

"그럼 옆에 계신 훤칠한 분도…… 히익!"

중년인이 새파랗게 질린 얼굴로 내 어깨 위의 무림 만두를 보고 있었다.

"그, 그건 무림 만두……?"

"아, 그냥 인형입니다. 제가 만두를 좋아해서."

"그렇소? 깜짝 놀랐구려."

중년인은 식겁했다는 얼굴로 가슴을 쓸어내렸다.

어깨에 찬 완장으로 보아, 아무래도 이곳 공장의 작업반장인 듯했다.

우리는 마침 잘됐다 싶어서 물어보기로 했다.

"이 공장은 대체 뭡니까? 왜 여기서 만두를 잔뜩 만들고 있는 거죠?"

"설마 아무것도 모르고 오신 게요?"

중년인은 곤혹스러운 얼굴로 우리를 보더니 이내 한숨을 푹 쉬며 말했다.

"이게 다 무시무시한 요괴의 짓이오."

"요괴라고요?"

"그렇소. 원래 이곳은 공장 단지가 아니었소."

중년인의 말에 따르면, 이곳은 본래 평화로운 촌락이었다. 그런데 어느 날 장신에 피부가 시커멓고 우락부락한 돼지 요괴가 나타나서, 마을 여자들을 모두 납치하고 남자들은 노예로 부려 이 공장을 만들었다고 했다.

"놈은 내 딸과 마누라를 첩으로 삼은 뒤 우릴 이곳에 가두었소! 이 공장에는 특수한 신통력이 감돌아서 노예들이 함부로 나가지 못하게 되어 있다오. 게다가, 그 요괴 놈 어찌나 먹어대는지…… 종일 만두를 만들어도 손이 모자랄 지경이오."

[공장의 생산 시스템이 '작업반장'을 찾습니다!]

"이런! 그만 가봐야겠소."

중년인은 허겁지겁 위생 장갑을 끼고 마스크를 착용하더니
이내 컨베이어 벨트 쪽으로 향했다.

내가 나서서 뭐라 말하려는 순간, 신유승이 중년인을 붙잡
았다.

"아저씨들이 이런 노역을 하는 건 부당한 일이에요. 게다가
그 요괴가 여자들까지 납치해 갔다면서요. 이대로 내버려둘
수는 없어요."

역시 내 화신이다. 사실 이래야 이야기가 전개되니까 한 행
동이었겠지만……

"저희가 도와드릴게요. 그 요괴는 어디에 있죠?"

"아무리 스님들이라 해도 그 요괴는…… 정말 도와주실 거
요?"

"그럼요."

중년인은 눈동자를 열심히 굴리더니 이내 요괴가 있는 방
향을 설명했다.

"그럼 부탁하오! 꼭 그 요괴를 퇴치해주시오."

우리는 고개를 끄덕인 뒤 중년인이 가리킨 방향으로 움직
였다.

(만두 요괴는 이 「만두의 길」의 끝에 있다.)

우리는 컨베이어 벨트로 이어진 만두의 길을 따라 걷기 시작했다.

참을 수 없었는지 이길영은 중간중간 만두를 집어 먹었다.

"이거 맛있다!"

당연하다. 무려 '무림 만두'니까.

그런데 '무림 만두' 권위자께서는 좀 생각이 다르신 듯했다.

— 향이 이상하군.

'뭐?'

— 만두 하나 줘봐라.

나는 아이들을 뒤따르며 만두 하나를 조심스레 집어 어깨 위의 만두에게 건넸다. 만두가 만두를 맛보는 광경은 무척 그로테스크했다.

— 재료 배합이 틀렸다. '무림 만두'에 통달한 녀석은 아닌 것 같군.

무림 만두 [999]는 뭔가 못마땅한 듯한 표정을 짓더니 내게 이것저것 명령하기 시작했다.

— 저기 녹색 통에 담긴 것을 반 스푼 더 넣어보아라.

어차피 갈 길이 멀기 때문에, 나는 녀석의 명령을 따라 만두 피에 재료들을 넣어보았다.

— 삼매진화의 불길에 익혀야 한다. 노란 불꽃이 중심에 오도록 찜통을 놓고 가열해라.

어쩌면 이건 꿈인지도 모른다. 내가 만두의 길을 걸으면서 만두에게 만두 요리법을 교습받고 있다니.

그렇게 몽환적인 길을 얼마나 더 걸었을까.

나는 길의 끝에서 먹음직스러운 무림 만두 한 팩을 얻을 수 있었다.

의기양양한 얼굴로 고개를 끄덕이는 [999]를 보며, 나는 내가 뭔 짓을 한 건가 싶었다.

"아무래도 저기가 도착지 같아요."

나는 신유승의 손가락이 가리키는 방향을 보았다.

컨베이어 벨트 끝에는 드높은 돌담과 새로운 거주지로 가는 통로가 있었고, 몇몇 인부가 포장된 만두를 거주지 안으로 운송하고 있었다.

아무래도 저곳이 만두의 소비 지역인 모양이었다.

우리가 다가가자 경비병이 말을 걸었다.

"누구냐?"

그러자 신유승이 생긋 웃으며 대답했다.

"소승들은 서천 땅으로 부처님을 찾아뵙고 경전을 얻으러 가는 길인데, 우연히 이 길을 지나게 됐습니다. 괜찮다면 안으로 들어가도 되겠습니까?"

"아, 혹시 말로만 듣던 '당나라 스님 일행'이십니까?"

"맞습니다."

그 대화를 듣던 나는 어이가 없었다.

여정을 시작한 게 며칠 전인데 여기까지 우리 소문이 날 턱이 없다.

[설화, '발보다 빠른 말'을 알게 됐습니다!]

그러자 이번에도 신유승이 내게 속삭였다.
"원작에서도 늘 이랬대요."
아, 그런 것이었나.

[일부 심사위원이 시나리오 마스터의 고증 능력에 감탄합니다.]
[뛰어난 원작 반영으로 가산점 10점이 추가됐습니다!]

원작의 몰개연성을 답습한 것까지 고증으로 치다니…… 놀랍군.
문지기가 말했다.
"미안하지만 우리 마을은 외부인을 허락하지 않습니다. 여기까지 발걸음하신 수고는 죄송하지만, 다른 방향으로 돌아가…… 켁!"
문지기의 말이 너무 길었던 모양인지, 이길영이 문지기의 배때기를 두들겨 기절시켰다. 이길영이 변명처럼 말했다.
"그냥 그 요괴 놈이나 얼른 잡아 해치우자. 수영 누나가 그랬어. 빨리빨리 전개시켜야 관객들이 좋아한다고."
한수영 그 자식 차암 좋은 것 가르쳤다.

[일부 관객이 삼장법사의 판단에 만족합니다.]
[추가 가산점 1점을 획득했습니다!]

나는 신유승과 이길영을 돌아보며 말했다.
"그럼 들어가봅시다."
"아니, 아저씨는 여기 가만히 계세요."
"예?"
"여기서 손오공은 버스만 타는 거라니까요."
"하지만……."
"하아. 웬만하면 안 하려고 했는데, 진짜."
신유승이 염주를 쥐며 뭔가를 외기 시작했다.
"마하반야바라밀다김독자. 헛짓거리하지말고가만히있심
경……."
뭐?

[삼장법사가 '긴고주緊箍呪'를 외웠습니다!]
[아이템 '긴고아緊箍兒'가 반응합니다!]

나는 머리가 깨질 것 같은 통증을 느끼며 그대로 기절했다.

※ ※ ※

이게 말로만 듣던 '긴고주'인가.

다시 깨어났을 때 신유승과 이길영은 이미 마을 안쪽으로 사라지고 없었다.

옆을 보자 만두 녀석이 나를 비웃듯 바라보고 있었다.

―어쩔 거지?

'쫓아가야지.'

보통이라면 두 아이에게 맡겨두어도 괜찮을 것이다. 녀석들은 이제 내 도움이 없어도 충분히 강한 화신이니까.

하지만 뭔가 찜찜한 예감이 들었다.

(손오공의 예상이 맞는다면 이번에 만날 존재는 정해져 있었다.)

무림 만두라면 떠오르는 사람이 없는 것도 아니다.

하지만 그 녀석이 노예를 부려 공장을 돌리고 여자를 납치하는 악당이 되었다니…… 납득이 가지 않았다.

(그때, 누군가가 손오공을 발견했다.)

"꺅! 요괴다!"

돌아본 곳에는 몇몇 여인이 있었다.

(손오공의 외양을 본 여인들은 깜짝 놀랐다.)

여인들은 금빛 머리칼 사이로 자라난 내 원숭이 귀를 가리키며 물러섰다. 그러다 내 어깨에 놓인 만두를 발견했는지, 알은체했다.

"무림 만두를 좋아하나 봐."

"그럼 착한 요괴인가?"

대체 왜 그런 논리가 성립하는지는 모르겠지만, 어차피 이렇게 된 거 잘됐다 싶었다.

"혹시 납치된 분들이십니까?"

내 질문에 여인들은 영문을 모르겠다는 듯이 서로 돌아보았다.

"납치? 그런 거 당한 적 없는데요."

"하지만 시커먼 돼지를 닮은 요괴 하나가 당신들을 납치했다고 들었습니다만."

"돼지? 설마…… 팔계 님을 말씀하시는 건가요?"

팔계 님?

"우리 팔계 님 피부가 좀 타시긴 했지. 하지만 새카맣다고 할 정도는……."

"어떤 부분은 돼지를 닮으셨긴 해. 우람한 팔뚝이라든가, 단단한 허벅지라든가. 하지만 돼지와는 다르지……."

뭔가 이상하게 돌아가고 있었다.

때마침 마을의 중심에서 커다란 소란이 일어서, 나는 그쪽을 향해 달려갔다. 소란의 주범이 누구인지는 뻔한 일이었다.

"멈춰라!"

쩌렁쩌렁 울려 퍼지는 아이의 목소리. 여인들의 인파 사이로 들어가자, 마을의 광장 중심에 커다란 가마와 그 앞을 가로막은 두 아이가 있었다.

말할 것도 없이 이길영과 신유승이었다.

꼬마 장군처럼 앞으로 나선 이길영이 외쳤다.

"네가 바로 마을의 뭇 여인을 납치하고 사리사욕을 채우기 위해 만두 공장을 만든 요괴렷다!"

[일부 관객이 삼장법사의 귀여움을 찬양합니다!]
[심사위원, '석가의 후계'가 가산점 5점을 추가합니다.]

정말 귀엽다.

저 가마 안에 있는 게 누구든, 저런 대사를 듣고서 아이와 싸울 수는 없을 것…… 아니지, 그놈이라면 또 모른다.

그리고 다음 순간, 휘장으로 막힌 가마 안에서 무시무시한 격이 휘몰아쳤다.

"가마를 내려라."

가마 안에서 들려온 무거운 톤의 목소리. 한 마디만으로도 주변 분위기를 뒤바꾸는 놀라운 힘이 있는 목소리였다.

나는 침을 꿀꺽 삼키며 아이들 뒤로 다가갔다.

"위험하니까 뒤에 있으라고 했잖아요!"

"그렇게 절 버리고 가시면 그게 더 위험합니다."

휘장이 천천히 걷혔다. 그리고 가마 안에서 문제의 요괴가 등장했다.

(손오공은 그가 누구인지 알고 있었다.)
(천봉원수天蓬元帥 저팔계.)

신유승이 멍하니 입을 벌렸다.
"저팔계…… 라고요?"

(손오공은 뭔가가 잘못되었다고 생각했다.)
(그가 기억하던 저팔계의 모습이 아니기 때문이었다.)

순간 이 세계가 가지고 있던 미美의 추錘가 기우는 느낌이
들었다.
말도 안 되는 환호성이 쏟아졌다.
"오오오오! 저팔계 님!"
확실히, 저런 것을 두고 '요괴'라고 부른다면 틀린 말은 아
니리라.
인간이 저런 외모를 가졌다는 게 말이 안 되니까.
저명한 화가가 일필휘지로 그린 듯한 눈썹. 조잡한 인간의
각도기로는 감히 잴 수 없을 듯 완벽한 각도로 뻗은 콧날과
턱선. 세상 모든 불행을 모아 그것을 아름다운 보석으로 깎아
만든 것 같은 눈동자.
저런 외모를 보고 매료되지 않는 이가 있다면, 그게 비정상

일 것이다.

실제로 마을 사람들은 남녀노소를 가리지 않고 찬사를 퍼붓고 있었다.

"저팔계 님 만세!"

"무림 만두의 창시자시여!"

반쯤 열린 검은색 조끼에, 흑청색 청바지를 입은 저팔계가 가마에서 내리고 있었다.

"드디어 승부를 가릴 때가 왔구나! 이 시커먼 놈!"

이길영이 그럴 줄 알았다는 듯 의기양양하게 외쳤다.

이길영은 조그만 주먹을 쥐불놀이하듯 휘두르며 저팔계에게 달려들었다.

물론 통할 턱이 없었다.

"이것 놔! 이 돼지야!"

이길영의 뒷덜미를 가볍게 잡아 들어 올린 저팔계는 신유승을 슬쩍 일별하고는 이쪽으로 뚜벅뚜벅 걸어왔다.

"네놈이 손오공인가?"

그래, 처음부터 이 녀석이 저팔계일 거라고 생각했다.

하지만 이 녀석의 대체 어디가 '저팔계'란 말인가.

[소수의 관객이 저팔계의 외모를 이해하지 못합니다.]

[소수의 관객이 이것은 원전 모독이라며 항의합니다!]

[심사위원, '미후왕'이 저건 말도 안 된다고 합니다!]

실제로 나와 생각이 같은 관객도 있는 모양이었다.

그리고 다음 순간.

[다수의 관객이 저팔계의 배역 선정에 환호합니다!]

응?

[득표수가 크게 증가합니다!]
[설화방 랭킹이 크게 상승했습니다!]

설마?

[심사위원, '정단사자浄壇使者'가 자신의 외모에 흡족해합니다.]

아는 사람은 알겠지만, '정단사자'는 저팔계의 수식언이다.

[심사위원, '정단사자'가 자신의 배역 캐스팅에 크게 만족합니다.]
[추가 가산점 150점을 획득했습니다!]

특유의 위협적인 눈빛으로 나를 노려보는 유중혁의 모습과
함께, 커다란 폰트가 눈앞에 떠올랐다.

~Episode 2. 패왕 저팔계~

※ ※ ※

[축하합니다! 당신의 설화방이 랭킹 100위권에 진입했습니다.]

눈앞에 떠오른 메시지를 보며, 한수영은 씁쓸한 미소로 페이지를 넘겼다.

패널 화면에서는 그녀가 꾸민 플롯대로 인물들이 이야기를 이어나가고 있었다.

한수영은 렌즈 없는 뿔테 안경을 밀어 올리며 중얼거렸다.

"애들 발연기 때문에 쫄려 뒈지겠네, 진짜."

하지만 그녀의 설화방은 벌써 득표수 1,000을 돌파하고 상위권에 진입한 상태였다.

뒤쪽에서 똑똑 문을 두드리는 소리와 함께, 이수경이 방으로 들어왔다.

"과일 좀 깎아왔다."

"노크를 했으면 대답을 듣고 들어오든지, 노크를 하지 말든지."

"일은 잘 돼가니?"

"보통이지 뭐. 페이후 녀석 순위가 높아서 따라가는 게 쉽지가 않네."

어깨 너머로 한수영의 설화방 랭킹을 확인한 이수경이 말했다.

"며칠 안 됐는데 이런 상승세라니 대단하구나."

"내 전성기에 비하면 이 정도 성적은 아무것도 아니야. 그리고 아직 어떻게 될지 몰라."

불끈 의지를 다진 한수영이 사과를 아삭 깨물었다.

홀로그램 패널 너머로 얼빵한 얼굴을 한 손오공의 모습이 보였다.

"지금부터는 이 손오공 녀석이 얼마나 잘해주는지가 관건인데."

※ ※ ※

"맞습니다. 제가 손오공입니다."

내 대답에, 유중혁이 의심스럽다는 듯한 눈으로 나를 노려보았다.

그리고 다음 순간, 녀석의 오른쪽 눈이 황금빛으로 빛났다.

[해당 시나리오 지역에서는 '탐색 스킬'이 허용되지 않습니다.]

세계관의 제약으로 녀석의 [현자의 눈]은 발동하지 않았다.

이미 예상하던 상황이기에 나는 놀라지 않았다.

"눈에서 레이저 같은 것을 쏘시는군요."

나는 그렇게 말하며 빙긋 웃었다.

어차피 원작 전개대로라면 저팔계는 내 사제로 들어올 운명이었다.

"신유승! 뭘 가만히 서 있어! 빨리 이 자식 해치워!"

허공에 대롱대롱 매달린 이길영이 악을 썼다.

신유승은 자기 일이 아니라는 것처럼 이길영을 흘끗 보더니, 저팔계에게 물었다.

"아무리 무림 만두가 좋아도 그렇지. 공장을 세우고 사람들을 노예로 부리다뇨! 대체 여자들은 왜 납치한 거죠?"

나는 신유승의 이야기를 들으며 주변을 둘러보았다.

「《서유기》 원작에서 저팔계는 색욕과 식욕의 마왕이다.」

사실 원작의 특징을 감안한다면 불가능한 에피소드는 아니었다.

하지만 그 한수영이 아무리 유중혁이 밉다 해도 원작을 그대로 답습했을 것 같지는 않았다. 멸살법도 그렇게 치밀하게 바꾼 녀석인데.

게다가 한수영이 그런 시나리오를 썼다 한들 유중혁이 고분고분 따를 리가…….

"여성들은 납치하지 않았다."

유중혁의 말에 주변 여인들이 외쳤다.

"맞아. 우린 납치당한 게 아니라고!"

나는 여인들의 표정을 살폈다. 누구도 현혹된 눈빛은 아니었다.

이길영이 외쳤다.

"그래서 뭐 어쩌라고! 네가 먹겠답시고 마을 사람들을 잡아 다가 만두를 잔뜩 만들게 했잖아!"

맞다. 분명 공장의 노예는 그렇게 말했다.

하지만 이해가 가지 않는 게 하나 있었다.

유중혁은 '무림 만두'를 좋아한다. 아니, 그것은 거의 집착 에 가깝다.

그런 유중혁이 과연 저런 공장에서 나온 만두를 먹을까?

「"나는 타인이 만든 건 먹지 않는다."」

그런 말까지 한 유중혁이, 고작 공장제 만두를 먹기 위해 노 예를 동원한다는 것 자체가 말이 안 됐다.

그것을 증명하듯 유중혁이 약간 슬픈 어조로 말했다.

"나는 '무림 만두'를 먹지 않았다."

"뭔 소리야! 이 만두 싸이코! 신유승, 빨리 어떻게 하라니까!"

유중혁은 그 말에 대답하는 대신 둘러싼 인파 너머를 바라 보았다.

수십 채의 집들이 골목을 따라 모여 있었다. 그리고 배송된 무림 만두는 집마다 출입문 앞에 잔뜩 쌓여 있었다. 옹기종기 모인 아이들이 마당에서 만두를 까먹으며 행복해하는 모습이 보였다.

"혹시?"

마을 전체에 경고 메시지가 떠오른 것은 그때였다.

['만두 공장'에서 혁명이 발생했습니다!]

　문지기가 지키던 마을 입구가 무너지며 공장 노예들이 밀려들었다.
　"우리는 더 이상 노역하지 않겠다!"
　"여기도 만두, 저기도 만두, 전부 만두뿐이야!"
　"죽여라! 저 돼지 놈을 죽여!"
　괭이와 갈퀴를 쥔 노예들의 눈동자에서 사악한 빛이 번뜩였다.
　대경한 여인들이 외쳤다.
　"저 요괴 녀석들이 아직도 정신을 못 차리고!"
　"요괴들? 요괴는 이 녀석이잖아?"
　아직 사태를 파악하지 못한 이길영이 외쳤다.
　어느새 바닥에 이길영을 내려놓은 유중혁의 표정이 굳어지고 있었다.
　"역시 처음부터 죽였어야 했나."
　그 순간, 나는 어떻게 된 일인지 알 것 같았다.
　지금의 나는 손오공이 된 상태. 그러니 손오공의 힘을 빌릴 수도 있을 것이다.
　나는 밀려오는 요괴들을 보며 두 눈에 힘을 주었다.

　[성흔, '화안금정 Lv.???'이 발동합니다!]

화안금정. 요괴와 악마를 식별해낼 수 있는 제천대성 고유의 성흔.

천천히 세상의 색깔이 뒤바뀌며, 달려오는 인간들의 모습이 변하고 있었다.

뒤틀린 외양, 살기 가득한 눈동자. 역시나 그들은 인간이 아니었다.

"저팔계는 적이 아닙니다."

내 말을 들은 이길영이 눈을 동그랗게 떴다. 아쉬운 얼굴이었다.

"뭐어? 씨…….."

"저팔계는 이 마을을 지배한 게 아니라 오히려 해방한 겁니다. 이 마을을 불행하게 만들고 있던 건 저들이에요. 저들은 인간이 아니라, 이 마을을 지배하고 있던 요괴입니다."

본색을 드러낸 노예 요괴들이 자신의 격을 분출하며 마을을 파괴하기 시작했다.

그제서야 상황을 파악한 이길영과 신유승이 사람들을 통제했다.

"모두 뒤로 빠지세요!"

공장 노예들의 혁명이라.

일전의 '마계 혁명'과는 완전히 정반대 상황이었다.

이번에 우리가 해야 할 일은 해방이 아니라 진압이니까.

유중혁이 먼저 나서면서 허리춤에서 '흑천마도'를 뽑아

들…… 아니, 저건?

[일부 관객이 저팔계의 무기에 의아해합니다.]
[몇몇 심사위원이 어째서 저팔계가 '칼'을 사용하는지 궁금해합니다.]
[심사위원, '정단사자'가 자신의 '상보심금파上寶沁金鈀'는 어디 갔냐고 항의합니다!]

　원작에 따르면 저팔계가 사용하는 것은 칼이 아니라 '상보심금파'라는 쇠스랑이었다.

[다수의 관객이 '패왕 저팔계'의 패기에 압도됩니다!]
[일부 관객이 잘생긴 저팔계의 매력에 흠뻑 빠집니다!]
[일부 심사위원이 대중성을 반영한 무기 변경을 납득합니다.]
[심사위원, '정단사자'가 헛기침을 하며 멋있으니 봐준다고 말합니다.]
[가산점 5점을 획득했습니다!]

　제기랄, 얼굴이 개연성인 것인가.
　앞으로 나선 유중혁은 흑천마도를 갑자기 내게 겨누더니 내 주변에 작고 동그란 원을 그렸다.
　"네놈은 그 안에서 나오지 마라."
　"예?"

"한 발짝이라도 움직이면 죽여버릴 것이다."

그리고 요괴들의 목이 떨어지기 시작했다.

황홀할 정도로 아름다운 검술이었다.

대체 얼마나 자신을 깎아내야 그만한 경지에 오를 수 있을지 알 수 없는, 예전보다도 더 진일보한 검술.

"잘한다, 돼지!"

"힘내세요!"

어느새 이길영과 신유승도 이쪽에 붙어 응원하고 있었다.

우리는 홀로 요괴 대군을 물리치는 유중혁을 구경했다.

[심사위원, '긴고아의 죄수'가 통쾌하고 안락한 전개에 편안해합니다.]

이제야 나 또한 한수영 작가님의 지엄한 뜻을 이해하고 있었다.

은퇴한 손오공은 정말 좋은 이야기구나.

[심사위원, '정단사자'가 자신의 멋있음에 취합니다.]

[심사위원, '미후왕'이 멋있는 저팔계의 모습에 조금 불만을 가집니다.]

[추가 가산점 30점을 획득했습니다.]

하늘에서 신령스러운 목소리가 들려온 것은 그때였다.

[잠깐! 멈춰라!]

거의 죽어나가던 요괴들이 비명을 지르며 바다에 납죽 엎드렸다. 마을의 하늘이 열리며, 신선 복장을 한 성좌가 등장했다.

복장으로 보건대, 태상노군太上老君이 틀림없었다.

[패왕 저팔계여, 지금 그대가 죽이는 요물은 내 도솔궁에서 키우던 돼지들이다. 천궁의 상에 오를 것이 두려워 탈출한 돼지이니, 그대는 이를 긍휼히 여겨 이들을 내게 돌려주도록 하라.]

드디어 저 패턴이 나왔구만.

'서유기'의 모든 전개는 이런 식이다. 어떤 사건이 벌어지고, 그 사건의 진범인 요괴가 드러나고, 요괴를 해치우고 나면 웬 신선이 나타나 "사실 그 요괴는 내가 키우던 아무개였다" 같은 말을 하며 요괴를 데려가는 것.

[일부 심사위원들이 원작을 반영한 전개에 가산점을 부여합니다!]
[가산점 30점이 추가됐습니다!]

물론 심성이 배배 꼬인 나는 그런 전개에는 한마디 해주지 않고는 못 배긴다.

"그런 식으로 데려갈 거였으면 처음부터 도와주지 그러셨습니까."

[미안하네. 내가 좀 바빠서⋯⋯.]

사실은 귀찮았기 때문이겠지.

실제로 〈황제〉의 많은 성좌들은 시나리오에서 일어나는 일을 다 알면서도 좀처럼 화신을 도와주는 법이 없다.

"데려가라."

[고맙네.]

유중혁의 허락과 함께 태상노군이 자신의 돼지들과 함께 하늘로 승천했다.

(태상노군이 자신의 돼지들을 거둬 가자, 마을에는 평화가 찾아왔다.)

보통의 이야기라면 거기서 끝이었을 것이다.

그런데, 그 순간 내 '화안금정'이 따끔거리며 태상노군과 함께 떠나는 요괴들을 비추었다.

【……고 싶…… 않아.】

【……대체 언제까지…….】

요괴들의 목소리가 들려왔다. 어딘가 익숙한 음색들. 운 좋게 죽음을 면했음에도 불구하고, 그들은 전혀 기뻐 보이지 않았다. 뭐랄까.

그들은 오히려 여기서 죽기를 바랐던 것 같은 표정이었다.

¤¤¤

"이제 마을은 너희 것이다. 공장은 직접 돌려야 하겠지만 전처럼 배를 곯는 일은 없을 것이다."

유중혁은 우리 일행에 합류했다.

떠나는 우리 일행을 향해 마을 주민들이 눈물의 환송회를 열었다.

정확히는 우리가 아니라 유중혁이 떠나는 것을 아쉬워하는 것 같았지만…….

"칫, 때려잡아서 데려가려 했는데."

환송회가 끝난 후 이길영과 신유승이 다시 길을 나섰고, 나도 아이들을 따라 걸음을 옮겼다. 유중혁은 일행들과 몇 걸음 떨어진 곳에서 따라왔다.

분위기가 어색했다. 그러고 보면 나는 내가 없는 곳에서 유중혁과 동료들이 어떻게 지내는지 알지 못했다.

나는 괜스레 유중혁이 신경 쓰여서 한마디를 했다.

"사제, 좀 더 가까이서 걸으시지 그러십니까."

"누가 네놈의 사제지?"

무시무시한 눈빛으로 노려보는 녀석에게, 차마 더 말을 걸 수가 없었다.

그사이 내 곁으로 온 아이들이 즐거운 듯 떠들었다.

"구원의 마왕, 너 제법이더라."

"제자님께서 요괴들을 밝혀주지 않으셨더라면 큰일 날 뻔했어요."

사실 내가 한 것은 아무것도 없었다. 요괴를 죽인 것은 유중혁이고, 마을을 구한 것도 유중혁이었다. 나는 그저 구경하며 몇 마디 말만 얹었을 뿐이었다. 그럼에도 아이들은 유중혁보다 나를 칭찬하기에 바빴다.

나는 유중혁을 돌아보았다. 유중혁은 아무것도 듣지 못한 사람처럼 자신의 흑천마도를 닦고 있었다.

「그 순간 김독자는 처음으로 생각했다. '내가 없는 시간 동안, 유중혁은 일행들 속에서 어떤 존재였을까.'」

얼마 지나지 않아 밤이 되었다.

모아온 장작으로 화톳불을 켠 우리는 불을 사이에 두고 동그랗게 둘러앉았다. 캠핑이라도 온 기분이었다.

그런 온화한 분위기에 난데없이 찬물을 끼얹은 것은 유중혁이었다.

"앞으로 나는 따로 행동하겠다."

마치 검을 닦아내듯 무심한 목소리여서, 나도 모르게 반문했다.

"그게 무슨 말씀이십니까."

"어차피 천축에 가서 '경전'만 가져오면 끝나는 일 아닌가? 나 혼자로도 충분하다. 내가 그곳에 가서ㅡ"

"그러시면 안 됩니다!"

사실 구름 술법을 사용한 저팔계라면, 그리고 근두운을 탄 나라면 천축까지 순식간에 주파할 수 있는 것은 사실이었다. 실제로 작중의 손오공이 비슷한 이야기를 한 적도 있고, 어릴 적의 나 역시 그런 의문을 품은 적이 있었다.

「왜 손오공은 자기가 직접 경전을 가져오지 않는가?」

나는 그 이유를 이제 아주 조금은 이해한다.

"그런 짓을 하면 이 이야기의 의미가 사라집니다."

하룻밤에도 다녀갈 수 있는 거리를 십사 년에 걸쳐 조금씩 나아가는 것.

그것은 '서유기'가 완성되기 위해 비로소 존재하는 시간이었다.

하지만 유중혁의 생각은 달랐다.

"내겐 시간이 없다."

"이번 여정은 그리 길지 않을 겁니다. 십사 년이나 걸리지는 않을 테니 조금만 참으시지요. 한 사람 한 사람 일행을 만나며 여정을 진행하는 것도 썩 나쁘지 않은 경험일 겁니다."

그 말을 한 것이 의외였는지, 유중혁이 물끄러미 나를 보며 말했다.

"네놈은 내 일행이 아니다."

나는 그런 유중혁을 잠시 바라보다가 답했다.

"압니다."

일행들 사이에 침묵이 내려앉았다.

이길영은 말없이 화톳불 속에 돌멩이를 던져 넣었고, 신유승은 나와 유중혁의 눈치를 보며 손가락으로 흙바닥을 깨작

대고 있었다.

　꼬르륵, 하는 소리가 울려 퍼진 것은 그때였다. 이길영이 울상을 지은 채 배를 만졌다.

　"배고파……."

　나는 빙긋 웃으며 품속에서 뭔가를 꺼냈다.

　"만두 하나 드시겠습니까?"

　그것은 아까 '만두의 길'에서 완성한 내 비장의 만두였다.

　이길영은 의심스럽다는 표정으로 내게서 만두를 받아 들더니, 이내 한 입 베어 물었다. 화등잔처럼 이길영의 눈동자가 흔들리고 있었다.

　"뭐야! 공장에서 먹은 것보다 훨씬 맛있어!"

　그야 당연히 맛있을 수밖에 없겠지. 어깨 쪽에서 유중혁 [999]가 작게 움찔거리는 것이 느껴졌다.

　[일부 관객이 '무림 만두'의 맛을 몹시 궁금해합니다!]

　나는 신유승과 유중혁에게도 만두를 건넸다.

　유중혁은 인상을 찌푸리며 고개를 저었다.

　"나는 타인이 만든 것은 먹지 않는다."

　"타인이 만든 것이 아닙니다."

　유중혁의 눈에 의문이 떠올랐다.

　아마 유중혁은 내 말이 무슨 의미인지 알지 못할 것이다.

　유중혁은 바로 앞에 놓인 무림 만두를 수상하게 노려보더니, 뭔가 결심한 것처럼 조심스레 손에 들었다.

그리고 아주 천천히, 마치 적을 탐색하듯이 만두를 코로 가져갔다.

"이 냄새는……."

그래, 그 만두를 먹어라 이 자식아.

유중혁은 몇 번이나 고심에 고심을 거듭하더니, 천천히 만두를 입으로 가져갔다. 그리고 마치 적장의 목을 뜯듯이 한 입을 베어 물었다.

나와 이길영, 신유승은 모두 긴장한 표정으로 유중혁이 만두를 씹는 모습을 지켜보았다. 심지어는 내 어깨 위의 요리사 [999]도 경직된 상태로 반응을 기다렸다.

꿀꺽.

마침내 한입을 모두 삼킨 유중혁이 다음 한입을 머금었다. 아주 천천히, 유중혁의 미간에 주름이 사라지고 있었다. 분주하게 움직이는 입술.

조금씩 녀석이 만두를 먹는 속도가 빨라졌다. 두 입, 세 입…….

이윽고 유중혁의 손이 두 번째 만두를 향해 움직였다. 도중에 움직임을 멈춘 유중혁이 나를 노려보았다.

"뭘 보는 거지?"

나는 녀석을 슬쩍 외면한 채 함께 만두를 먹기 시작했다.

[전지적 독자 시점]을 썼다면 훨씬 더 재미있는 것들을 들었겠지만, 이제 녀석에게는 사용하지 않기로 했으니까.

"그럭저럭 먹어줄 만하군."

작게 중얼거리는 유중혁의 목소리를 들으며, 나는 가만히 하늘을 올려다보았다. 멸망 따윈 먼 세계의 이야기라는 듯, 하늘에서 빛나는 별자리가 우리를 내려다보고 있었다.

그렇게 만두를 먹으면서 나는 처음으로 생각했다.

이 이야기가 조금은 더 길었으면 좋겠다고.

¤ ¤ ¤

[깊은 밤이 찾아왔습니다.]

['서유기 리메이크' 시스템이 1시간 동안 점검에 들어갑니다.]

까맣게 내려앉은 어둠. 모두가 잠든 밤이었다.

스스로 팔베개를 한 손오공은 코를 골며 잠들었고, 두 삼장도 피곤했던 모양인지 손오공의 다리 한 짝씩을 베개로 삼은 채 잠들어 있었다.

그리고 관객과 심사위원의 메시지가 사라진 야음을 틈타, 조용히 일어나는 그림자가 있었다.

유중혁이었다.

그는 허리춤에서 조용히 흑천마도를 꺼내어 손오공을 향해 다가갔다.

그리고 아주 천천히, 그 예리한 칼끝을 손오공에게 겨눴다.

2

칼끝을 손오공에게 겨눈 유중혁이 천천히 입을 열었다.

―그렇게 마기를 풀풀 날리고 있으면 내가 어떻게 반응할 거라 생각한 거지?

[전음]은 특정인을 대상으로 전하는 말이다.

하지만 손오공은 대답이 없었다.

대신 그 말에 반응한 것은 손오공의 어깨 위에 있던 무림 만두였다.

―'흑천마도'는 좋은 칼이지.

목소리에 묻어나는 세월의 깊이에, 유중혁의 칼날에 희미한 강기가 더해졌다.

눈을 뜬 무림 만두가 초월의 힘이 어린 흑천마도를 가만히 바라보더니 말했다.

―하지만 그런 부러진 칼로 나를 벨 수 있을까?

실제로 흑천마도의 중심에는 희미한 실금이 가 있었다.

[도깨비 보따리]에서 판매하는 수리 도구로 때워놓기는 했지만, 말 그대로 임시 조치에 불과한 수준. 한 번 부러진 흑천마도는 이제 본래 기량의 절반도 발휘하지 못하는 상태였다.

유중혁이 말했다.

―지금 당장 확인해볼 수도 있겠지.

―그런 식이니 '은밀한 모략가'에게 패한 것이다.

'은밀한 모략가'라는 말에 유중혁의 짙은 눈썹이 크게 꿈틀거렸다.

어둠 속에서 무림 만두의 형상이 조금씩 뭉개지며, 유중혁 [999]가 본래 모습을 되찾았다. 작은 미니어처처럼 생긴 유중혁 [999].

유중혁의 눈동자가 희미하게 흔들렸다.

―너는 그놈의 권속인가? 무슨 목적으로 온 거지?

―지금의 너는 결코 '은밀한 모략가'를 꺾을 수 없다.

―그딴 헛소리를 전하러 온 거라면…….

―몇백 번을 시도해도 마찬가지다. 마치 네놈의 한심한 회귀와 같지. 알고 있을 텐데?

흑천마도 끝이 희미하게 떨렸다.

그 말은 사실이었다. 한수영과 정희원의 힘을 이어받고도 꺾지 못한 적. 다시 만난다고 해서 상대가 될 턱이 없었다.

그 심경을 이해한다는 듯 유중혁 [999]가 말했다.

—3회차의 유중혁. 네놈은 '은밀한 모략가'에 대해 얼마나 알고 있지?

❉ ❉ ❉

　오래된 잠.

　그것은 아직 그가 유중혁劉衆赫이라고 불리던 시절의 꿈이었다.

　0회차부터 1,863회차까지.

　가장 오래된 꿈의 꼭두각시로서, 수없이 목숨을 내던지며 싸우고 또 싸웠던 시절의 이야기.

　[어리석은 꼭두각시여. 네놈은, 아무것도, 구할 수, 없다.]

　마침내 도달한 1,863회차에서 유중혁은 모든 동료를 잃었다.

　해상전신 이지혜.

　비스트 로드 신유승.

　강철검제 이현성.

　의선 이설화.

　망상악귀 김남운.

　은둔한 그림자의 왕, 한동훈.

　파천검성 남궁민영.

　……여동생, 유미아.

많은 동료만큼이나 많은 적이 있었다.

십악 공필두, 안나 크로프트, 란비르 칸, 페이후…….

"말했잖아. 네놈 편은 안 한다고. 그렇지만……."

어떤 적은 끝까지 그와 대적했고.

"어쩌면 이번 회차가 그대의 마지막이 되겠군요."

어떤 적은 그의 성공을 깨닫고 축복해주었다.

그리고 최후의 전쟁이 시작되었다.

['철혈의 패왕'이여.]

그의 맹우로 싸워주었던 '긴고아의 죄수' 제천대성.

[내가 그대를 돕는 것은 〈스타 스트림〉이 더 큰 악이기 때문이다.]

마지막만큼은 그의 동맹이 되어주었던 '악마 같은 불의 심판자' 우리엘.

[본좌는 화신의 복수를 하는 것뿐이다.]

김남운의 복수를 위해 그의 편에 서주었던 '심연의 흑염룡'.

【어 리 석 은 성 좌 들 아…….】

몰아치는 이계의 신격들의 파도를 꿰뚫으며, 그는 앞으로 나아갔다. 달려드는 촉수의 무리를 베고, 외신들이 내뿜는 어마어마한 격에 맞섰다.

하늘의 별들이 쉴 새 없이 떨어졌다.

위대한 성운의 빛무리가 사라지고 있었다.

〈올림포스〉〈베다〉〈아스가르드〉…….

하나의 시대가 끝나가는 소리와 함께, 〈스타 스트림〉의 하늘은 추락하는 유성우로 뒤덮였다.

한반도의 성좌들도 죽어갔다. '고려제일검'과 '해상전신'이 마지막까지 분투했으나, 그들 역시 죽음을 피하지는 못했다.

유중혁의 전우들도 마찬가지였다.

[우스운 삶이구나.]

가장 먼저 '심연의 흑염룡'의 목이 잘렸고.

[가브리엘…… 미안하다.]

이어서 '악마 같은 불의 심판자'의 날개가 꺾였다.

하지만 그즈음에 이르러서는 '이계의 신격' 또한 다수가 절멸한 상태였다.

마지막 결정타를 날린 것은 제천대성이었다.

[저곳이 모든 이야기의 끝이로군.]

거대한 여의봉. 수만 개의 분신으로 화한 제천대성은 자신의 모든 설화를 희생해 길을 뚫었다.

황금빛 설화로 흩어지며 제천대성이 말했다.

[너의 이야기를 완성해라, 패왕 유중혁.]

그 길을 달리던 순간을 유중혁은 지금도 잊을 수 없었다.

0회차부터 쉴 새 없이 달려온 자신의 삶이 완성되는 순간.

스걱.

외신의 머리가 허망히 떨어졌고.

【후 회 만 이 너 를 살 게 할 것 이 다.】

그 저주가 유중혁의 '결'을 완성했다.

[새로운 거대 설화를 획득했습니다!]
[거대 설화, '고독한 멸망의 순례자'가 본연의 의미를 완성합니다!]
[당신의 마지막 거대 설화가 '결'을 완성했습니다!]
[히든 시나리오 – '단 하나의 설화'의 마지막 조건이 완수됐습니다!]

모든 존재가 사멸한 전장 위에, 남은 것은 유중혁뿐이었다.
모든 죽음을 거름 삼아 도달한 결.
그 오랜 싸움 끝에 유중혁이 원한 것은 단 한 가지였다.
'이 빌어먹을 회귀의 끝을 보는 것.'
오직 그것을 위해 여기까지 왔다.
그러나 그 '너머'로 가는 것을 막아선 벽이 있었다.

「멸망한 세계에서 살아남는 세 가지 방법이 있다. 이제 몇 개는 잊
어버렸다. 그러나 한 가지는 확실하다. 그것은 지금 이 글을 읽는 당
신이 살아남을 거란 사실이다.」

벽에는 의미를 알 수 없는 문장이 적혀 있었다.
그곳에서 유중혁은 '도깨비 왕'을 만났다.
[불행한 꼭두각시여. 그대는 너무 빨리 왔습니다. 미안하지
만 이 너머는 아직 '존재하지 않습니다'.]
유중혁은 그게 무슨 의미인지 알 수 없었다. 그 의미를 알아
내기 위해 도깨비 왕을 협박해보기도 했지만, 도깨비 왕은 죽
는 순간까지도 그 말의 뜻을 밝히지 않았다.

[당신은 이 우주를 완성할 수 없습니다.]

유중혁이 가진 어떤 힘으로도 넘어설 수 없는 거대한 벽.

유중혁은 직감적으로 알 수 있었다.

'이 너머에 내가 알고 싶던 해답이 있다.'

하지만 하늘을 부수고 별을 부순 그의 [파천검도]로도 그 벽을 부술 수 없었다. 마치 그 벽에는 '부서짐'이라는 속성이 존재하지 않는 것 같았다.

유중혁은 절망했다.

모든 것을 잃고 여기까지 왔는데, 이 너머로 갈 수 없다고?

[당신의 '겁'이 당신을 새로운 존재로 인도합니다.]

더 강해져야 했다. 더 많은 설화가 필요했다.

이 벽을 부수고, 그 너머로 나아갈 동력이 필요했다.

[당신은 '이계의 신격'이 됐습니다.]

그래서 유중혁은 '이계의 신격'이 되었다.

자신이 살아온 무수한 세계선을 부유하게 되었으며

마침내는 유중혁이 아니게 되었다.

외신들은 이야기의 우주를 떠도는 그를 경외했고, 다른 세계선의 도깨비들은 그를 두려워했다. 혹부리들은 그를 좋아했다. 공포의 기록자 중 하나가 그에게 이름을 붙여주었다.

─벽을 넘어선 여정을 꿈꾸는 위대한 모략······ '은밀한 모략가'시여.

0회차, 1회차, 2회차······ 1,863회차.
셀 수 없이 많은 세계선을 떠돌며, 그는 자신이 살아왔던 이야기들을 되새겼다.
많은 설화를 얻었지만 세계선 여행에 지불한 개연성으로 인해 결국 힘은 원점이었다.
대신 그는 지금까지의 회귀만으로는 알지 못한 무수한 정보를 알게 되었다.

이 모든 회귀의 원흉인 그의 배후성.
'가장 오래된 꿈'.

'은밀한 모략가'는 그 존재를 찾아 세계선을 헤매고 또 헤맸다.
한때는 〈에덴〉에서 그의 흔적 같은 것을 발견하기도 했고, 또 〈베다〉에서 그 기록을 발견하기도 했다.
하지만 어디에서도 그의 실체는 찾을 수 없었다.
그랬기에 '은밀한 모략가'는 확신했다. 그가 최종 시나리오

에서 본 '최후의 벽'. 그 벽 너머에 분명 모든 것의 해답이 있
다고.

하지만 그 많은 세계선을 뒤져도 벽을 넘어갈 방법은 찾을
수 없었다.

희망은 조금씩 메말라갔다. 1,863회차의 회귀도 꺾지 못한
그의 의지마저 조금씩 무뎌져가고 있었다. 차라리 이대로 영
원히 잠들기를 수없이 꿈꾸었다. 정말로 그럴 수만 있다면.

그토록 찾아왔던 안식을…… 구할 수만 있다면.

눈부시게 빛나는 하나의 행성을 발견한 것은 그때였다.

'은밀한 모략가'도 알고 있는 행성이었다.

제8612 행성계, 지구. 이 모든 시나리오가 시작된 비극의
장소.

그런데 뭔가가 이상했다.

세계선을 감싼 낯선 감각이 그의 뇌리를 찔러왔다.

'이런 회차가 있었던가?'

그리고 그곳에서, '은밀한 모략가'는 지금껏 단 한 번도 만
나지 못한 존재를 목격했다.

  .

  .

  .

'은밀한 모략가'는 천천히 눈을 떴다.

서늘한 어둠으로 뒤덮인 '은가이의 숲'.

차갑게 식은 공기 위로 '은밀한 모략가'의 새카만 호흡이 흘

러나왔다.

곁에 있던 꼬마 유중혁 [41]이 말했다.

"악몽을 꾸었군. 이미 결을 본 그대조차 꿈에서는 벗어나지 못하는 건가?"

【나 역시 여전히 '꼭두각시'에 지나지 않으니까.】

츠츳, 츠츠츳.

과도한 개연성 소모로 인한 후유증일까. '은밀한 모략가'의 전신에 옅은 스파크가 감돌고 있었다.

그것을 잠시 내려다보던 [41]이 말했다.

"역시 1,863회차의 이야기가 바뀐 것이 컸던 모양이군."

【용건은?】

"[999]에게서 연락이 끊겼다."

그 말에 '은밀한 모략가'의 눈동자가 깊어졌다. 뭔가를 읽고 있는 듯 심오한 빛이 그의 망막을 스쳐 가더니, 이내 입이 열렸다.

【[999]는 죽지 않았다.】

"그런데도 연락이 끊겼다는 것은⋯⋯."

'은밀한 모략가'는 대답하지 않았다.

[41]이 희미한 분노가 담긴 목소리로 말했다.

"녀석을 보낸 게 잘못이었군. 차라리 나를 보내라. [999]는 너무 유약해."

【그는 약하지 않다.】

999회차의 일을 복기하는 듯, '은밀한 모략가'의 눈동자에 희미한 설화의 잔재가 스쳐 갔다.

【운이라곤 해도, [999]는 나를 제외하고 유일하게 '결'의 언저리까지 다가갔다. 그의 경험이 있었기에 나 또한 '결'을 볼 수 있었다.】

그러자 [41]이 인상을 찌푸리며 대꾸했다.

"하지만 스스로 '결'을 포기한 유중혁이기도 하지. 잘 생각해라. 놈이 이번 일을 그르칠 수도 있다."

【상관없다. 그 또한 유중혁이니까.】

'은밀한 모략가'의 심원한 눈동자가 '은가이의 숲'의 하늘을 바라보았다. 어떤 생각을 하는지 알 수 없는 눈동자.

【그에게도 자신이 원하는 결말을 추구할 권리가 있다.】

[41]은 '은밀한 모략가'의 눈을 가만히 들여다보다가 천천히 고개를 숙였다.

은밀한 모략가. 이 모든 우주에서 가장 오랜 세월을 살아온 유중혁.

〈스타 스트림〉의 그 누구도 그의 슬픔은 이해하지 못한다.

"그것이 그대가 원하는 바라면."

설령, 그것이 같은 유중혁이라 해도.

¤ ¤ ¤

[5분 뒤 시나리오 점검이 종료됩니다.]

[곧 채널이 재개방됩니다.]

허공에서 울려 퍼지는 메시지를 들으며, 두 명의 유중혁이 대치하고 있었다. 먼저 쓸쓸한 미소를 지은 것은 [999] 쪽이었다.

—보아하니 아무것도 모르는 모양이군. 하긴, 당연한 일인가.

아무것도 모른다. 그 말이 유중혁의 심기를 건드렸다.

이놈도 저놈도 모두 하는 말이 같았다.

'아무것도 모르는 유중혁'.

대체 그가 뭘 모른단 말인가.

분노를 삼키듯, 흑천마도의 칼날이 손오공 쪽을 향해 미미하게 움직였다.

—꿍꿍이나 말해라. 여긴 왜 온 거지? 저 손오공도 네놈과 한패인가?

[999]가 손오공 쪽을 돌아보았다.

—이놈은 '이계의 신격'이 아니다. 그냥 서로 이용하는 관계일 뿐이지.

—그럼 둘 다 죽여도 상관없겠군.

그러자 슬그머니 손오공을 가리듯 선 [999]가 말했다.

—이번 회차를 포기하고 싶다면 그래도 좋겠지.

—무슨 헛소리지?

—이 녀석과 함께 '서유기 리메이크'를 완성해라. 그러면 네

게 '은밀한 모략가'를 이길 방법을 알려주마.

─그 말을 어떻게 믿고…….

그와 거의 동시에 [999]의 몸에서 푸른 스파크가 튀었다.

[존재 맹세].

유중혁의 눈동자가 동요로 흔들렸다.

─내가 수백 번을 회귀해도 이길 수 없을 거라 말한 건 네 놈이다.

─수백 번을 '회귀'해서는 이길 수 없다는 뜻이다.

가볍게 뛰어오른 [999]가 흑천마도의 칼등에 올라섰다.

유중혁이 주춤 뒤로 물러섰다. [999]가 한 걸음을 더 다가갔다.

─넌 지금까지의 네 삶이 지옥 같다고 여기고 있겠지. 늘 혼자서 모든 걸 감당해야 했을 테니까.

흉흉한 설화가 순식간에 주변으로 퍼져나갔다.

유중혁은 흠칫 몸을 떨며 그 설화를 바라보았다.

그것은 한 사람이 살아온 영원의 악몽.

[설화, '영원불멸의 지옥도'가 이야기를 시작합니다.]

그 설화에 반응하듯, 광기를 머금은 흑천마도가 흔들렸다.

999번의 회귀를 거친 유중혁이 말하고 있었다.

─이 우주에 그런 지옥이 몇 개나 있을 거라 생각하지?

3

이후 시나리오는 무난하게 전개되었다.
아무래도 저팔계의 공이 컸다.

[현재 '서유기' 진행도: 24%]

본래 '서유기'는 총 여든한 개의 역경을 물리치는 십사 년에
달하는 여정이지만, 원작 자체가 구전으로 보태진 설정 위에
쌓아 올린 이야기이기 때문에 이 정도 변용은 상관없는 모양
이었다.
그래도 아직 사오정도 만나지 않았는데 이야기 진행 속도
가 너무 빠른 게 아닌가 싶었다. 그러고 보니 사오정은 누구
일까.

"크아악!"

마침 눈앞에서는 막간 이벤트로 나타난 산적들이 유중혁의 흑천마도에 목이 달아나고 있었다.

[일부 심사위원이 '저팔계'의 잔학함에 불만을 갖습니다!]
[관객들이 '서유기'의 사이다에 맛을 들입니다!]
[가산점 10점이 추가됩니다.]

'서유기'에서도 저팔계와 손오공은 인간형 악당을 자주 죽인다. 그 때문에 '삼장법사'에게 훈계를 듣기도 하고, 심하게는 파계를 당하는 경우도 있다.

그런 삼장법사의 꼬장꼬장함을 답답하게 여기는 독자도 무척 많았다.

"중혁 아저씨. 저 사람들은 살려주는 게……."

[일부 심사위원이 원작의 반영에 만족합니다.]
[다수의 관객이 삼장의 귀여움에 취합니다.]
[가산점 20점이 추가됩니다.]

역시 같은 역할도 누가 맡느냐에 따라 다른 모양이었다.

유중혁에게 죽기 직전까지 두들겨 맞은 산적 대장이 분한 듯 소리쳤다.

"크으윽! 저팔계 따위가 이렇게 강할 줄이야!"

놀랍게도 그는 내가 아는 사람이었다.

곁에서 아이들이 소곤거렸다.

"명오 아저씨 불쌍하다."

[외발 준족]을 발동하여 꽁무니가 빠지도록 달아나는 한명오 부장이 이쪽을 보며 찡긋 윙크했다.

설마 그 '한명오'가 이곳에 참가한 플레이어 중 하나였을 줄이야.

아마도 멀티맨으로 참가하여 잡졸 대장들 역할로 출연하는 모양이었다.

멀어지는 한명오를 보며 신유승이 작게 중얼거렸다.

"희원 언니가 괜찮댔어."

가볍게 흑천마도를 닦으며 돌아오는 유중혁이 보였다.

녀석은 유독 칼의 중심부를 신경 써서 닦았다. 자세히 보니 그 위치에 실금이 가 있었다.

유중혁의 흑천마도는 지난 '성마대전' 전장에서 부러졌다.

진천패도에 이어 벌써 두 번째로 망가진 검.

내색은 하지 않아도 속이 무척 쓰릴 것이다.

'서유기'에서 새로운 무기를 얻어가면 좋을 텐데…….

녀석에게 적합한 무기가 좀처럼 떠오르지 않았다. 손오공의 여의금고봉은 유중혁에게 익숙한 무기가 아니고, 저팔계의 상보심금파도 녀석의 취향이 아니다. 사오정의 항요보장은 말할 것도 없고…….

생각에 잠긴 내가 의심스러웠는지 유중혁이 툭 던지듯 말했다.

"다행히 나대지는 않는군."

(해석: 사형! 다친 데는 없으십니까?)

나는 허공의 내레이션을 노려보았다.
저건 또 뭐지?
"앞으로도 그렇게 가만히만 있어라. 그럼 죽이지는 않겠다."

(해석: 후후, 사형. 걱정 마십시오. 이 한목숨을 바쳐서라도
반드시 당신을 지키고 말 테니까.)

나는 조금 어이가 없어져서 하늘을 노려보았다.
아니, 진짜로 저딴 의미일 리 없잖아.
그리고 유중혁은 '후후' 하고 웃지 않는다고.
한수영 이 자식……

[상당수의 관객이 저팔계의 속마음에 크게 감동합니다!]
[상당수의 관객이 저팔계의 매력에 빠져듭니다!]
[관객 하나가 코인을 후원하고 싶어합니다.]
[심사위원, '정단사자'가 크게 만족합니다!]
[가산점 50점을 획득했습니다!]

훌륭한 작가 같으니라고.

(여정은 제법 평화로웠다. 손오공은 생각했다. 이것이 '은퇴한 삶'이라는 것인가.)

아무튼 유중혁과의 신경전을 제외하면 여정은 순탄했다.
간혹 나오는 요괴나 산적은 내 눈에 띄기도 전에 아이들이나 유중혁이 해치워버렸다.
"어이, 구원의 마왕. 편하지?"
"예, 사부님들 덕분입니다."
내가 정체를 드러내지 않았음에도 '구원의 마왕' 타령을 듣는 것은 전부 한수영 때문이었다.
《SSSSS급 손오공이 되었다》에는 손오공이 과거에 '구원의 마왕'이라는 별명으로 불렸다는 괴이한 설정이 있다.
대체 왜 그런 별명이 붙었는지는 모르겠지만.

[일부 관객이 '구원의 마왕'에게 함부로 대하는 이야기를 좋아합니다.]
[가산점 10점을 획득했습니다.]

아니, 알 것도 같고.
"잘 알지도 못하는 사람한테 시비 걸지 마, 멍청아."
"그게 아니라, 쟤도 밥값은 해야지. 몸은 놀아도 머리는 열심히 굴려야 한다고 독자 형이 그랬어."

나는 그런 말을 한 적이 없다.

몸이 놀 때는 머리도 놀아야 한다.

이길영은 눈을 가늘게 뜨고 나를 보며 말을 덧붙였다.

"그러니까 쓸 만한 정보 좀 뱉어봐. 넌 설정상 인생 2회차 손오공이잖아. 숨겨진 영약 같은 거 아는 거 없어?"

"음, 몇 가지 알고는 있습니다."

실제로 '서유기'에는 제법 쓸 만한 영약이 몇 가지 등장한다. 손오공이 먹은 '반도蟠桃'라든가, 여정 도중에 얻게 되는 '인삼과人蔘果' 또한 그중 하나다.

"가장 좋은 영약은 가까운 곳에 있습니다."

"뭐? 어디?"

나는 말없이 이길영을 바라보았다.

"어디! 빨리 말해!"

내가 채 설명하기도 전에 내레이션이 시작되었다.

(본래 《서유기》에서 삼장법사는 요괴들에게 수십 번이나 납치를 당하는데, 그것은 삼장법사를 먹으면 천계로 승천할 수 있다는 전설 때문이었다. 그도 그럴 것이 삼장법사는 무려 10번의 환생을 거친 부처님의 제자, 즉 금선자金蟬子의 환생이기 때문이었다.)

아이들의 입이 점차 벌어지는 것을 보며, 나는 설명을 덧붙였다.

"아마 사부님이 '서유기' 전체를 통틀어서 최고의 영약일 겁니다."

이길영과 신유승이 흠칫하며 서로에게서 한 걸음씩 멀어졌다. 그러더니 서로 노려보며 중얼거렸다.

"야 신유승, 넌 손가락 하나쯤 없어도……."

"넌 목 위가 없어도 괜찮을 것 같은데."

으르렁거리는 아이들을 보고 있자니 슬그머니 웃음이 났다.

그런 내 모습이 못마땅했는지 어깨 위 만두가 말을 걸었다.

—얼빠진 웃음이나 지을 때가 아니다. 영약이 필요한 건 저들이 아니라 네놈이니까.

그 말과 함께 눈앞에 창이 떠올랐다.

[이계의 신격화 진행률: 48%]

소름 돋을 정도로 동화 속도가 빨랐다.

'서유기'의 진행 속도보다 이쪽이 더 빠를 줄이야.

—네놈의 화신체 회복률이 낮아 동화 속도가 빠른 것이다.

'이런 이야기는 없었잖아.'

—네놈이 몰래 〈김독자 컴퍼니〉와 협업하는 것도 예정에는 없었다.

나는 입술을 깨물었다.

과연 혹부리 왕이 무섭긴 무섭다. 하긴, 평생을 도깨비 왕과 싸워온 녀석이니까. 어쩌면 놈은 여기까지 예상하고 있었는지도 모른다.

내 화신체를 눈여겨보던 [999]가 말했다.

―남은 시간은 사흘 정도다. 넌 그 안에 약속을 완수해야 해.

'무리야. 약속을 지키려면 이 시나리오를 끝내야 하는데 시간이 부족하다고.'

혹부리 왕과의 약속은 '이계의 신격'이 포함된 거대 설화를 만드는 것.

나는 이번 거대 설화를 통해 그걸 완수할 계획이지만, 사흘이라는 시간은 너무 촉박했다. 적어도 두 주 이상은 필요했다.

―그러면 남은 방법은 하나뿐이군. 네놈의 허약한 화신체를 보강하는 수밖에.

나는 고개를 끄덕이며 내 화신체의 상태를 점검했다.

[현재 화신체 회복률: 45%]
[현재 근원 설화의 손상이 심각합니다.]
[새로운 영약의 섭취를 통해 회복을 가속할 수 있습니다.]

이계의 신격화가 빨라지는 것은 내 화신체가 아직 '성마대전'에서의 타격을 회복하지 못한 까닭이었다.

[설화 파편, '어린 골드 드래곤의 망가진 심장'이 현재 제 역할을 못하고 있습니다.]

생각해보면 그동안 설화 모으기에 급급하여 화신체의 내구력 향상에는 신경을 쓰지 못했다. 워낙 잘 죽어나가서 반쯤 포기하고 있기도 했고…… '어린 골드 드래곤의 망가진 심장'만 해도 구한 지 한참이나 된 설화 파편이었다.

하지만 일권무적 유호성이 말한 것처럼, 설화의 힘을 제대로 끌어내기 위해서는 반드시 화신체의 단련이 필요했다.

설화가 '글자'라면, 화신체는 그 글자가 펼쳐질 수 있는 '종이'니까.

─이곳에서 구할 수 있는 약들은 아마 레플리카 버전일 것이다. 그래도 안 먹는 것보다는 낫겠지.

[득표수: 2,963]
[현재 다섯 명의 심사위원이 해당 설화방을 지켜보고 있습니다.]
[현재 다수의 관객이 설화방의 성장세에 관심을 가지고 있습니다.]
[현재 해당 설화방의 랭킹은 31위입니다.]

짧은 시간 동안, 한수영이 만든 시나리오는 많은 이에게서 지지를 얻어냈다.

그리고 많은 이가 함께 '개연성'을 감당하는 이야기에는 그만큼 강력한 힘이 발생한다.

[설화방 랭킹이 상승할수록, 해당 설화방에서 얻을 수 있는 성유물 및 아이템 등급이 상승합니다.]

이 방 랭킹이 상승할수록 이 방에서 나오는 모든 아이템은 한없이 원작의 그것에 가까워지며, 우승을 한다면 원작 그 자체가 되어버린다.

즉, 이 설화방에서 얻은 모든 것은 '진짜'가 되는 것이다.

만약 이대로 순조롭게 랭킹이 올라간다면, 그리고 내가 무사히 영약들을 모으는 데 성공한다면…….

[거대 설화, '빛과 어둠의 계절'이 잠들어 있습니다.]
[당신은 아직 해당 설화를 사용할 자격을 갖추지 못했습니다.]

기껏 얻은 후 한 번도 개방하지 못한 이 '거대 설화'의 힘을 사용할 수 있을지도 모른다.

[거대 설화, '신화를 삼킨 성화'가 '빛과 어둠의 계절'을 두려워합니다.]

무려 「신화를 삼킨 성화」조차 두려워할 정도의 설화. 대체이 설화의 힘이 어느 정도일지, 지금의 나로서는 짐작도 가지 않았다.

"멈춰라."

앞서가던 유중혁의 걸음이 멈춘 것은 그때였다.

조금 전까지 맑게 개어 있던 하늘이 노랗게 물들어 있었다.
자세히 보니, 샛노란 안개가 전방의 땅과 하늘을 모조리 뒤덮고 있었다.

[황풍령黃風嶺 황풍동黃風洞에 도착했습니다.]

황풍령이라.
이곳은 '서유기'의 빌런 중 하나인 '황풍마왕'의 거처일 것
이다.
내 예상대로면 이 부근에 내가 찾는 영약 중 하나가 있었다.
메시지가 들려온 것은 그때였다.

[상당수의 플레이어가 '설화방'에 참가합니다!]

본래 이 설화방의 플레이어 숫자는 여덟 명이다. 그런데 갑
자기 추가 플레이어가 유입되었다.
이길영이 어이없다는 듯 중얼거렸다.
"이제 와서?"
상식적으로 이해하기 어려운 일이었다.
이미 마감된 설화방에 추가적으로 유입된 플레이어들은 모
두 '엑스트라' 역할을 맡는 수밖에 없다. 그리고 엑스트라 배
역은 설화방이 성공적으로 완수되더라도, 제대로 된 보상을
얻기 힘들다. 하물며 탑 10급 설화방도 그럴진대, 31위의 설
화방에 참가할 이유가……

[소수의 관객이 6731번 설화방의 순위 상승을 경계합니다.]

[일부 관객이 당신들의 파멸을 기대합니다.]

[다수의 관객이 설화방의 격변에 주목합니다!]

있네.

지금 우리 설화방은 최하위권에서 단숨에 상위권으로 도약한 상황.

표정이 굳어진 유중혁이 말했다.

"시나리오를 망치려는 놈들이다."

누구 사주인지는 알 수 없지만, 예상 가는 쪽은 있었다.

아마 이번 '서유기 리메이크'에 참가한 거대 성운들, 그리고 최상위권 설화방의 세작細作들일 것이다.

이번에도 〈김독자 컴퍼니〉가 '거대 설화'를 차지하게 된다면 〈스타 스트림〉에 벌어질 일이 두려운 거겠지.

쿠구구구구.

순식간에 덮쳐온 안개가 일행들을 삼켰다.

뒤쪽을 돌아보며 경고성을 발한 유중혁의 신형이 먼저 안개에 덮였고, 놀란 신유승과 이길영의 목소리가 울려 퍼졌다.

"제자님! 내 뒤로 숨어요!"

"뒤로 물러서서 다가오지 마! 알겠—"

대답할 틈도 없이 아이들 역시 사라져버렸다.

안개는 아슬아슬하게 내 코앞에서 멈춰 섰다.

곳곳에서 들려오는 날카로운 병장기 소리.

어깨 위 만두가 물었다.

─안 들어갈 건가?

"들어가고 싶지만……."

나는 뒤쪽에서 다가오는 인기척을 느끼며 말했다.

"아무래도 목적은 나인 것 같은데."

돌아보자, 황풍령의 비탈길을 넘어오는 엑스트라들이 보였다. 황풍마왕의 수하로 분장한 성좌들이 이쪽을 향해 흉흉한 기세를 풍기며 접근하고 있었다.

"저놈이 그 '손오공'인가?"

"느껴지는 격만 봐도 약골이로군."

"약골을 섭외해놓고 '구원의 마왕'이라고 별명 붙여두면 무서워할 줄 안 모양이지?"

그제야 나는 이 녀석들의 진짜 목적을 알 것 같았다.

결국 '서유기'의 주인공은 '손오공'.

'손오공'이 죽으면, '서유기'는 끝난다.

[일부 심사위원이 당신의 안위를 걱정합니다.]

[일부 관객이 당신의 안위를 걱정합니다.]

다가오는 성좌들을 보며 나는 복잡한 심경에 휩싸였다.

(은퇴한 손오공은 싸우기가 싫었다. 왜냐하면 귀찮았으니까.)

['은퇴 페널티'로 당신의 전의가 급감합니다.]

모두 저 빌어먹을 '은퇴' 설정 때문이었다.

[심사위원, '긴고아의 죄수'가 귀찮은 듯 귀를 후빕니다.]
[심사위원, '필마온'이 고상한 얼굴로 책을 펼칩니다.]
[심사위원, '미후왕'이 따분한 듯 하품을 시작합니다.]

'서유기' 본편에서 하드 캐리에 지쳐버린 저 손오공들이 이런 전개가 달가울 리 없었다.
그러거나 말거나 무자비한 병장기를 빼든 엑스트라 성좌들은 어느새 지척까지 다가온 상태였다.
"죽어라!"

(해석: 하핫, 탈모 원숭이 죽어라.)

"죽어라!"

(해석: Fuc■! 천계의 똥이나 치우는 새■가.)

"죽어라!"

(해석: 돌■가리 원숭이.)

어떻게 저따위로 해석되냐고 태클을 걸려던 찰나, 갑자기 채널의 메시지가 폭발했다.

[심사위원, '긴고아의 죄수'가 자신의 머리털을 쥔 채 분개합니다!]
[심사위원, '필마온'이 불결한 이야기에 진저리를 칩니다.]
[심사위원, '미후왕'이 저놈들의 목을 모두 따버리길 원합니다.]

[일부 심사위원이 설화방의 전개에 강력한 개연성을 제공합니다!]
[만약 이 이야기의 향방이 바뀐다면 대량의 가산점이 제공될 것입니다.]

엥?

[시나리오 마스터의 개인 메시지가 도착했습니다.]
["너 싸움 좀 한댔지?"]

내가 대답할 틈도 없이 내레이션이 시작되었다.

(몰려오는 요괴들이 모르는 것이 하나 있었다. 분명 그는 '은퇴한 손오공'이다. 하지만.)
(그는 힘을 숨기지 않는 손오공이다.)

밀려오는 메시지와 함께, 눈앞에 새로운 에피소드의 제목이 떠올랐다.

~Episode 3. 구원의 마왕은 힘을 안 숨김~

82

Episode

이계의 신격

1

달려들던 성좌들은 허공에 떠오른 에피소드 제목을 보며 흠칫했다.

"뭐야 이 에피소드는? 힘을 안 숨김?"

"그냥 죽여!"

나는 다가오는 병장기들을 보며 한숨을 내쉬었다.

망할 한수영.

새삼 등장인물의 심경이라는 게 이런 걸까 싶었다.

작가가 만드는 전개를 따라서, 주어진 역경을 헤쳐가야만 하는 등장인물. 유중혁은 이런 시련을 수십만 번이나 견뎌왔을 것이다.

지금의 내가 유중혁보다 유리한 점이 있다면, 나는 이 시나리오의 작가가 누구인지 알고 있다는 것이다.

쐐애애액!

눈앞에서 두 갈래의 검기가 날아들었다.

나는 가뿐한 발놀림으로 공격을 피해내며 생각했다.

언젠가 한수영과 그런 이야기를 나눈 적이 있었다.

—세상에는 두 종류의 작가가 있어. 모든 플롯을 계획해놓고 쓰는 노력파 작가. 그리고 계획 없이 그때그때 감각에 맡기는 천재 미소녀 작가.

—넌 어느 쪽인데?

—멍청아, 진짜 몰라서 묻냐?

그래서, 지금 저 천재 작가님께서 이딴 시나리오를 쓰셨다는 건데.

[심사위원, '미후왕'이 맥주를 준비합니다.]

[심사위원, '필마온'이 드립 커피를 준비합니다.]

주 독자층 취향을 한껏 반영해서, 나를 굴리시려고 말이지.

나는 허공을 올려다보며 중얼거렸다.

"이봐, 지금 이건 거래야. 알지?"

[시나리오 마스터가 당신의 말에 고개를 갸웃합니다.]

반응은 저래도 한수영이라면 내 말이 무슨 뜻인지 알아챘을 것이다.

한편, 어느새 성좌들은 나를 포위하고 있었다.

"여기까지 버스 타고 왔으면 이제 그만 하차하시지."

하차라니… 이 녀석들 어디서 그런 무서운 말을 배워서는.

"어느 쪽이 하차할지는 두고 보면 알겠지."

여기서는 [전인화]나 [바람의 길]을 발동할 수 없다. 거기에 덤으로 '부러지지 않는 신념'도 사용할 수 없다.

다른 존재들에게 내가 '김독자'라는 사실이 알려져서는 곤란하니까.

하지만 이 시점에서 저 정도 급을 상대하는 데 굳이 내 주력을 가용할 필요도 없었다.

츠츠츠츠츳…….

왜냐하면 지금 나는 '손오공'이니까.

[심사위원, '긴고아의 죄수'가 고개를 끄덕입니다.]
[당신에게 '긴고아의 죄수'의 성흔이 일부 허락됩니다.]

내가 정말 평범한 성좌였다면 이 성흔을 감당하기 힘들었겠지.

하지만 나는 '설화급 성좌'이고, 세 개의 '거대 설화'를 쌓은 존재다.

쿠구구구구구.

누군가가 외치는 의성어가 아닌, 진짜 천둥이 치는 소리.

허공에서 뇌전이 번뜩이는 순간, 나는 머리털을 한 줌 뽑아 그대로 허공에 훅 불었다.

[성흔, '신외신身外身 술법'을 발동합니다!]

신외신. 몸 밖의 몸.

쉽게 말하면 손오공의 [아바타] 스킬이었다.

"뭐, 뭐야!"

"크아아아앗!"

순식간에 불어난 분신 손오공들이 사방으로 뻗어나가더니, 무지막지한 주먹을 휘둘러 성좌들을 패대기치기 시작했다.

날아간 분신들의 머리 위에 내레이션 말풍선이 떠올랐다.

("구원의 마왕은!")

("힘을!")

("안 숨김!")

아무래도 자기가 내레이션이라는 걸 잊어버린 모양이었다.

ㅊㅊㅊㅊㅊㅊㅊ…….

겨우 술법 하나를 빌려 썼을 뿐인데, 나도 전신이 온전치 않았다. 하필 몸이 안 좋을 때라 더 그랬다.

빌어먹을, 유중혁 이 자식은 왜 이렇게 안 나오는 거야.

[당신의 화신체 회복이 지연됩니다!]
[화신체의 상태가 악화되고 있습니다!]

나는 여전히 뿌옇게 낀 안개 쪽을 보며 애써 태연한 척했다.

은퇴한 손오공은 무조건 강해 보여야 한다.

그리고 절대로 자신의 전력을 드러내서는 안 된다.

「김독자는 생각했다. '나는 유중혁이다.'」

나는 입술을 꾹 깨문 채 내가 아는 제일 멋있는 인간의 표정을 지어 보였다.

"이런 빌어먹을…… 후퇴다!"

작전이 먹혔는지, 위압감을 느낀 성좌들이 일제히 자리에서 이탈하기 시작했다.

[다수의 플레이어가 시나리오에서 이탈합니다!]

순식간에 주변에 남은 것은 성좌들이 벗어놓고 간 빈 껍데기뿐이었다.

"으, 으으으……."

하지만 껍데기에도 자아는 있었다.

저들은 본래 이 세계의 '엑스트라' 요괴를 담당하는 존재들이었다.

순간 심장이 불규칙적으로 뛰기 시작했다.

[혼돈이 당신의 심장에서 꿈틀거립니다.]

[이계의 신격화가 가속되고 있습니다.]

[성흔, '화안금정 Lv.???'이 강제로 발동합니다!]

시야가 붉게 타오르고, 쓰러진 요괴들의 모습이 보였다.

【여긴어디여긴어디여긴어디】

【아 아 아 아 아 아 아 아】

【또야또야또야또야또야또야】

고통스러운 표정의 요괴들이 일제히 고개를 바닥에 처박은
채 비명을 지르고 있었다. 이해하기 어려운 상황은 아니었다.

이미 '환생자들의 섬'에서도 비슷한 존재들을 보았다.

그들은 '서유기 리메이크'의 설화방에 이용되는, 소위 '부족
한 개연성'을 채우기 위해 동원되는 존재였다. 다른 이야기의
엑스트라로 소비되는 삶을 영원히 반복해야만 하는 소모품.

문제는 저것들의 '진짜 정체'가 대체 무엇이냐는 점이었다.

[당신의 심장에서 혼돈의 힘이 꿈틀거립니다!]

울컥, 하고 솟아오르는 통증.

나는 비틀거리며 요괴 중 하나를 향해 다가갔다.

그 미끈한 몸피에 손을 대는 순간, 녀석의 형태가 변했다.

두족류의 촉수 괴물.

머릿속에서 멸살법의 페이지가 넘어갔다.

「일부 성운은 급이 낮은 '옛 존재'의 허물을 일부러 양식하기도
한다.」

「그들을 제물로 시나리오에 필요한 개연성을 감당하는 것이다.」

심장이 크게 뛰었다.

분명, 멸살법에 그런 문장이 나오기는 했다. 하지만 끝내 그
'성운'이 어디인지는 나오지 않았는데…….

설마, 그게 〈황제〉였다고?

[손 행자는 멈추라!]

허공을 올려다보니, 아니나 다를까 천계의 성좌 중 하나가
강림해 있었다. 이름은 잘 모르겠다. 또 태백금성이라든가 영
길보살이라든가 하는 나부랭이일 것이다. 〈황제〉에는 그런 비
슷한 이름의 성좌가 수백 명이나 있으니까.

[그 요괴들은 영취산 기슭에서 도를 닦던 짐승이다! 그런데
부처께서 계신 대뇌음사 유리 밑의 기름을 훔쳐 먹다 요괴가
되어버린 것이지. 그대는 선량한 마음으로 그들을 용서하여
내게 그들을…….]

그렇게 생각하니, 〈황제〉 측에서 요괴들을 수거해가는 게
납득이 갔다. 〈황제〉 입장에서는 일종의 자원인 셈이다. 시나
리오를 굴리기 위해 반드시 필요한 자원.

[일부 심사위원이 원작의 반영에 만족합니다.]

[가산점 5점을 획득합니다.]

[심사위원, '미후왕'이 지루한 듯 하품을 합니다.]

퇴치된 요괴가 죽거나 신선들 소유로 돌아가는 것.

이것은 분명한 원작의 반영이었고, 수천 년이나 변하지 않은 흐름이었다.

하지만 그게 정말 정당한 흐름이자 '서유기'의 법칙이라면.

【나는누구나는누구나는누구나는누구】

그러면 저 요괴들의 삶에는 대체 무슨 의미가 있는 것인가.

[심사위원, '긴고아의 죄수'가 당신을 의아하게 바라봅니다.]

내가 한참이나 대답이 없자, 영길보살이 입을 열었다.

[흠흠, 아무튼 그런 고로…… 이 요괴들은 내가 받아가도 되겠지?]

결국 내레이션이 먼저 이야기를 시작했다.

(손오공은 고개를 끄덕이며 영길보살을 향해…….)

"그렇게는 못 하겠습니다."

(그렇게는 못 하겠다고 말했다.)

　허공에서 시나리오 마스터의 무시무시한 시선이 느껴졌다. 대체 뭔 생각으로 그런 대답을 했냐는 듯한 질책의 시선.

　놀라기는 영길보살도 마찬가지였다.

　[무어라?]

　"어차피 당신들은 이 녀석들을 제대로 돌봐주지도 않잖습니까."

　[그, 그게 무슨 소리인가.]

　"요괴들을 또 다른 설화방의 엑스트라로 동원할 뿐이겠죠."

　[심사위원, '미후왕'이 당신을 흥미진진한 눈으로 바라봅니다.]

　[심사위원, '필마온'이 읽던 책을 덮고 당신을 바라봅니다.]

　[심사위원, '긴고아의 죄수'가 당신의 발언에 주목합니다.]

　내 말에 당황한 영길보살이 소리쳤다.

　[그냥 요괴일세. 위대한 뜻을 좇는 그대가 어째서 하찮은 미물의 행사에 신경을 쓰는가?]

　"그들도 분명 '시나리오'를 수행합니다. 부처의 화두나 우주의 진리를 논하며 참된 길道을 좇는다는 당신들이, 어째서 인간 아닌 것들의 삶에 대해서는 그리 무심하십니까?"

　그 말을 하며, 나는 한수영에 관해 생각했다.

　한수영은 이 시나리오의 '결말'을 생각해두었을까.

[다수의 관객이 당신의 발언에 흥미를 갖습니다.]

한수영이 본인 입으로 말한 것처럼, 녀석은 그때그때 감각에 의존해 서사를 구성하는 '천재형 작가'다. 하지만 그렇다는 것은, 매번 독자 반응을 과도하게 의식하며 창작의 고통에 시달려야 한다는 뜻이기도 했다.

[시나리오 마스터가 당신의 발언을 지켜보고 있습니다.]

아마 급하게 시나리오에 참가한 한수영에게는 결말을 구성할 시간도, 테마를 확립할 시간도 모자랄 것이다. 그저 관객을 자극할 이야기를 짜는 것만도 버거울 테니까.
그런데 만약, 그런 한수영을 내가 돕는다면 어떨까.
나는 천천히 몸을 일으켜 요괴들 앞을 가로막으며 말했다.
"이 녀석들은 내가 데려가겠습니다."
경악한 영길보살의 표정과 혼란에 빠진 요괴들의 모습이 보였다.
세상에는 작가나 독자의 입장에서만 보이는 것들이 있는가 하면, 등장인물이 되어야만 알 수 있는 것들도 있다.

[심사위원, '긴고아의 죄수'가 당신의 호승심을 좋아합니다.]
[심사위원, '필마온'이 당신의 호승심을 좋아합니다.]

[심사위원, '미후왕'이 당신의 호승심을 좋아합니다.]

[가산점 150점이 추가됐습니다!]

[해당 설화방의 테마가 격변하기 시작합니다!]

요괴들이 나를 올려다보고 있었다.

[새로운 '거대 설화'의 가능성이 발아합니다!]

[새로운 '거대 설화'에서 '이계의 신격'의 지분이 발생했습니다!]

역시. 내 예상대로였다.

하지만 메시지는 끝이 아니었다.

[혹부리 왕과의 약속이 발동합니다!]

[약속을 완수하기 위해서는 해당 설화에서 '이계의 신격'의 지분을
30% 이상 늘려야 합니다.]

[현재 해당 설화에서 '이계의 신격'의 지분은 0.003%입니다.]

0.003퍼센트?

말도 안 되는 비율에 좌절하는 사이, 허공에서 영길보살이
소리쳤다.

[네 이놈! 정말 오만방자하구나! 네깟 놈이 정말 손 행자라
도 되는 줄 아느냐?]

그새 자신의 역할을 잊어버렸는지, 영길보살이 나를 향해

강력한 격을 쏘아냈다. 하필 제천대성의 개연성을 감당한 직후라, 내게는 그 힘을 받아칠 만한 기력이 없었다.

뇌전처럼 쏘아진 격의 파장이 나를 향해 내리꽂히려는 그 순간.

"너 꼭 독자 아저씨처럼 말하네?"

목소리와 함께, 허공의 뇌전이 그대로 갈라졌다.

주변을 보니 어느새 모래바람이 가라앉아 있었다. 멀리서 다가오는 일행들. 그리고 내 앞을 지키듯 가로막은 유중혁이 있었다.

하늘을 노려보던 유중혁이 차르르 전격을 훑어낸 흑천마도로 천공을 가리켰다.

"두 번 말하진 않겠다. 꺼져라."

[이, 이놈들…… 이 치욕은 반드시…….]

기겁한 영길보살이 식은땀을 흘리며 사라지자, 유중혁이 차가운 표정으로 나를 돌아보았다. 어느새 흑천마도는 나를 가리키고 있었다.

"헛짓거릴 하면 죽여버린다고 했을 텐데."

"어…… 죄송합니다."

"황풍마왕은 내가 쓰러뜨렸다."

"잘하셨습니다."

나는 바닥에 쓰러진 요괴를 하나둘 수습했다.

【당신누구당신누구당신누구】

그들은 나를 두려운 눈으로 바라보더니, 이내 내 손끝에 다가와 쿵쿵 냄새를 맡고는 부리나케 달아났다. 그리고 버림받은 강아지처럼 먼 나무 둥치에 숨은 채 이쪽을 훔쳐보았다.

[버림받은 일부 요괴가 당신을 따릅니다.]

유중혁이 말했다.
"무의미한 짓이라는 건 알고 있겠지."
"……."
"저들은 어차피 이 설화방이 끝나면 다시 〈황제〉로 회수된다."
"알고 있습니다."
"저들에겐 이미 수천 번이나 일어난 일이다. 네 호의는 아무런 의미도 없다."
"그것도 압니다."
"다시 똑같은 시나리오에서 똑같은 역할을 수행하며, 저들은 너를 잊을 것이다. 아무것도 기억하지 못할 것이다."
"아무것도 기억하지 못하는 자에겐."
나는 유중혁의 눈을 바라보며 말했다.
"슬픔이 없는 것입니까?"
나를 보는 유중혁의 눈동자가 흔들렸다. 그런 유중혁을 가만히 바라보았다.
어느덧 94번 시나리오에 이르렀기 때문일까. 유중혁의 얼굴에는 이제 제법 많은 흉터들이 생겼다.

"네놈⋯⋯."

유중혁의 말이 채 이어지기도 전에 아이들이 다가왔다.

그런데 자세히 보니 일행이 하나 늘어 있었다.

"역시 우리 사부⋯⋯ 아니, 여기선 사형이지 참. 아무튼 개멋있어! 방금 그 기술 뭔데? 나도 알려줘봐요!"

그 활기찬 목소리에 나도 모르게 심장이 아려왔다.

그렇구나, 네가 '사오정'이었구나.

['플레이어2' 님께서 일행에 합류했습니다!]

"하이, 손오공. 너 주둥이 좀 털더라?"

커다란 나비가 그려진 티셔츠에 풍선껌을 짝짝 씹는 이지혜가 내 어깨를 툭 치며 손을 내밀었다.

(그렇게, 마침내 '서유기'의 주역들이 모였다.)

나는 희미하게 웃으며 이지혜를 향해 마주 손을 내밀었다.

그런데, 갑자기 땅이 꺼지는 것처럼 상체가 추락했다.

"어? 이거 왜 이래?"

쓰러지는 내 몸을 이지혜가 황급히 붙들었다.

전신에서 흘러나오는 희미한 마기와 함께, 사위가 급격하게 어두워지고 있었다.

[당신의 화신체가 심하게 망가진 상태입니다!]

[이계의 신격화가 가속됩니다!]

[이계의 신격화 진행률: 71%]

아무래도 나의 행복한 여정은 이제 얼마 남지 않은 모양이
었다.

✡ ✡ ✡

「"이 녀석들은 내가 데려가겠습니다."」

패널에서 흘러나오는 목소리를 들으며, 한수영은 입을 딱
벌렸다.

바닥을 데구르르 구르는 레몬 사탕.

마침 근처에서 청소를 하던 이수경이 조심스레 다가와 물
었다.

"무슨 일이니?"

그때까지 얼빠진 얼굴을 하고 있던 한수영이 입술을 뻐끔
거렸다.

"아니, 이 녀석……."

그녀는 홀로그램 창에 떠올라 있는 인물 목록을 들여다보
았다.

[플레이어1, '유중혁' 님께서 '저팔계' 역할을 수행 중입니다.]

[플레이어2, '이지혜' 님께서 '사오정' 역할을 수행 중입니다.]

[플레이어3, '이길영' 님께서 '삼장법사' 역할을 수행 중입니다.]

(…)

[플레이어8, '빛과 어둠의 감시자' 님께서 '손오공' 역할을 수행 중입니다.]

한참이나 그 목록을 들여다보던 한수영이, 갑자기 자신의 눈두덩을 문지르며 고개를 뒤로 젖혔다.

그리고 얼마나 지났을까.

한수영이 "아아아아" 소리를 지르더니 이내는 끅끅거리며 웃기 시작했다.

이수경이 조심스레 물었다.

"혹시 염룡이 너니?"

"아니, 아니야. 나 한수영 맞아. 등신 같은 한수영."

다시 눈을 뜬 한수영의 뺨은 옅게 상기되어 있었다.

그리고 이어서 떠오르는 홀로그램 메시지들.

[해당 인물의 발언에 다수의 관객이 환호합니다.]

[일부 심사위원이 '클리셰 비틀기'에 가산점을 부여합니다.]

[현재 해당 설화방의 랭킹은 25위입니다.]

"건방진 자식, 누가 도와달래?"

키 패널을 누르는 한수영의 손가락이 묘하게 경쾌해 보였다.

"1등은 내가 제일 잘하는 거야, 멍청아."

2

홍삼을 달인 것 같은 깊은 쌉쌀함이 입안 가득히 퍼졌다.

나도 모르게 입맛을 다시자, 어디선가 목소리가 들려왔다.

"어? 정신 차릴 것 같은데? 이것도 좀 넣어봐요."

누군가가 내 눈꺼풀을 강제로 벌리더니 안약 같은 것을 넣었다. 싸아한 느낌이 안구 가득히 번지며, 갑자기 정신이 번쩍 깨었다.

[새로운 영약의 섭취로 화신체의 회복이 빨라집니다.]

시야가 돌아왔을 때, 나는 말의 배 위에 누워 있었다.

푸르릉, 하고 거친 숨을 뱉어내는 삼장법사의 백마— 키메라 드래곤이 나를 노려보고 있었다.

"오, 일어났다!"

걱정스럽던 이길영과 신유승의 얼굴이 밝게 펴지는 것이 보였다.

내 눈꺼풀을 강제로 벌리고 있던 이지혜도 싱글싱글 웃고 있었다.

"버스도 못 탈 만큼 허약하면 어떡해?"

"흠흠, 스승을 보필해야 할 녀석이 이렇게 약골이어서야 되겠느냐?"

이길영이 허리춤에 손을 척 얹은 채 헛기침을 했다.

쓴웃음을 지으면서 상체를 일으키는데, 신유승이 나를 부축했다.

"괜찮으세요? 갑자기 쓰러지셔서……."

"덕분에 괜찮습니다. 그런데 이 영약들은……."

나는 주변에 놓인 영약의 잔재들을 바라보았다.

몇 개는 낯설지만, 아는 것도 있었다.

붉은 병에 든 안약. 그것은 삼화구자고三花九子膏라는 안약으로, 황풍마왕과의 격전에서만 얻을 수 있는 '서유기'의 보물이었다.

나는 조금 당혹스러운 마음으로 물었다.

"이걸 제게 쓰신 겁니까?"

생긋 웃는 신유승의 표정에서 한순간 유상아가 보였다.

삼화구자고. 그저 눈에 넣는 것만으로도 전신의 활력을 돋우고 안력을 확장하는 영약.

[일부 심사위원이 원작의 반영에 만족합니다!]

[가산점 10점이 추가됐습니다!]

실제로 원작에서도 이 삼화구자고를 사용하는 것은 손오공이다.

하지만…… 본인들이 사용할 수 있는 것을 굳이 나에게 주다니. 어쩐지 죄책감이 밀려왔다.

문득 오른쪽 손목이 저려와서 돌아보니 그곳에서 끔찍한 일이 벌어지고 있었다.

"약해 빠진 건 그놈과 똑같군. 화신체가 왜 이 모양인 거지?"

유중혁이 내 오른 손목을 터뜨려버릴 듯 쥔 채 맥을 짚고 있었다. 이설화를 제외하면 이 녀석이 제일 의술에 뛰어나긴 하다.

유중혁은 인상을 잔뜩 쓴 채 나를 진단했다.

"오장육부의 혈도가 멀쩡한 게 하나도 없군. 시나리오에 참가한 게 용한 상태다."

"그렇습니까."

"성좌가 이런 꼴이 되는 것은 드물 텐데. 네놈은 누군가에게 쫓기고 있는 건가?"

나는 놀라서 유중혁을 바라보았다.

내가 걱정되어서 이런 질문을 할 턱은 없고…… 아까부터 한쪽 손으로 흑천마도의 손잡이를 꾹 쥐고 있는 걸 보니 목적은 명백해 보였다.

"그런 건 아닙니다. 다만 이번 '거대 설화'가 급해서 미처 화신체를 돌볼 시간이 없었습니다."

"조금이라도 일행들에게 짐이 되면 그 자리에서 참할 것이다."

유중혁이 내 손목을 내팽개치고 자리에서 일어섰다.

"아까운 영약만 버렸군."

성큼성큼 멀어진 유중혁은 인근 바위에 앉아 다시 흑천마도를 닦기 시작했다. 한 번 부러진 칼이다 보니 금세 내구도 손상이 상당히 진행된 듯했다.

그 모습을 보던 이지혜가 말했다.

"우리 사부…… 아니, 사형 멋있지? 말은 저렇게 해도 당신한테 영약 주자고 한 사람이 저 사람이야."

저 유중혁이? 아무리 생각해도 이해가 가지 않았다. 저놈은 내가 '빛과 어둠의 감시자'가 아니라 '김독자'였다고 해도…….

─저놈도 네놈 생각만큼 냉혈한은 아니다.

귓가로 들려오는 만두 [999]의 목소리.

「"아직도 몇 편의 글줄로 누군가를 이해할 수 있다고 생각하는가?"」

그 또한 [999]의 말이었다.

그 말이 맞았다. 알면서도, 몇 번이고 다시 그 사실을 망각하게 된다.

한 사람의 삶은 언제나 그의 이야기보다 크다는 것을.

「유중혁은 언제나 동료들의 뒤에 있었다.」

멸살법에는 수많은 문장이 있지만, 그것이 유중혁이 보낸 시간의 전부를 설명하지는 못한다.

3회차, 4회차, 5회차…… 유중혁은 언제나 저만큼 떨어진 자리에서 동료들을 보고 있었다. 그곳에서 그들을 보호했고, 적들과 맞섰다.

「"유중혁, 지키고 싶었던 것은 모두 지켰나?"」

언제나 지켜야 할 것을 지키지 못했다.

그럼에도 항상 같은 자리를 지키고 있다는 것.

그의 다짐이 어떤 것인지, 아마 나는 죽었다 깨어나도 알 수 없을 것이다.

칼을 가는 유중혁에게 신유승이 다가갔다.

"중혁 아저씨."

유중혁이 특유의 무심한 눈길로 고개를 들자, 아이의 작은 손이 유중혁의 뺨에 닿았다. 자세히 보니, 유중혁의 볼에 투명한 크림 제형의 연고가 발려 있었다.

"무슨 짓이지."

"덧나니까 가만히 있어요. 아, 고개 돌리지 마세요!"

"이런 것 따위 바르지 않아도……."

간지럼힘이라도 당하는 맹수처럼 유중혁의 표정이 복잡해졌다.

당장에라도 자리를 박차고 일어나려는 녀석을 제지한 것은 한 사람의 이름이었다.

"설화 언니가 꼭 부탁했어요. 아저씬 이런 거 신경 안 쓰니까 옆에서 챙겨줘야 된다고."

이설화의 이름에 유중혁의 어깨가 크게 움찔했다. 한참이나 망설이던 유중혁은 어정쩡한 자세로 다시 엉덩이를 바위에 붙이더니, 카리스마 넘치는 목소리로 선언했다.

"십 초 안에 끝내라."

생글거리며 고개를 끄덕인 신유승은 신나서 연고를 문질러 대기 시작했다.

유중혁은 입술을 열심히 움찔거리면서도 딱히 그것을 제지하지 않았다.

신유승의 손이 스친 곳마다 유중혁의 상처들이 빠르게 아물고 있었다.

역시 이설화의 연고가 대단하긴 하다. 원작에서는 '양산형 제작자'가 저 연고를 수입해 아예 화장품으로 판매하기도 했다. 이름이 뭐였더라. 순백 설화 크림이었나.

"이글이글."

오랜만에 의태어가 곁에서 들려오길래 돌아보니, 말 그대로 이글거리는 눈빛의 이길영이 그곳에 서 있었다. 이길영의 눈동자가 사시라도 생긴 것처럼 유중혁과 신유승을 번갈아 보고 있었다.

오호라.

이윽고 뭔가를 결심한 듯, 이길영이 거친 걸음걸이로 유중혁과 신유승을 향해 다가갔다.

"야, 신유승!"

그 외침에 유중혁과 신유승이 동시에 이길영을 올려다보았다.

내 곁에 붙어선 이지혜가 흐뭇한 표정으로 고개를 주억거리고 있었다.

"그래, 길영아. 드디어 각성했구나."

[심사위원, '석가의 후계'가 어린 삼장들을 좋아합니다.]
[일부 관객이 귀여운 삼장들의 모습을 좋아합니다.]
[가산점 20점이 추가됐습니다.]

한참이나 머뭇거리던 이길영은 쏟아지는 시선 앞에서 입술만 뻐끔거렸다. 막상 저지르긴 했는데, 무슨 말을 해야 할지 모르는 표정이었다.

얼굴이 빨개진 이길영이 결국 뺙 소리를 질렀다.

"독자 형 연고는 내가 발라줄 거다!"

그제야 자신이 할 말을 깨달았다는 듯, 이길영이 의기양양한 목소리로 말을 이었다.

"지금 넌 저 시커먼 놈 줄 잡은 거야!"

어느새 달려간 이지혜가 이길영의 뒤통수를 갈겼고, 이길영은 그대로 바닥에 코를 박고 엎어졌다.

"거기서 김독자가 왜 나와 멍청아!"

이지혜가 이길영의 귀를 잡아끌고 훈계를 시작했다.

그런 이길영을 보며 고개를 절레절레 흔들고는 다시 연고를 바르는 신유승. 그리고 뺨에 묻은 연고가 어색한 듯 몇 번이나 뺨을 문지르는 유중혁.

「김독자는 그 모든 풍경을 가만히 웃으며 바라보았다.」

['제4의 벽'이 조금씩 두꺼워집니다.]

「마치, 먼 곳의 정경을 바라보듯이.」

품에서 꺼낸 스마트폰이 멋대로 문장을 만들어내고 있었다.

화면에 떠오르는 문장들, 그리고 일행들을 보며 나는 생각했다.

그래, 어쩌면 나는.

「어쩌면 그 순간, 김독자는 처음으로 뭔가를 결심했다.」

✳ ✳ ✳

이계의 신격화는 점점 더 빨라졌다. 71퍼센트이던 것이 어느덧 75퍼센트가 되었고, 다시 80퍼센트를 넘어선 것은 순식간이었다.

그런데 85퍼센트를 넘어설 즈음에 이르러, 상승 속도는 갑자기 정체되기 시작했다.

모두 일행들이 챙겨준 영약 덕분이었다.

"자, 이것도 먹고. 그리고 이것도."

내 감염 속도에 반비례하듯, 일행들의 클리어 속도는 점점 빨라졌다.

과연 94번 시나리오의 유중혁과 이지혜 콤비는 대단했다.

"사형 저쪽!"

"아래다."

파천문의 사제 관계답게 둘은 손발이 척척 맞았다.

대부분의 적은 채 접근하거나 흉계를 꾸미기도 전에 아작이 났고, 심지어는 원작의 상성을 뛰어넘는 힘으로 찍어 눌러 버릴 때도 있었다.

[현재 '서유기' 진행도: 43%]

[설화방 랭킹이 상승했습니다!]

[현재 해당 설화방의 랭킹은 21위입니다.]

[다수의 관객이 '패왕 저팔계'를 연호합니다!]

[심사위원, '금신나한'이 미소녀 검객이 된 자신의 모습을 흐뭇해합니다.]

졸지에 나처럼 할 일이 없어진 신유승이 중얼거렸다.

"희원 언니랑 현성 아저씨도 같이 왔음 좋았을 텐데."

정희원과 이현성은 함께 오지 못한 듯했다.

아직 이현성은 깨어나지 못했겠지. [강철화]의 최종 국면에 접어들었으니 꽤 오래 잠들어 있을 법도 했다. 하지만 목숨에 지장은 없을 것이다.

진짜 문제는 깨어난 다음부터니까.

여하튼, 이 기세라면 열흘도 안 돼서 시나리오가 끝날 수도 있겠는데.

그렇게 하루가 가고, 이틀이 지나고, 사흘이 지났다.

[현재 '서유기' 진행도: 64%]

[현재 해당 설화방의 랭킹은 15위입니다.]

[상당수의 경쟁자가 해당 설화방을 경계하고 있습니다.]

그사이 내가 한 일은 버스를 타고, 늘어지게 자고, 일행들과 잡담을 나누고, 영약을 엄청나게 처먹은 것이 전부였다.

[당신의 화신체가 눈에 띄게 회복됐습니다!]

[당신의 화신체에 조금씩 활력이 돌아오고 있습니다.]

볼에 살이 좀 붙은 것 같았다.

풍족한 생활을 누리는 내 모습을 이지혜와 신유승, 그리고 이길영이 흐뭇한 얼굴로 지켜보고 있었다.

마치 포동포동하게 자란 돼지를 보며 기뻐하는 농부들처럼.

"이것도! 이것도 먹어!"

"여기 더 드세요."

대체 내가 먹는 걸 왜 저렇게 기뻐할까.

곁에서 이지혜가 푸념하며 웃었다.

"꿩 대신 닭이라고, 잘 먹는 거 보니까 보기는 좋네. 그 인간도 당신처럼 잘 먹어줬으면 얼마나 좋았을까."

시간은 또다시 흘러갔다.

"크윽! 두고 보자 저팔계!"

몇 번인가 다른 배역으로 등장한 한명오를 만나기도 했고.

신선처럼 수염을 기른 정체불명의 조력자를 만나기도 했다.

[흠흠, 나는 이 산의 신령이다. 그대들이 천축을 향한 숭고한 여정에 올랐다는 것을 일찍이 알고 있었다. 그래서 나는 이곳에서 그대들을 기다렸다가 약간의 도움을 주기 위해⋯⋯.]

환한 금발 머리에 덕지덕지 수염을 붙인 녀석을 향해, 아이들이 외쳤다.

"하영 언니!"

"하영이 형!"

[어험, 나는 하영 그런 게 아니라 그냥 주변을 지나가던…… 젠장, 거기 손 행자. 이리 와서 영약이나 가져가게.]

연기를 포기한 금발 신선이 불평과 함께 나를 불렀다.

《서유기》에는 이딴 설정이 많다.

[일부 심사위원이 뭐 이런 것까지 반영하냐며 불평합니다.]

[가산점 1점이 추가됐습니다!]

어디선가 나타난 신령이 일행들을 도와주고, 모든 것이 부처님의 뜻이라고 말하는 식이다. 그 몰개연성과 데우스 엑스마키나가 지나칠 정도여서, 어쩌면 《서유기》야말로 최초의 '기연 몰아주기 소설'이 아닐까 싶을 정도다.

나는 공손히 고개를 숙이며 말했다.

"매번 도와주셔서 감사합니다."

[하라니까 할 뿐.]

장하영은 누굴 생각하는지 원망스러운 얼굴로 하늘을 올려다보며 중얼거렸다.

[넌 진짜 운 좋은 줄 알거라. 진짜 내가 늦게 오지만 않았어도 '구원의 마왕' 역은 내가…….]

자연스럽게 알게 된 사실인데, 아무래도 이 자리는 본래 장하영의 것이었던 모양이다.

"왜 그런 게 되고 싶으셨습니까?"

장하영은 아련한 눈으로 나를 보더니 피식 고개를 저었다.

[뭐, 너 같은 건 당연히 모르겠지. '구원의 마왕'이 얼마나 대단한지.]

나는 잠시 생각하다가 스스로에 대한 애정을 듬뿍 담아 이렇게 말해보았다.

"저도 구원의 마왕이 참 좋습니다."

[오, 그래? 뭐 들은 설화 있어?]

"예를 들면 마계에서 얻은 '공단의 해방자'라든지."

[오옷?]

그게 스위치가 되었는지, 장하영은 갑자기 장광설을 떠들기 시작했다.

대충 내용을 요약하자면 이런 것이었다.

[그래서 그때, 내가 죽어가던 '구원의 마왕'을 구해냈거덩? 그러니까 따지면 난 구원의 마왕의 구원자라는 거지. 어때, 재밌지? 재미없어? ……아무튼, 우리는 어둠 뿌리 밑에서 의기투합하여 형제의 맹세를 했지. 함께 힘을 모아서 저 악마 공작에게서 '공단'을 해방시키자고…….]

대충 내용은 맞는데 왜 소설을 듣는 기분이 드는지 모르겠군.

[그때 '구원의 마왕'이 우수에 가득 찬 눈으로 나를 보며 말했지. "그대여, 기꺼이 나를 위해 싸우는 투사가 되어라."]

이런 엉뚱한 이야기를 마구 떠들어도 괜찮은가 싶었는데, 허공에 메시지가 잔뜩 떠올라 있었다.

[심사위원, '긴고아의 죄수'가 신선의 헛소리를 비난합니다!]

[심사위원, '긴고아의 죄수'가 마계에서 제일 활약한 것은 자신이라고 주장합니다!]

[심사위원, '미후왕'이 '긴고아의 죄수'를 비웃습니다.]

[다수의 관객이 성운, <김독자 컴퍼니>의 설화에 관심을 갖습니다.]

이쯤 되니 이게 '서유기'인지 '김독자 컴퍼니의 얼렁뚱땅 대모험'인지 알 수가 없었다.

어쩌면 한수영이 노리는 것도 그것일지 모른다.

<김독자 컴퍼니>의 설화들이 강해질수록 '서유기 리메이크'를 통해 얻게 되는 우리의 '거대 설화'도 더 강고해질 테니까.

[<김독자 컴퍼니>의 설화들이 <스타 스트림>에 입소문을 타고 번집니다.]

뭐, 그게 올바른 판단일지는 좀 더 두고 봐야 알겠지만.

그렇게 얼마나 지났을까, 이지혜가 지루한 듯 하품을 하며 말했다.

"아, 그만하고 빨리 영약 줘요."

[여기.]

✿ ✿ ✿

그렇게 일주일이 더 흘렀다.

우리는 요괴를 무수히 물리쳤고, 다시 그 요괴를 회수하기 위해 나타난 〈황제〉의 성좌들과 마주쳤다.

[방금 그대들이 해치운 요괴들은 내가 뒤뜰에서 키우던……]

"꺼져라."

유중혁은 나를 대신해 그들을 퇴치했다. 패왕 저팔계와 맞서고 싶지는 않았는지, 〈황제〉의 성좌들은 불만을 표시하면서도 순순히 돌아갔다. 왜 유중혁이 저 역할을 자처했는지는 모르겠지만, 나로서는 고마운 일이었다.

[이계의 신격화 진행률: 95%]

[현재 이계의 신격화 속도가 둔화한 상태입니다.]

그동안 이계의 신격화 진척은 크지 않았다.

반면 일행들의 '서유기' 진행력은 놀라울 정도였다.

[현재 '서유기' 진행도: 94%]

마침내 90퍼센트대를 돌파한 진행도.

이지혜가 숨을 몰아쉬며 말했다.

"와, 진짜 힘드네."

"오늘은 특히 그렇군요."

"뭔 소리야, 넌 버스만 탔잖아."

나는 이지혜의 핀잔을 무시하고 설화방 랭킹을 확인했다.

[현재 해당 설화방의 랭킹은 4위입니다.]

[득표수: 21,912]

[다수의 관객이 해당 설화방의 놀라운 성장력에 경탄합니다.]

열흘도 안 되어 쟁쟁한 방을 제치고 무려 4위에 랭크되다니.

인정하기는 싫지만 한수영의 재능이 존경스럽지 않을 수가 없었다.

[현재 랭킹 1위는 《진 서유기》입니다.]

[득표수: 30,408]

이런 속도라면 압도적인 1위로 달리는 페이후를 따라잡는 것도 불가능은 아닐 듯했다.

하지만 김칫국을 마시기에는 일렀다. 만약 페이후의 방을 제치고 1등을 한다고 해도, 승부는 거기서 끝나지 않는다. 결국 최종 우승은 총득표 수와 심사위원의 판단이 맞물리며 결정되기 때문이다.

나는 밤하늘에 빛나는 별들을 올려다보았다.

지금은 익명의 '관객'으로 표시될 뿐인 성좌들.

[일부 관객이 당신에게 적의를 품고 있습니다.]

분명 〈황제〉는 우리의 랭킹 상승을 지켜보고 있을 것이다.

「<황제>는 자신들의 거대 설화에 대한 자부심이 어마어마하다.」

그들은 자신들의 '거대 설화'를 약소 성운이 계승하는 일을 절대 용납지 않을 것이다. 심지어 녀석들에게는 우리에게 불만을 가질 이유가 충분했다.
예를 들면.
"엄청 많네요."
지금 우리를 따라오는 저 '요괴'의 무리.
산 오솔길을 가득히 메운 '요괴'의 대열은, 이제 그 끝이 보이지 않을 지경이었다.
모두, 우리가 살려준 요괴였다.

[혹부리 왕과의 약속이 진행 중입니다.]
[약속을 완수하기 위해서는 해당 설화에서 '이계의 신격'의 지분을 30% 이상 늘려야 합니다.]
[현재 해당 설화에서 '이계의 신격'의 지분은 15.772%입니다.]

'서유기'가 끝나가는 상황이지만, 여전히 이계의 신격들의 지분은 낮았다.

저렇게 많은 요괴를 구했는데도 15퍼센트대라니…….

어찌 보면 당연했다. 그들은 숫자만 많지, 우리 이야기에서 큰 비중은 없었다.

아직 '서유기'의 본질은 변하지 않은 것이다.

그들은 여전히 주인공이 아닌 '엑스트라'로 무대에 참가하고 있을 뿐이니까. 그나마 저들의 지분이 15퍼센트까지 상승할 수 있었던 것은 다수의 관객이 저 기현상에 관심을 기울여 준 덕분이었다.

[다수의 관객이 '순례의 길'을 감탄하며 바라봅니다.]

[일부 심사위원이 새로운 '서유기'의 가능성에 주목합니다.]

[소수의 심사위원이 원작의 왜곡을 우려하며…….]

심지어 저 긴 요괴의 행렬에는 별명까지 붙었다.

순례의 길.

무수한 요괴들이 존재의 의미를 깨닫기 위해 나선 천축으로의 여정.

[일부 관객이 '순례의 길'을 관람하기 위해 해당 시나리오에 참가합니다!]

심지어 '서유기'의 추천 게시판에는 우리 설화방의 추천글도 등장했다.

[멋진 저팔계와 사오정, 귀여운 삼장법사, 연약한 손오공]
작성자: uri9158
—추천평: 저팔계는 멋있고 삼장들이 귀여움.

[은퇴한 SSSSS급이 되었다, 양산형 설화인 줄 알았던 수작]
작성자: 비양산형 제작자
—추천평: 사실 '서유기'의 진짜 주인공은 '요괴'다. 손오공도, 저팔계도, 사오정도 모두 '요괴'다. 그럼에도 '서유기'의 테마는 인본주의에 가까운데, 그것은 원작의 모든 요괴들이 지극히 인간적인 방식으로 인간화人間化되어 있기 때문이다. 즉, 기존 '서유기'의 요괴들은 요괴의 지위를 박탈당하고 인간으로 살아가야만 했던 셈이다…….

뭔가 작성자 이름이 익숙한 것 같은데, 착각이겠지.
아무튼 영문 모를 추천도 많이 받았다.
"쟤들, 계속 따라오네요."
나와 함께 일행의 후미에서 걷던 신유승은 요괴들이 신경쓰이는지 자꾸만 뒤를 돌아보았다. 망설이던 신유승이 발치에서 강아지처럼 쫄랑거리는 요괴를 향해 손을 뻗었다.
"안녕?"

혹시나 요괴가 신유승을 공격할까 봐 조금 긴장했는데, 다행히 우려한 일은 벌어지지 않았다.

말 잘 듣는 강아지처럼 웅크린 요괴가 신유승 손끝에 코를 비볐다. 녀석은 더 이상 내가 알고 있던 무시무시한 이계의 신격이 아니었다.

【따뜻해따뜻해따뜻해따뜻해따뜻해】

그들은 신유승이 테이밍할 수 있는 괴수종이 아니었다. 이계의 신격에게는 그런 친절한 생물 계통이 지정되지 않으니까. 그들은 그저 시나리오의 바깥에서 쓸모를 잃어버린 무엇이었다.

그럼에도 신유승은 그들을 향해 진지한 얼굴로 귀를 기울였다.

【유승유승유승유승유승유승】

【나도이름나도이름나도이름나도이름】

이 아이는 저 말들을 들을까.

저들이 하는 말을 이해하고, 저들의 진짜 모습을 볼 수 있을까.

나는 조금 망설이다가 물었다.

"무섭지 않으십니까?"

"전혀요. 계속 보니까 귀여운 거 같기도 해요. 그리고……."

문어처럼 작은 촉수들이 신유승의 손등을 강아지풀처럼 간지럽혔다.

"제가 좋아하는 사람도 이런 모습으로 나타난 적 있거든요."

순간 찡, 하고 짧은 두통과 현기증이 동시에 몰려왔다.

[전용 스킬, '전지적 독자 시점' 2단계가 강제로 발동합니다!]

「어쩌면, 혹시 이번에도 있을지 모르니까.」

결연한 눈으로 요괴의 대열을 보는 신유승을 보며, 나는 입술을 꾹 깨물었다.

[시나리오를 진행 중이신 성좌님들께 알립니다.]

갑작스레 방송이 흘러나왔다.

주변 대기가 흔들리고, 요괴들이 불안한 기색으로 하늘을 올려다보고 있었다.

【온다온다온다온다온다】

【싫어싫어싫어싫어싫어싫어】

곳곳에서 끓어오르는 이계의 신격의 비명들.

허공에 투명한 형태로 강림한 대도깨비의 모습이 송출되고 있었다.

[슬슬 '서유기 리메이크' 시나리오도 종막을 향해 가고 있습니다. 상위권과 중위권의 점수 차이가 많이 벌어진 상태라, 많은 성좌님들께서 시나리오를 반쯤 포기하고 계시다고 들었습니다.]

아주 불길한 서두였다.

[〈스타 스트림〉의 기회는 공평합니다. 노력하는 미꾸라지

는 용이 될 수 있고, 창공을 지배하던 드래곤도 추락할 수 있습니다.]

잠깐이지만, 대도깨비의 시선이 우리를 향한 것도 같았다.

[그러니 이대로 끝내기엔 역시 조금 아쉽죠.]

"어? 뭐야!"

이지혜의 외침과 함께, 주변 정경이 변하기 시작했다.

환한 빛살과 함께, 일행들과 요괴들은 어느새 거대한 강변 앞에 도착해 있었다.

[설화방이 통합됩니다!]

[《은퇴한 SSSSS급 손오공이 되었다》가 '거대 설화'에 포함됩니다.]

(손오공은 이 강이 무엇인지 알고 있었다.)

(통천하通天河의 서쪽 기슭. 이곳은 천축으로 가는 마지막 관문이었다.)

대도깨비가 웃었다.

[단순히 득표수만으로 1등을 결정하는 것은 재미가 없지요. 어떤 '설화'가 더 강한지를 가리는 것은 〈스타 스트림〉의 당연한 순리 아니겠습니까?]

[다수의 관객이 환호하며 동의합니다!]

[소수의 관객이 입맛을 다십니다!]

[일부 심사위원이 도깨비의 개입에 눈살을 찌푸립니다.]

메시지와 함께 강변 곳곳에서 거대한 빛줄기가 번쩍였다.

[421번 설화방이 통합됐습니다!]
[《내 손오공은 어디서부터인지 잘못되었음》이 '거대 설화'에 포함됩니다.]

그곳에 우리와 같은 일행들이 서 있었다.
깜짝 놀란 이길영이 외쳤다.
"뭐야 저것들은!"
손오공, 삼장법사, 저팔계, 사오정, 그리고 용마로 구성된 일행들.
그들은 우리와는 다른 설화방에서 온 '서유기' 원정대였다.

[7133번 설화방이 통합됐습니다!]
[《손오공인 줄 알았는데 평범한 원숭이였다》가 '거대 설화'에 포함됩니다.]
[6523번 설화방이 통합됐습니다!]
[《전지적 손오공 여의봉 시점》이 '거대 설화'에 포함됩니다.]

쏟아지는 빛줄기와 함께 무수한 '손오공'이 강변에 모습을 드러내고 있었다. 격이 약한 이도 있었고, 강한 이도 있었다.

그리고.

[1번 설화방이 통합됐습니다!]
[《진 서유기》가 '거대 설화'에 포함됩니다.]

그야말로 압도적인 격을 가진 이들도 있었다.

한 명 한 명이 초정예 성좌로 구성된 설화방.

눈에서 새파란 귀화鬼火를 흩뿌리는 랭킹 1위의 손오공이
이쪽을 보고 있었다.

역시 이렇게 되는군.

어느 정도는 예상한 일이었다. 이대로라면 페이후 쪽은 우
리에게 득표수에서 밀리게 될 테니까.

[일부 심사위원이 당신의 안위를 걱정합니다.]
[심사위원, '긴고아의 죄수'가 전개에 분개합니다!]
[심사위원, '필마온'이 시나리오의 결말을 궁금해합니다.]
[심사위원, '미후왕'이 다 쓸어버리라고 명령합니다!]

심지어는 주요 심사위원도 우리 측에 손을 들어주고 있는
상황.

저쪽에서도 사태가 더 악화되기 전에 수를 쓸 수밖에 없을
것이다.

[메인 시나리오의 내용이 갱신됐습니다!]

대도깨비의 목소리가 들려왔다.

['서유기 리메이크'의 마지막 이벤트를 시작합니다.]

3

['서유기 리메이크'의 마지막 이벤트를 시작합니다.]

허공의 패널에서 흘러나오는 목소리를 들으며, 정희원은 입술을 꾹 깨물었다.

저곳에 있고 싶었다. 일행들과 함께 싸우고 싶었다.

"현성 씨."

하지만 그녀가 갈 수 없는 이유는, 침대에 누운 채 잠들어 있는 사내 때문이었다.

전신이 강철로 덮인 채, 심장 박동이 사라진 이현성.

그는 '성마대전'의 충격에서 아직 회복되지 못한 상태였다.

곁에 놓인 거울에 반쯤 백발로 덮인 정희원의 머리카락이 보였다. '성마대전'의 후유증이었다.

—넌 그냥 여기서 쉬어. 어차피 줄 배역도 없다고.

한수영과 일행들의 배려라는 것을 정희원 또한 이해하고 있었다.

정희원은 '성마대전'에서 너무 큰 상처를 입었다. 몸도, 마음도 모두 폐허였다. 김독자를 또 구하지 못했고, 그녀를 지키려던 사내는 혼수상태에 빠졌다. 〈김독자 컴퍼니〉의 가장 날카로운 검은 그렇게 무디어졌다.

침상 한구석에 놓인 '심판자의 검'이 부르르 떨고 있었다.

근처에 '악'이 있을 때만 떨리는 검. 김독자가 선물해준 검이었다.

칼날은 정확히 패널 화면을 가리키고 있었다. 어쩌면 검도 아는 것이다. 지금 그녀가 있을 자리는 이곳이 아니라는 것을.

정희원은 조심스레 손을 뻗어, 달래듯 검의 손잡이를 감싸 쥐었다.

[성좌, '악마 같은 불의 심판자'가 안타까운 눈으로 자신의 화신을 바라봅니다.]

'성마대전'의 결과로 〈에덴〉과 〈마계〉는 붕괴했다.

많은 대천사와 마왕이 죽었고, 정희원이 믿던 어떤 정의도 그곳에 없었다. 그럼에도 그녀는 여전히 검을 휘둘러야 했다.

침대에서 가벼운 기척이 느껴진 것은 그때였다.

"현성 씨!"

대체 언제부터였을까. 이현성이 눈을 뜨고 화면을 보고 있었다.

달싹이는 이현성의 입술이 뭔가 말하고 있었다.

"네?"

가까이 다가갔지만 목소리는 들리지 않았다.

천천히 움직이는 이현성의 입술. 정희원은 그 입술의 모양을 알아들었다.

또

잃어버릴

수는

불끈 쥔 주먹이 떨렸다. 화가 난다. 이 사람은 대체 왜, 자기 몸이 이 모양 이 꼴이 되어서까지도.

감정을 억누를 수 없던 정희원이 이현성의 손을 붙드는 순간, 갑자기 이현성의 몸이 변하기 시작했다.

눈부신 은빛을 내뿜은 이현성은 순식간에 쪼그라들더니, 이내 한 자루의 검이 되었다.

"이게 무슨⋯⋯!"

너무 놀란 정희원이 엉겁결에 이현성을 놓쳤다.

침대 위에서, 검이 된 이현성이 울고 있었다. 마치 자신이

할 수 있는 일은 이것뿐이라는 듯이. 망연히 주저앉은 정희원은 폭 고개를 숙인 채 중얼거렸다.

"당신은 대체……."

병실 문이 벌컥 열린 것은 그때였다.

돌아보자, 분명 '시나리오 마스터'를 플레이하고 있었을 한수영이 그곳에 있었다.

"정희원."

그 목소리를 듣는 순간, 정희원의 심장이 빠르게 뛰기 시작했다.

그에 감응하듯 침대 위에서 부르르 떠는 강철의 검.

그 검의 마음이 어떤지 정희원은 잘 알고 있었다.

누구에게나 세계를 견뎌내는 방식이 있다.

천천히 손을 뻗은 정희원이 강철검의 손잡이를 굳게 쥐며 말했다.

"아직 남은 배역 있어?"

¤ ¤ ¤

대도깨비의 목소리와 동시에, 허공에 시나리오 창이 떠올랐다.

[연계된 메인 시나리오가 발동합니다!]

<메인 시나리오 #95 - '《서유기》의 주인'>

분류: 메인

난이도: 측정 불가

클리어 조건: 요괴 무리를 뚫고 통천하의 건너편에 있는 '경전'을 손에 넣으시오.

제한 시간: 2시간

보상: '서유기'와 관련된 거대 설화, 5,000,000코인, ???

실패 시: ―

* 해당 시나리오에는 히든 피스가 숨겨져 있습니다.

　그와 동시에 통천하의 수위가 급격하게 높아지기 시작했다. 쓰나미처럼 넘어온 물살들은 순식간에 주변을 채워버렸다.
　이어서 하늘을 까마득히 덮는 요괴들의 울음이 뒤따랐다.
【죽어죽어죽어죽어죽어죽어죽어】
【아아아아아아아아아아아아】
　지금껏 우리를 따라온 요괴의 총량보다 더 많은 숫자였다.

　[현재 해당 설화에서 '이계의 신격'의 지분은 15.872%입니다.]

혹부리 왕과의 약속을 지키기 위해 남은 '이계의 신격' 지분은 14.128퍼센트.

즉, 나는 이번 이벤트에서 남은 지분을 모두 채워야 했다.

【우·우·우·우·우······.】

뒤를 돌아보니 우리와 함께 '순례의 길'을 만들어온 요괴들이 하늘을 향해 울음을 토하고 있었다.

[그럼, 멋진 시나리오의 피날레를 기대하지요.]

대도깨비가 사라지고, 빛줄기와 함께 다른 '서유기'의 주인공들이 대거 등장했다.

"가자!"

"경전은 우리가 갖는다!"

통합된 설화방에 참가한 인파가 통천하의 물살을 가르며 나아갔다.

"진짜 손오공은 나다!"

어떤 이들은 근두운에 탑승했고, 어떤 이들은 술법으로 통천하의 물길 위를 날았다. 아무래도 활공으로 강을 건너려는 모양이었다.

하지만 내가 아는 '서유기'가 맞는다면, 저건 완전히 잘못된 선택이었다.

[해당 시나리오에서는 '비행' 관련 스킬 및 성흔이 제한됩니다.]

허공에서 강렬한 스파크가 튀어 오르더니, 날아가던 이들이 비명과 함께 강으로 추락했다.

"이게 대체 무슨 짓이냐!"

물에 빠진 다른 팀원들이 허공의 대도깨비를 향해 삿대질했다.

하지만 허공의 대도깨비는 어깨를 으쓱할 뿐이었다.

그 광경을 보던 내가 말했다.

"날아서 가도 된다면, 처음부터 이 여정은 의미가 없었을 겁니다."

그러자 곁의 유중혁이 짓씹듯 중얼거렸다.

"이 모든 것이 설화가 되는 거로군."

"맞습니다."

결국 《서유기》란 힘든 길을 어렵게 가는 이야기이다.

똑같은 길을 가더라도 어떤 길을 택하느냐에 따라 이야기는 달라진다. 근두운을 타면 하루 만에 갈 수 있는 거리를, 십사 년에 걸쳐 여행하며 온갖 역경과 고난을 이겨내는 것. 그러한 '설화'가 존재했기에, 이 모든 여정의 끝에 있을 경전도 그 의미를 갖는 것이었다.

(그리고 마침내, 이 모든 이야기의 마지막 관문이 일행들을 기다리고 있었다.)

내레이션을 들은 이길영이 작게 투덜거렸다.

"나 수영 잘 못하는데."

통천하의 강물은 드넓었다.

삼장법사의 용마에 다 탈 수도 없는 노릇이니, 모두 수영으로 강을 건너야 할 판이었다.

실제로 몇몇 팀은 이미 물속에 뛰어들어 열심히 자맥질을 반복하고 있었다. 어디서 구했는지 허름한 나룻배를 젓거나, 통나무 따위에 탑승해 바람의 술법을 사용하는 이도 보였다.

그 광경을 보던 이지혜가 이길영의 어깨를 툭 치며 앞으로 나섰다.

"걱정 마. 우린 안 저래도 돼."

그 자신감 가득한 목소리와 함께, 허공에서 메시지가 들려왔다.

[관객 하나가 자신의 정체를 드러냅니다.]
[성좌, '해상전신'이 고개를 끄덕입니다.]

그러고 보니 잊고 있었군.

"와라, 거북선!"

[거대 설화, '넥스트 시티'가 이야기를 시작합니다!]

허공을 향해 높이 솟은 이지혜의 쌍룡검.

눈앞의 물살이 갈라지며, 거대한 전함의 선체가 웅장한 빛과 함께 수면 위로 떠올랐다.

그 여파에 휩쓸린 몇몇 화신이 고함을 질러댔다.

"미친, 저게 뭐야!"

거북의 등에 용의 머리를 가진 전함, '터틀 드래곤'.

이지혜와 아이들이 '넥스트 시티'를 클리어하고 얻은 성유물이 눈앞에 모습을 드러내고 있었다.

하지만 저걸 타고 가도 될까 싶었다. 왜냐하면 '서유기'에는……

[성유물, '터틀 드래곤'이 '서유기 리메이크'에 조응합니다!]

(위기에 빠진 일행들이 전전긍긍하자, 거대한 흰 자라 요괴가 나타나 그들을 태워주었다.)

[일부 심사위원이 깨알 같은 원작의 반영에 만족합니다.]

[가산점 20점을 획득했습니다!]

'서유기'에 그런 내용도 있었다니, 그것참 절묘하군.

우리는 곧바로 전함 위로 뛰어 올라갔다.

"출항!"

이지혜의 외침과 함께 전함이 물살을 가르고 쾌속 전진을 시작했다.

앞서서 자맥질하던 팀들이 허망한 얼굴로 우리 쪽을 바라보고 있었다.

미안한 일이지만, 저들까지 신경 쓸 여유는 없었다.

"저…… 언니, 최대한 요괴는 건드리지 말고 가요."

"걱정 마."

대체 어디서 배운 건지 모르겠지만, 이지혜는 신출귀몰한 운전 솜씨로 달려드는 요괴 무리를 요령 좋게 피해냈다.

그뿐만 아니라 적의를 가지고 공격하던 요괴들도, 우리 배에 탑승한 요괴들을 보며 멈칫했다.

【너 흰 뭐 지?】

'순례의 길'에 동참했던 요괴 중 일부는 전함에 매달려 있었고, 나머지는 전함의 꽁무니를 따라 강물을 건너오고 있었다.

그런 요괴들이 방해됐는지, 다른 설화방의 손오공들이 여의봉을 휘두르는 모습이 보였다.

"저 새끼가?"

분노한 이지혜가 주먹을 쥐었지만, 모두를 구해줄 수는 없었다.

요괴들의 죽음은 이미 통천하 전역에서 벌어지고 있었다.

【그아아아아아악!】

다른 설화방 팀원들은 앞을 가리는 요괴들을 마구잡이로 때려잡으며 전진하고 있었다. 곳곳에서 요괴들의 피가 튀었고, 살점이 터져나갔다.

[상당수의 관객이 학살의 정경에 환호합니다!]

요괴들은 계속해서 죽어나갔다.

설화를 쌓지 못했기에 의미를 얻지 못한 괴물들.

그들은 이《서유기》를 완성하기 위한 제물이었다.

'서유기'. 인간의 초탈을 위한 긴 여정.

그 설화를 지켜보는 관객에게 깨달음을 주기 위해, 요괴들은 이곳 통천하에 수장되어야 했다.

"죽여, 다 죽여버려!"

깨달음의 길을 걷는 '서유기'의 주인공들이 죽은 요괴들을 교두보 삼아 통천하를 건너고 있었다. 셀 수도 없이 많은 요괴가 발판이 되었고, 간혹 죽어나간 다른 설화방의 주인공들 역시 함께 발판이 되었다.

그러나 그 발판의 이름을 기억하는 이는 아무도 없었다.

【우 리 의 이 야 기 는】

【계 속 하 고 싶 었 지 만】

그러나 살아만 있다면. 그래서 이 '거대 설화'의 주역이 될 수 있다면.

"명오 아저씨. 가만히 좀 붙어 있어! 여긴 안전하다니까."

"안전하긴 쥐뿔! 내가 한두 번 속는 줄 아냐?"

[성흔, '외발 준족 Lv.???'이 발동 준비 중입니다.]

다리가 잘리든, 팔이 떨어지든…… 그 존재는 이 세계에 기억된다.

[7133번 설화방의 모든 등장인물이 전멸했습니다.]
[487번 설화방의 모든 등장인물이 전멸했습니다.]

시간이 지날수록 이탈하는 설화방이 늘어나고 있었다.
그리고 그 숫자에 비례하듯, 추락하는 요괴도 급증했다.
【아아아아아아아아】
【구해줘구해줘구해줘구해줘】

[현재 해당 설화에서 '이계의 신격'의 지분은 15.773%입니다.]

힘들게 쌓아 올린 '이계의 신격'의 지분이 조금씩 떨어지고 있었다.
저렇게나 많은 요괴가 남았음에도.

[현재 해당 설화에서 '이계의 신격'의 지분은 14.973%입니다.]

'이계의 신격'들이 차지하는 지분은 급속도로 떨어져갔다.

[현재 해당 설화에서 '이계의 신격'의 지분은 14.473%입니다.]

어쩌면 당연한 이야기였다.

결국 저들은 이 세계에서 퇴치되어야 할 악당이고, 주인공이 아니니까.

【아아아아아아아아아아아】

내 시선을 눈치챘는지 유중혁이 말했다.

"네놈도 알겠지만, 모두를 구할 수는 없다."

그 말이 더 아프게 느껴진 것은 그것이 유중혁의 말이기 때문이었다.

"네놈 말처럼 이것은 '설화'이기 때문이다."

유중혁의 두 눈이 수면 아래에서 죽어가는 요괴들을 응시했다.

이것이 설화이기 때문에 모두를 구할 수는 없다.

그 말이 무슨 뜻인지 나는 잘 알고 있었다.

"이 세계의 모두가 주인공이 될 수는 없다."

*

4

엑스트라는 주인공이 될 수 없다.

그리고 이계의 신격들은 엑스트라조차 되지 못했기에 '설화' 밖으로 떠밀려났다.

죽어가는 요괴들이 우리를 올려다보고 있었다.

【나도할수있어나도할수있어】

【대장대장대장대장대장대장】

【나누구나누구나누구나누구나누구】

유중혁의 귀에는 들리지 않는 목소리였다.

다행이라고 나는 생각했다.

"네놈이 할 수 있는 건 저들도 이곳에 존재한다는 것을 전하는 게 전부다."

안개 낀 통천하 너머를 응시하는 유중혁이 계속 말했다.

"그것만으로도…… 네놈은 해야 할 일을 모두 한 것이다."

내가 해야 할 일.

우리의 이야기에 반응하듯, 내레이션이 말을 시작했다.

(그들이 이곳에서 할 수 있는 최선은, 그저 그곳에 요괴들이 있었음을 알리는 것이었다.)

아마 한수영도 내가 느끼는 비감을 고스란히 느끼고 있으리라.

비가 내리는 통천하의 강물에 요괴들 사체가 떠내려가고 있었다.

[다수의 관객이 《은퇴한 SSSSS급 손오공이 되었다》의 테마에 동요합니다.]

[일부 심사위원이 비통한 마음을 갖습니다.]

엑스트라는 엑스트라고, 주인공은 주인공이다.

모두 주인공이 될 수 있는 이야기 따위는 존재하지 않는다.

나도 알고 있다.

[심사위원, '긴고아의 죄수'가 머리털을 쥐었다 놨다를 반복합니다.]

[심사위원, '필마온'이 요괴들의 삶에 관해 고찰합니다.]

[심사위원, '미후왕'이 잘 모르겠지만 모두 살릴 수는 없는 거냐고 묻

습니다.]

하지만 그렇다고 해서.

['이계의 신격'의 지분이 급속도로 하락하고 있습니다.]
[현재 해당 설화에서 '이계의 신격'의 지분은 13.473%입니다.]

정말로 여기서 만족하고 모든 것을 끝낼 수는 없었다.

[시나리오 마스터가 당신을 응시합니다.]

아마 한수영도 그렇게 생각하고 있을 것이다.
"자라다! 자라를 빼앗아!"
'터틀 드래곤'의 선측을 타고 올라온 불청객들이 외쳤다. 우
리의 전함을 부러워한 다른 팀원들이었다.
"해치워! 이놈들만 죽이면—"
하지만 상대를 잘못 골랐다.
스가각!
이지혜의 쌍룡검이 갑판을 타고 올라오던 손오공의 머리를
잘라버렸다.

[심사위원, '미후왕'이 서늘한 표정으로 자신의 목덜미를 어루만집니
다.]

비명도 없이 머리가 떨어진 손오공이 강물로 추락했다.

경악한 사오정과 저팔계들이 고함을 내지르며 갑판 위로 올라왔다.

"건방진 놈들이!"

"대사 읊는 거 보니까 너흰 우승하기 틀렸어."

사정없이 휘몰아친 이지혜의 [검도]가 허공을 가르고, 그 옆으로 달려나간 이길영과 신유승이 노련한 권각으로 다른 화신들을 갑판 아래로 떨어뜨렸다.

용마로 화한 키메라 드래곤은 날갯짓을 하며 강풍을 만들었다.

"네까짓 놈들이—"

어느새 유중혁은 선체의 가장 높은 곳으로 도약해 있었다. 냉막한 표정으로 검을 뽑은 유중혁. 흑천마도 표면에 거친 스파크가 튀기 시작했다.

파천검뢰.

하늘을 부수는 유중혁의 검이 번갯불처럼 통천하의 강물에 꽂혔다.

"크아아아악!"

새파란 파천의 검격에 통구이가 된 화신체들이 폭죽처럼 터져나갔다.

그제야 상황을 깨달은 화신들이 서로 돌아보며 외쳤다.

"무슨 저팔계가 저렇게 강해!"

"설마 저 저팔계는?"

"이놈들이다! 이놈들이《은퇴한 SSSSS급 손오공이 되었다》
등장인물이야!"

아무래도 우리 정체가 드러난 것 같았다.

[시나리오의 숨겨진 정보가 공개됩니다!]

[랭킹 순위가 높은 팀의 인물을 쓰러뜨리면 설화방의 순위가 상승합
니다!]

"경전을 못 얻어도 저놈들을 죽이면 순위권에 오를 수 있
어!"

그리고 순위권에만 오르면, 우승은 못 하더라도 상당한 수
준의 보상을 얻을 수 있다.

"죽여! 저팔계부터 사냥해!"

몰려든 수십의 배역들이 요괴들의 시체 더미를 밟고 전함
을 향해 도약했다. 개중에는 강력한 화신도 있었고, 성좌도 있
었다. 나는 다급한 마음에 일행들을 돌아보았지만, 일행들은
그다지 당황한 얼굴이 아니었다.

"이제 좀 재밌겠네."

"손오공, 뒤로 빠져 있어."

싱긋 웃은 이지혜가 자신의 격을 발출했다.

[거대 설화, '넥스트 시티'가 이야기를 시작합니다!]

[성좌, '해상전신'이 자신의 격을 드러냅니다!]

이길영과 신유승의 통제에, 용마가 청룡의 본래 모습을 되찾았다.

쿠오오오오오!

그와 동시에, 일행들의 화신체에서 강렬한 설화의 힘이 폭발했다.

[거대 설화, '마계의 봄'이 이야기를 시작합니다!]

[거대 설화, '신화를 삼킨 성화'가 이야기를 시작합니다!]

허공에서 불을 뿜는 키메라 드래곤이 통천하의 강물을 증발시켰고, 기화하는 강물의 수증기 사이를 유중혁이 달렸다.

스가각! 스가각!

흑빛 섬광이 움직일 때마다 이름 모를 손오공과 저팔계들이 죽어나갔다.

전율이 일었다. 우리 일행이 강하다는 것은 알고 있었지만, 이 정도로 강해졌을 줄은 몰랐다. 지금껏 말도 안 되는 시나리오를 소화해온 결과였다.

"크아아아악!"

같은 95번 시나리오라고 해서, 모두 수준이 같지는 않다.

마치 《서유기》와 같았다.

목적지에 도달하는 방식은 모두 다르다. 누군가는 편하게 날아서, 또 누군가는 편한 길만을 골라서 가기도 하겠지.
하지만 〈김독자 컴퍼니〉의 일행들은 달랐다.

(그들은 가장 어려운 방식으로 이곳까지 도착했다.)

그들은 날지도 못했고, 편한 길을 골라 걷지도 못했다. 자기 자신의 다리로 걷고 또 걸어야 했다.
불합리한 역경과 고난을 헤치며, 불행을 견뎌내고 비탄을 삼켜내면서.
오직 스스로의 힘으로 여기까지 왔다.

(그리고 그 결과가 이것이었다.)

눈부신 '거대 설화'의 가호를 받는 저들이야말로, 이 이야기의 진짜 주인공이었다.
그 광경을 보며 나는 오래된 기억을 떠올렸다.

「1,863회차의 그곳도, 95번 시나리오였다.」

1,863회차의 한수영에게 보여주고 싶었다. 말해주고 싶었다.

네가 그곳에서 증명한 것처럼, 이곳에도 살아남은 사람들이 있다고.

「이것이 네가 모르는 3회차의 이야기라고.」

내 어깨에 앉은 유중혁 [999] 또한 그 광경을 지켜보고 있었다.

자신의 회차를 잃고 이 세계선에 온 999회차의 유중혁은, 이 광경을 보며 무슨 생각을 하고 있을까.

[설화방 랭킹이 상승했습니다!]
[득표수: 25,912]
[현재 해당 설화방의 랭킹은 3위입니다.]
[다수의 관객과 심사위원이 가산점을 부여합니다!]

설화방 랭킹은 빠르게 올랐다.

우리를 습격한 인물 중에 우리보다 높은 랭킹의 설화방 배역도 있었던 모양이다.

[설화방 랭킹이 상승했습니다!]
[득표수: 26,412]

[현재 해당 설화방의 랭킹은 2위입니다.]

드디어 2위.

수천 개의 방을 제치고, 마침내 우리는 우승의 목전까지 도달했다.

그쯤 되자 나 역시 마음이 급해지기 시작했다.

[현재 해당 설화에서 '이계의 신격'의 지분은 13.142%입니다.]

주인공들이 활약하는 동안에도, 엑스트라로 전락한 이들의 죽음은 계속되었다.

이계의 신격의 지분은 빠르게 떨어지고 있었다. 혹부리 왕과의 약속을 지키려면, 이계의 신격 지분은 30퍼센트가 넘어야 한다.

설령 이 '거대 설화' 이벤트에서 우리가 우승하더라도, 그 약속을 지키지 못하면 모든 것이 수포가 된다.

콰아아앙!

전함의 선체가 갸우뚱 흔들린 것은 그때였다.

강력한 마력포가 전방의 안개 너머에서 이쪽으로 쏟아지고 있었다.

"뭐야! 어떤 자식들이!"

이지혜가 자세를 고쳐 잡으며 성흔을 발동했다.

[등장인물 '이지혜'가 '유령함대 Lv.10'를 발동합니다!]

'터틀 드래곤'의 좌우로 솟아난 열두 척의 유령함대가 발포를 개시했다.

아득한 포화의 교환 속에 주변의 화신들 요괴들은 비명조차 남기지 못하고 산화했다.

발포가 멈추고, 뿌연 포연 사이로 전함 수십 척이 나타났다.

[성좌, '해상전신'이 침음합니다.]

쿠구구구구구.

학익진을 형성하며 우리 전함을 포위한 배들.

아무리 '해상전신'이 해상전에 뛰어난 성좌라고 해도, 이번에는 상대가 너무 많았다. 게다가……

"페이후."

유중혁의 무거운 목소리와 함께, 건너편 뱃전에 선 인물이 보였다.

설화방 랭킹 1위,《진 서유기》의 주인공이 그곳에 있었다.

저쪽 녀석들도 미리 전함을 준비하고 있었던 모양. 게다가 그 숫자는 우리보다 훨씬 더 많았다.

"쟤들 설화급 성좌들 아냐?"

《진 서유기》의 다른 멤버도 보였다.

저팔계와 사오정은 예상대로 모두 〈황제〉의 성좌들이었다.

저팔계 역은 '삼첨창의 주인'인 이랑진군.

그리고 사오정은 비사문천毘沙門天의 셋째 아들, '나타 태자' 인가.

그들은 《서유기》 원작 등장인물이자, 손오공의 숙적이었다.

괜히 원작에서 '어차피 우승은 페이후'라는 말이 돌았던 게 아니다.

'서유기'의 실제 성좌가 페이후의 멤버로 등장했으니, 다른 방의 성좌들이 싸워 이길 수 없는 건 당연한 결과였다.

[일부 관객이 자신의 정체를 드러냅니다.]

[성운, <황제>의 성좌들이 '페이후'의 전장을 응시합니다.]

게다가 그 뒤쪽에서 일렁이는 <황제>의 이십팔수二十八宿 별 자리들까지.

언제든 전장에 개입하겠다는 듯 이쪽을 보는 시선은, 그곳 에 존재하는 것 자체로 커다란 압박이었다.

전장을 살피던 유중혁이 말했다.

"삼장이 없군."

그러고 보니 저쪽의 '삼장법사'가 보이지 않았다.

결국 '서유기'에서 경전을 얻는 존재는 삼장이다. 그런 상황 에서 삼장을 하구에 두고 왔을 리가…… 잠깐, 경전을 얻는 게 삼장이라면.

"저기 뭐가 도망가는데?"

이길영이 가리킨 곳에, 부리나케 멀어지는 전함들이 있었다.

아무래도 일부는 이곳에서 뒤를 막고, 남은 이들은 경전을 향해 움직이기로 한 모양이었다.

그렇다면 저 전함들 사이에 페이후 측의 삼장법사도 있을 것이다.

"여기서 시간을 끄는 사이 경전을 획득할 속셈이다."

이지혜가 버럭 소리를 질렀다.

"젠장! 여긴 내가 맡을 테니까 먼저 가요!"

이지혜의 외침과 함께, '터틀 드래곤'의 장전이 시작되었다.

곁으로 붙어선 [유령 함대] 하나가 나와 유중혁, 그리고 이길영과 신유승을 태운 후 질주를 시작했다.

콰아아아아아!

이지혜의 걱정은 하지 않았다. 그녀는 이제 어엿한 '해상제독'이다. 다른 곳도 아니고 전장이 물 위인 한, 이지혜는 설령 이기지 못하더라도 패하지는 않을 것이다.

문제는 저쪽이다.

멀리서 움직인 전함 한 대가 정확히 우리의 진로를 가로막으며 붙어서고 있었다.

페이후와 동료들이 탄 전함이었다.

"너희가 〈김독자 컴퍼니〉로군."

새파란 눈동자의 손오공.

페이후가 신기한 동물이라도 보듯이 이쪽을 보고 있었다.

흑천마도를 뽑아 든 유중혁이 경계하듯 앞을 막고 섰다.

[성좌, '삼첨창의 주인'이 자신의 격을 방출합니다!]
[성좌, '비사문천의 셋째 아들'이 자신의 격을 방출합니다!]

이미 배역 본연의 모습은 포기한 모양인지, 이랑진군과 나타는 처음부터 위협적인 경고성을 보내왔다.

그뿐만이 아니었다.

[성운, <황제>의 이십팔수 별자리들이 강림을 준비합니다.]
[성운, <황제>의 구요성관九曜星官이 강림을 준비합니다!]

이런 빌어먹을.

나는 비꼬듯 말했다.

"성운 도움이 없으면 혼자서는 아무것도 못 하는 모양이지?"

"<황제>는 나고, 나는 곧 <황제>다. 가진 것을 활용하지 않는 것이 더 어리석은 일이지."

제아무리 유중혁이라고 해도, '이십팔수 별자리'와 붙박이 아홉별인 '구요성관'마저 모조리 강림하면 당해낼 수 없었다.

게다가 그들은 본래 '서유기'의 등장인물이니 강림 개연성을 크게 소모하지도 않는다.

빌어먹게도, 이곳은 <황제>의 앞마당 놀이터나 다름없는 것이다.

"그 전에 한 가지 확인해야 할 것이 있다."

여의봉을 뽑아 든 페이후가 이쪽을 향해 본연의 격을 방출했다.

멸살법 최강의 화신 후보 페이후.

지금껏 몇 번인가 페이후를 본 적은 있지만, 한 번도 대결한 적은 없었다.

그도 그럴 것이, 저 〈황제〉가 제일 감싸고 도는 금수저 화신이시니까.

[거대 설화, '천궁의 계승자'가 이야기를 시작합니다!]
[거대 설화, '정사대전의 생존자'가 이야기를 시작합니다!]

페이후는 우리가 모르는 곳에서 착실하게 거대 설화를 쌓아왔다.

그것도 우리와는 차원이 다른 지원을 받으면서.

[거대 설화, '치우의 후예'가 이야기를 시작합니다.]

페이후가 이쪽을 향해 검기를 날리자, 유중혁이 그것을 막아냈다. 쩌저정, 하는 소리와 함께 유중혁의 흑천마도에 금이 짙어졌다.

페이후의 눈동자에 흥미로운 빛이 스쳤다.

"제법이군. 네가 저팔계인가?"

페이후는 강하다. 하지만 아무리 녀석이 강해도, 지금의 유중혁이라면 충분히 이길 수 있는 상대였다.

문제는 흑천마도였다. 검이 부러진 유중혁은 평소 기량의 70퍼센트도 내기 힘들 것이다.

"한국 최강의 화신이 〈김독자 컴퍼니〉에 있다고 들었지. 그게 그쪽이로군."

기다렸다는 듯 유중혁이 앞으로 나섰다.

유중혁 대 페이후.

세기의 대결이 성사되려 하고 있었다.

하지만 이번에도 버스 타며 구경이나 할 수는 없었다.

저쪽에는 아직 이랑진군과 나타 태자도 있으니까.

[현재 화신체 회복률: 71%]

[이계의 신격화 진행률: 96%]

[현재 이계의 신격화 속도가 둔화된 상태입니다.]

그러나 지금의 내 몸 상태로는 결코 저 둘을 상대할 수 없었다.

스르릉.

먼저 움직인 것은 페이후 측이었다.

휘황찬란하게 빛나는 나타 태자의 보패들이 빛을 뿜었고, 페이후의 전신에서 강력한 격이 발출되었다.

허공에서 빛이 일렁인 것은 그때였다.

[플레이어9 님께서 《은퇴한 SSSSS급 손오공이 되었다》에 '엑스트라' 배역으로 참가하셨습니다!]

이제 와서 새로운 배역이라고?

쿠구구구구!

내리치는 천둥과 함께 유령함대의 선실 위에 누군가가 나타났다.

어둑한 하늘 사이로, 벼락이 번쩍이며 긴 그림자가 드리워졌다. 호리호리한 인형이 그곳에 서 있었다.

인형의 머리 위로 솟아오른 커다란 두 개의 뿔.

[플레이어9 님의 배역은 '우마왕'입니다.]

우마왕.

그러고 보니 그런 배역이 있다는 것을 잊고 있었다.

제천대성 손오공의 전우이자 의형제. 원작에서는 적으로 싸운 적도 있었지만, 우리 설화방인 《은퇴한 SSSSS급 손오공이 되었다》에서는 아직까지 등장한 적이 없었다.

그렇다면 대체 누가 저 배역으로…….

[<김독자 컴퍼니>의 인원에게 투표권이 부여됩니다.]

[일부 인원은 현재 투표가 불가능한 상태입니다.]

[투표 가능한 인원만이 투표에 참가합니다.]

그 말을 듣는 순간 머릿속이 멍해졌다.

[화신 '이지혜'가 심판에 찬성합니다.]
[화신 '신유승'이 심판에 찬성합니다.]
[화신 '이길영'이 심판에 찬성합니다.]
[화신 '정희원'이 심판에 찬성합니다.]
[화신 '한수영'이 심판에 찬성합니다.]
[화신 '유중혁'이 심판에 찬성합니다.]

연이어 떠오르는 메시지를 보며, 나는 울지도 웃지도 못한 채 눈앞의 창만을 바라보았다.

['심판의 시간'의 투표권을 행사하시겠습니까?]

내리는 빗속에 선 일행들의 표정이 보인다.
너무나 말하고 싶었다. 하지만 아무 말을 할 수 없었다.
오직 이것만이 내가 그들을 위해 할 수 있는 전부였다.

[성좌, '구원의 마왕'이 심판에 찬성합니다.]

순간, 일행들의 얼굴에 알 수 없는 표정이 떠올랐다.
아득한 침묵이 통천하의 강 위를 흘렀다.

다시 한번 벼락이 쳤고, 선실 위쪽에서 정희원이 뛰어내렸다. 갑판에 착지한 정희원의 어깨가 희미하게 떨리는 듯하더니, 이내 평온을 되찾았다.

[현재 투표 가능한 모든 인원이 심판에 찬성했습니다.]
['심판의 시간'이 발동합니다!]

　이윽고 고개를 든 정희원이 천천히 입을 열었다.
"아직 싸울 수 있어."

✳

5

아직 싸울 수 있다.

그 말을 한 정희원이 고요한 격을 발산하며 앞으로 걸어나
갔다.

그리고 귓가에 들려오는 [성운 채팅]의 메시지.

—독자 형이 살아 있어.

이길영의 말이었다.

—여긴 없지만, 어딘가에서 우릴 보고 있다고.

신유승이 고개를 끄덕였다.

한편, 내 머릿속에서는 경고 메시지가 울려 퍼지고 있었다.

[이계의 신격화 진행률: 96.1%]

(…)

[이계의 신격화 진행률: 96.3%]

진행률의 퍼센트가 급상승하고 있었다.

[혹부리 왕이 당신과의 약속을 의심하고 있습니다.]

내가 곧바로 이계의 신격으로 변모하지 않은 것은, 일행들이 '구원의 마왕'이 어딘가에 살아 있다는 것은 알아도, 손오공인 내가 '구원의 마왕'임은 알지 못하기 때문일 것이다.
혹부리 왕과 한 약속은 어디까지나 〈김독자 컴퍼니〉에게 내 정체를 드러내지 않는 것이니까.

[이계의 신격화 진행률: 97.1%]

유중혁은 무슨 생각을 하는지 묵묵히 하늘을 올려다보고 있었다.
정희원은 그런 유중혁의 어깨에 손을 툭 얹고는 앞으로 나아갔다.
유중혁이 가라앉은 목소리로 말했다.
"너 혼자선 무리다."
"아니, 충분해."
빙긋 웃는 정희원의 미소가 믿음직스러웠다.

[전용 스킬, '심판의 시간'이 <김독자 컴퍼니>의 가호를 받습니다.]

더 이상 〈에덴〉과 절대선 계통의 영향을 받지 않는 [심판의 시간].

오직 〈김독자 컴퍼니〉의 개연성만을 빌려서 사용하는 정희원의 칼날이, 심판의 대상을 가리키고 있었다.

[성운, <황제>가 해당 배역의 난입에 분개합니다!]

갑작스러운 정희원의 난입에, 〈황제〉의 일원들은 당황하는 눈치였다.

페이후가 고개를 갸웃하며 정희원을 바라보았다.

"너는 누구지?"

"너냐?"

"……?"

"한국 최강의 화신을 찾던 거."

그 말과 함께, 정희원의 신형이 화살처럼 쏘아져 나갔다.

당황한 페이후가 여의봉을 들어 정희원의 검격을 막아냈다.

콰드득, 하고 울려 퍼지는 파찰음이 묵직했다.

인상을 찌푸린 페이후가 뒤쪽으로 쭉 밀려나며 물었다.

"무거운 검이군. 그건 '우마왕'의 병기가 아닐 텐데?"

"맞아."

정희원의 손에는 이제껏 본 적 없는 철검이 쥐어져 있었다.

우마왕의 병기도, 정희원의 [심판자의 검]도 아니었다.

[플레이어10 님께서 《은퇴한 SSSSS급 손오공이 되었다》에 '엑스트라' 배역으로 참가하셨습니다!]

웅?

[플레이어10 님의 배역은 '여의금고봉'입니다.]

그런 배역이 가능할 리 없다고 생각하는 찰나, 정희원의 검이 비정상적으로 길어졌다. 마치 1만 3500근의 여의금고봉이 자라나는 듯했다.
"무슨!"
정희원의 검은 계속해서 길어졌다. 10미터, 20미터, 30미터, 40미터…… 그야말로 말도 안 되는 크기로 길어진 그 검을, 정희원은 양손으로 쥐었다.

[전용 스킬, '신살 Lv.3'이 발동합니다!]

[신살]. 정희원이 '멸망의 심판자'로 진화하며 얻은 [귀살]의 상위 스킬.
거친 혼돈의 힘이 수백여 미터에 이르는 강철검을 타고 흘렀다. 세계가 느릿하게 진동하더니, 정희원의 손이 좌에서 우

로 움직였다.

순간 불길한 예감을 느낀 페이후와 성좌들이 외쳤다.

"모두 달아나라!"

반사적으로 몸을 피한 이도 있었지만, 대부분은 무슨 일이 벌어지는지조차 모르고 있었다.

드넓은 강의 수평에 은빛 실선이 그어졌고, 인근 전함들이 굉음을 일으키며 터져나갔다.

[성운, <황제>가 '우마왕'의 힘에 경악합니다!]

일대의 수면을 불바다로 만들어버리는 가공할 위력.

그것은 정희원 혼자만의 힘이 아니었다.

정희원의 손에서 진동하는 강철검. 나는 그 검이 무엇인지 알 수 있었다.

[강철화]의 무기화 상태에 돌입해 소통은 불가능하지만, 그는 틀림없는 이현성이었다.

불타는 강 위를 내달리며 정희원이 외쳤다.

"가! 여긴 나한테 맡기고!"

정희원은 페이후뿐만 아니라 이랑진군과 나타 태자의 길목까지 막아섰다.

그녀의 전신에서 범람하는 어마어마한 투기를 느끼며, 나는 일행들을 돌아보았다.

"갑시다."

확실히 지금의 정희원이라면, 이 전장을 맡길 수 있을 것 같았다.

"부탁해, 누나!"

"여차하면 도망치세요!"

이지혜의 유령함선이 출발했다.

뒤쪽에 정희원과 함께 남겨진 페이후가 분노의 사자후를 터뜨리고 있었다. 그러거나 말거나 우리는 통천하의 안개 속을 나아갔다.

멀리서 조급하게 달아나는 페이후 측 삼장법사가 보였다.

[경전의 위치가 가까워지고 있습니다.]

그런 우리를 보는 관객과 심사위원의 시선이 있었다.

[다수의 관객이 당신들의 설화에 집중하고 있습니다.]

[심사위원, '긴고아의 죄수'가 조금만 힘을 내보라고 말합니다.]

[심사위원, '정단사자'가 자신의 삼겹살을 출렁이며 응원합니다.]

[가산점 100점을 획득했습니다.]

이지혜와 정희원의 활약 덕분인지, 이제 페이후 방과의 점수 격차도 거의 없어졌다. 여기서 우리가 먼저 '경전'을 얻기만 한다면 '서유기 리메이크'의 승자는 우리가 될 것이다.

동서남북의 하늘이 일그러진 것은 그때였다.

[성운, <황제>의 이십팔수 별자리들이 강림합니다!]

새카맣게 물든 하늘의 모든 방위에서 스물여덟 개의 별이 유성이 되어 우리를 향해 낙하했다.

"피해라!"

유중혁과 나는 이길영과 신유승을 안은 채 동시에 강으로 몸을 날렸다.

통천하 전체가 폭발하는 굉음과 함께, 반파된 유령함선이 뒤집혔다.

우리는 강물 위를 떠다니는 부유물 중 하나를 간신히 붙잡았다.

"우웩! 나 혼자 살 수 있으니까 이거 놔!"

발버둥 치는 이길영의 목소리.

우리는 각자 부유물 위에 올라섰다.

앞길을 막은 스물여덟 개의 별자리가 그곳에 있었다.

[이해할 수 없는 자들이로군.]

[어찌 위대한 이야기를 요괴들의 피로 더럽히는가?]

[그대들은 이 '거대 설화'를 완성할 자격이 없다.]

대놓고 우리를 방해하겠다고 외치는 녀석들.

이렇게 될 줄은 알았지만 〈황제〉가 진짜 이런 식으로 나오니 한편으로는 어이가 없었다.

[일부 관객이 <황제>의 성좌들에게 불공평함을 호소합니다!]

호소해도 바뀌는 것은 없었다. 어쨌든 '서유기'는 〈황제〉의 거대 설화이고, 이 설화를 다른 성운에게 빼앗기고 싶지 않을 테니까.

처음부터 이 이벤트는 〈황제〉의 화신인 페이후를 위해 기획된 것이었다.

다른 화신과 성좌를 참가하게 해준 것은 설화 전체의 격을 높이고 이벤트를 시나리오화하기 위한 명분일 뿐.

어차피 우승은 페이후로 정해진 게임이었다.

뒤따르는 다른 성좌 및 성운의 불만은 코인과 적당한 수준의 설화를 제공해 잠재우는 것. 그것이 〈황제〉가 계획한 '서유기 리메이크'의 실체이고, 다른 성좌들 역시 말은 안 해도 어렴풋이 알고 있던 사실이었다.

어차피 참가해도 너희가 우승은 못 한다. 하지만 적당한 수준의 보상은 주겠다.

[어째서 그대들은 시나리오의 질서를 어지럽히는가? 이미 2등 자리에 올랐는데도 그 득표수에 만족하지 못하는가?]

그런 의미에서, 우리는 지금 〈황제〉가 그어놓은 암묵적인 선을 넘어버린 셈이었다.

[지금이라도 물러나라. 그렇게 한다면 그대들이 쌓은 설화는 거둬가지 않을 것이다.]

이십팔수 별자리의 한 축인 '동방 청룡 7수'인 각수角宿, 항

수亢宿, 저수氐宿, 방수房宿, 심수心宿, 미수尾宿, 기수箕宿가 제각기 앞으로 나오며 격을 발출했다.

개별 성좌의 힘은 하위 격 설화급이나 위인급 정도지만, 문제는 저들이 모두 모였을 때였다.

동방청룡 7수.
북방현무 7수.
서방백호 7수.
남방주작 7수.

〈황제〉의 방위를 담당하는 수호성이자, 옥황의 토벌군.
그들은《서유기》의 본편에서 제천대성과도 맞서 싸운 전례가 있었다.

['이십팔수 별자리'들이 자신의 격을 개방합니다!]

스물여덟 개의 별이 동시에 광휘를 발산하자, 그야말로 눈부신 격의 파동이 전해져왔다.
아무리 저들이 위인급이라도, 이 정도 기세라면…….
스르릉.
검을 뽑으며 앞으로 나선 것은 유중혁이었다. 녀석은 나를 일별하며 앞으로 나섰다.
"아이들을 데리고 경전을 얻어라."

그러자 이길영이 발악하듯 소리쳤다.

"누가 누굴 데려가! 내가—"

뒤이어 흘러나온 유중혁의 격에, 이길영이 입을 다물었다.

유중혁의 새카만 코트가 흔들렸다. 작은 블랙홀이라도 된 것처럼, 이십팔수 별자리 전원의 빛을 받아내며 선 등. 줄곧 누군가를 지켜온 사람의 등이었다.

그 모습에 압도된 듯 주춤하던 이길영이 중얼거렸다.

"……가자."

상대가 이십팔수 별자리 전원이라면, 아무리 유중혁이라 해도 승부를 장담할 수 없다.

하지만 믿어보는 수밖에 없었다. 지금의 유중혁은 '로카팔라'의 최강자인 인드라와 싸울 수 있을 정도로 강하니까.

나는 고개를 끄덕이며 말했다.

"부탁합니다."

"가라!"

강과 하늘이 만나는 접경에서, 유중혁의 흑천마도가 길을 뚫었다.

파천검도.

오의.

암해참.

밤의 바다를 베어내는 일격.

모세의 기적처럼 강물들이 비산하며 전방의 방해물이 모조리 갈라져나갔다.

미처 검격을 피하지 못한 몇몇 별자리가 강물로 추락했다.

[이런 말도 안 되는 격이!]

[네놈!]

경악한 이십팔수 별자리들이 고성을 토하며 흩어졌다.

그사이에도 유중혁은 검을 휘두르는 것을 멈추지 않았다.

파천검뢰.

유중혁의 전격이 만든 길을, 부유물들을 모아 임시로 만든 뗏목이 달렸다.

"키메라 드래곤!"

용마가 뗏목 뒤쪽으로 힘찬 날갯짓을 했다.

가공할 강풍과 함께 나와 이길영, 그리고 신유승을 태운 뗏목이 급항을 시작했다. 인원은 줄었지만, 키메라 드래곤의 격이 소모되는 만큼 쾌속한 항행이었다. 페이후 측 삼장법사와의 거리는 순식간에 줄어들었다.

우리를 발견한 삼장법사가 이쪽을 향해 소리를 질러댔다.

이길영은 그들을 향해 가운뎃손가락을 날렸다.

"이거나 먹어라!"

[성운, <황제>의 '구요성관'들이 강림합니다!]

"젠장! 또 뭐야 치사하게!"

〈황제〉가 괜히 거대 성운이 아니다.

단순히 성좌의 숫자만을 놓고 본다면, 〈황제〉는 〈스타 스트림〉 최강의 성운이라 봐도 무방할 것이다.

천공이 빛과 함께 쪼개지더니, 뚜렷한 디테일이 없는 아홉 개의 인형이 나타났다. 단지 각기 다른 색깔로만 구별할 수 있는 인형체들.

구요성관.

〈황제〉의 무인 전략 병기인 그들은, 농축된 설화로 빚어진 존재였다. 태양, 달, 수성, 금성, 화성, 목성, 토성에 황번성과 표미성을 포함한 아홉 천체를 의인화한, 말 그대로 '성좌급' 전투력을 가진 병기.

콰콰콰콰콰콰!

병기들의 입에서 쏟아지는 입자포가 통천하의 한쪽을 불태우고, 다른 한쪽은 얼어붙게 만들고 있었다.

아차 싶던 순간, 짙은 수증기 사이로 한 줄기 섬광이 날아들었다.

"신유승!"

용마를 컨트롤하느라 미처 공격을 피하지 못한 신유승의 신형이 하늘을 날았다. 이길영과 내가 동시에 손을 뻗어 신유승을 붙잡아 용마에 태웠다. 급소를 맞았는지 신유승은 의식이 없었다.

"저 개자식들이!"

용마의 통제권을 넘겨받은 이길영이 자신의 격을 발출했다.

하지만 구요성관은 여전히 건재했고, 심지어 저것이 전부도
아니었다.

[성운, <황제>의 열두 원신元辰이 강림을 준비합니다!]
[성운, <황제>의 사해용왕四海龍王이 강림을 준비합니다!]

나는 깨달았다.

〈황제〉는 이번 '거대 설화'에 진심이다.

[이계의 신격화 진행률: 98.1%]

다시 우리를 앞질러 나가는 적의 전함.

[다수의 관객이 심장을 졸이며 당신을 지켜봅니다!]
[현재 랭킹 1위와의 득표수 격차가 미미합니다!]

만약 여기서 패한다면, 거대 설화는 페이후의 것이 된다.

나는 이길영을 돌아보며 말했다.

"현 법사님."

"바쁘니까 말 시키지 마!"

"여기서 장 법사님을 지키십시오. 제가 저들을 뚫고 경전을

가져오겠습니다."

"뭐? 너 무슨—"

상황을 이해하지 못한 이길영이 뭐라고 소리를 지르려는
순간, 나는 아이의 머리 위에 가만히 손을 얹었다.

"알았지? 길영아."

순간 이길영의 입술이 뻐끔거렸다.

아이의 맑은 눈망울에 급격하게 눈물이 차오르고 있었다.

"너, 너—"

나는 이길영의 머리를 쓰다듬은 뒤, 가까이 있는 부유물을
끌어왔다.

(손오공은 뒤쪽을 향해 바람의 술법을 사용했다.)

[전용 스킬, '바람의 길 Lv.10'이 발동합니다!]

돌풍이 일었고, 나를 태운 부유물 뗏목이 쾌속 항진을 시작
했다.

뒤쪽에서 이길영의 목소리가 들려왔지만, 바람 소리에 묻혀
스러졌다.

[<김독자 컴퍼니>의 누군가가 당신의 정체를 의심하고 있습니다.]

[혹부리 왕이 당신을 노려봅니다!]

구요성관들이 내 움직임을 눈치채고 집요하게 쫓아오고 있었다.

몇몇 구요성관은 나를 쫓는 대신 앞질러 날아갔다.

멀리 '경전'의 위치가 어렴풋이 드러났다. 신비한 안개로 둘러싸인 작은 섬 위에, 아름다운 광채를 뿜어내는 단 하나의 책.

그리고 어느새 구요성관과 〈황제〉의 성좌들이 그 앞을 막아섰다.

나는 가볍게 한숨을 내쉬었다.

[이계의 신격화 진행률: 98.3%]
[당신의 화신체 손상도가 심각합니다.]

이제 방법은 하나뿐이다.

순간, 내 어깨 위에서 줄곧 침묵하고 있던 유중혁 [999]가 말했다.

─명청한 짓이다. 이계의 신격이 되고 싶은 것인가?

나는 씩 웃었다.

'겁나냐?'

─여기서 더 무리하면 너는 정말로 이계의 신격이 된다. 그러면 시나리오도 실패하게 될 것이다.

나는 시나리오 창을 열어 목표를 확인했다.

〈히든 시나리오 - 약속 증명〉

분류: 히든

난이도: ???

클리어 조건: 〈스타 스트림〉의 주요 거대 설화에 '이계의 신격'을
등장시키시오. 단, 기존처럼 '이계의 신격' 역할로 등장해서는 안
됩니다.

제한 시간: 100일

보상: '이계의 신격'의 신뢰, ???

실패 시: 모든 기억을 잃고 '이계의 신격'으로 변화

* 해당 시나리오 수행 도중 당신은 〈김독자 컴퍼니〉에게 접촉하
  여 정체를 드러내서는 안 됩니다. 만약 이 조건을 어길 시, '이
  계의 신격'으로의 변이가 가속됩니다.
* 경고! 현재 당신의 정체가 노출될 위기에 처해 있습니다.
* 현재 화신체의 상태 악화로 이계의 신격화 속도가 빨라지고 있
  습니다.

역시, 다시 읽어봐도 내 짐작이 맞다.

'이계의 신격이 된다고 해서 시나리오에 실패하는 건 아냐.

이계의 신격이 되는 것은 시나리오의 '실패 대가'지 '실패 조

건'은 아니거든.'

　─그거나 그거나 다를 게 없는…….

　'달라. 이건 내가 시나리오에 실패하기 전에 먼저 이계의 신격이 되는 거니까.'

　내가 흑부리 왕에게서 받은 '히든 시나리오'의 제한 시간은 백 일.

　즉, 나는 그 안에 임무만 완수하면 된다.

　문제는 '이계의 신격화'에 관련된 부분.

　'내가 이계의 신격으로 빠르게 변하고 있는 건 시나리오에 실패했기 때문이 아니라, 내 화신체의 상태가 나쁘기 때문이야. 즉…….'

　─네놈이 이계의 신격이 되어도 시나리오에 실패하진 않는다는 거로군.

　'맞아.'

　나는 고개를 끄덕이며 전방을 응시했다. 이제 [999]도 내 목적이 무엇인지 깨달은 듯했다.

　[현재 해당 설화에서 '이계의 신격'의 지분은 12.171%입니다.]
　[시나리오를 완수하기 위해선 '이계의 신격'의 지분을 30% 이상 확보해야 합니다.]

　이대로는 경전을 획득해 거대 설화를 손에 넣더라도, 이계의 신격의 지분은 채울 수 없다.

하지만 내가 이계의 신격이 된다면 어떨까.

[해당 설화에서 당신의 배역은 '손오공'입니다.]
[현재 해당 설화에서 당신의 지분은 22.51%입니다.]

최강의 요괴인 '손오공'의 역할을 이계의 신격이 담당하게
된다면.
그리하여, 저 남은 지분을 채울 수 있다면.
―왜 이렇게까지 하는 거지?
'왜라니?'
―'은밀한 모략가'와 이계의 신격들을 내버려두어도, 너는
아무것도 손해 볼 것이 없다.
손해라.
―설마 '은밀한 모략가'를 동정하는 것인가? 그는 네놈의
동정 따위 필요로 하지 않는다.
'그렇겠지. 그놈도 유중혁이니까.'
―유중혁? 웃기지 마라. 그는 네가 아는 '유중혁'이 아니다.
이미 완전히 다른 존재가 된 무엇이란 말이다.
나는 대답하지 않았다.
달려오는 〈황제〉의 성좌들을 보며, [999]가 말을 이었다.
―너는 이계의 신격이 된다는 게 무슨 뜻인지 모른다. 이계
의 신격이 되면 살아온 기억을 급격히 상실하게 된다. 저 '은
밀한 모략가'조차 우리와 같은 단말을 만들지 않고서는 버틸

수 없었……

역시 그 많은 '꼬마 유중혁'들이 존재하는 이유는 그것 때문이었나.

나는 가볍게 고개를 끄덕이며 대답했다.

'대가는 알고 있어.'

―그걸 아는 놈이 대체 왜……!

'이렇게 해야만 하니까.'

나는 가만히 웃으며 말했다.

천천히 눈을 깜빡이자, 짧은 어둠 속에서 이계의 신격들의 모습이 스쳐 지나갔다.

【아아아아아아아】

【살려줘살려줘살려줘살려줘】

【기억이기억이기억이기억이기억이】

이계의 신격.

유중혁이 실패한 무수한 세계선에서 만들어진 존재들.

지금껏 나를 살게 한, 내가 그토록 사랑한 세계의 흔적들.

'그런 걸 보고, 어떻게 다른 선택을 할 수가 있겠어.'

심지어 지금도 내 귓가에 이렇게 선명하게 들리는데.

콰아아아아아.

쏟아지는 포화에 타고 있던 뗏목이 부서졌다.

나는 흩어진 부유물들을 짓밟으며 강 위를 달렸다.

['바람의 길'이 더욱 가속합니다.]

[극한에 이른 속도에 '바람의 길'이 진화합니다.]

다리의 속도가 점점 더 빨라져서, 이윽고 부유물 없이도 달릴 수 있게 되었다.

[당신은 등평도수登萍渡水의 경지를 알게 됐습니다.]
[과한 격의 사용에 화신체의 손상이 심화됩니다!]
[이계의 신격화 진행률: 98.6%]

심장이 불길한 박자로 뛰고 있었다.

[이계의 신격화 진행률: 98.7%]

내가 더 이상 내가 아닌, 다른 무언가가 되어가는 소리였다.
[999]가 뭐라고 말을 걸어왔으나, 폭발하는 강의 풍경 속에 목소리는 들려오지 않았다.
그 대신 들려온 것은 내 안의 목소리였다.

「김독자」

[제4의 벽]이 말하고 있었다.

「미 친짓 이 야」

역시, 녀석도 모든 걸 지켜보고 있던 모양이다.

당연한 일이겠지.

「전 부다 잊 게될 거 야」
「김 독자 더이 상 김독 자 아 니게 된 다」

[제4의 벽]의 말은 맞았다.

[이계의 신격화 진행률: 99.1%]

이계의 신격이 되면, 나는 지금껏 쌓아온 모든 기억을 잃게
될 것이다.

「김독자는 무서웠다.」

상상만 해도 끔찍한 일이었다.

「지금껏 쌓아온 모든 기억이 사라진다는 게.」

나는 벽에 떠오르는 문장들을 보며 입을 열었다.

'괜찮아. 네가 모두 기억하고 있잖아.'

「뭐?」

'네가 나를 모두 기록하고 있으니까, 난 절대로 잊지 않아.'

본래의 나였다면 이런 모험 따위는 하지 않을 것이다.

기억을 모두 잃어버린다니, 그런 일은 절대 겪고 싶지 않으니까.

['제4의 벽'이 크게 동요합니다!]

하지만 내게는 [제4의 벽]이 있다. 어떻게 습득한 스킬인지조차 모르지만, 이 이야기가 시작되던 첫 순간부터 모든 것을 기록해온 벽.

나는 벽 안의 정경을 떠올렸다. 고적하고 아늑한 어둠이 들어찬 도서관과, 그 도서관을 아끼는 사서들. 그곳에는 유중혁의 모든 회차를 담은 멸살법의 숭고한 이야기들이 기록되어있고……

하찮은 '김독자'의 삶도 적혀 있다.

「그 도서관은 지금도 김독자의 모든 것을 기록하고 있었다.」

「김독자의 숨소리부터, 김독자의 생김새, 김독자의 웃음과, 김독자의 말투.」

「김독자가 좋아하는 음식과 싫어하는 음식. 종종 흥얼거리던 노래. 김독자가 슬플 때와 기쁠 때 짓는 표정. 자신이 없을 때 괜히 중얼거리는 말버릇과 뒤따라오는 자조.」

「아이들을 생각할 때 고개를 기울이는 버릇. 어머니를 생각하며 눈을 감을 때 생기는 떨림. 유상아와 이야기할 때 짓는 미소. 한수영을 놀릴 때 휘어지는 눈썹과 입가의 짓궂은 주름. 이현성을 생각할 때의 죄책감. 그리고…….」

「자신이 사랑하는 이야기를 떠올릴 때의 눈빛까지.」

그렇기에 나는 말할 수 있었다.

'처음부터 다시 읽으면 돼.'

「하 *지* 만」

'지하철이 도착하던 그 순간부터 '서유기'에 온 지금까지. 모두 다시 읽으면 되는 거야.'

멀리서 쏘아진 섬광의 탄환이 내 발치에 떨어졌다.

나는 빛의 폭발에 휩쓸려 강에 빠졌다. 허우적거리며 주변의 부유물을 붙잡았다.

[화신체의 손상이 심각합니다!]

[이계의 신격화 진행률: 99.3%]

나는 다시 일어나서 달렸다.

이제 정말 조금 남았다.

'나는 세상에서 읽는 걸 제일 좋아하니까.'

차오른 숨이 버거웠다.

[이계의 신격화 진행률: 99.4%]

벌써 기억이 조금씩 흩어지는 느낌이 들었다.

구요성관 중 하나가 쏘아 보낸 창이 어깻죽지를 스쳤다. 그 고통조차 내 것이 아닌 느낌.

문득, 오래전 커뮤니티에 올린 글이 떠올랐다.

―아직 멸살법 안 읽은 눈 삽니다.

내가 좋아하는 이야기가 완결에 다가가는 것이 너무나 아 쉬워서, 나는 그렇게 말했었다. 실웃음이 났다.

'이런 재미있는 이야기를 까먹고 다시 읽을 수 있다니, 내겐 오히려 행운이라고.'

「김 독 자 는 멍 청 이」

분하다는 듯, [제4의 벽]이 소리쳤다.

「난 아 무 것 도 안 들 려 줄 거 야」

말은 저렇게 해도, 도와줄 것을 알고 있다.

「잊 **어버** *리*는 거용서 못 한 다」

쏟아지는 포화 속에 피부가 벗겨지고, 허리가 끊어질 듯한 통증이 발생했다.

[전용 스킬, '제4의 벽'이 강하게 발동합니다!]

그런 통증을, [제4의 벽]이 막아주고 있었다.
달려드는 구요성관들을 향해 주먹을 휘두른다. 단단한 강철을 두드린 것처럼 주먹이 쓰라렸지만 나는 물러서지 않았다.

[거대 설화, '마계의 봄'이 이야기를 시작합니다!]
[거대 설화, '신화를 삼킨 성화'가 이야기를 시작합니다!]
(…)
[《은퇴한 SSSSS급 손오공이 되었다》의 설정이 발동합니다.]
['은퇴 페널티'로 당신의 전의가 감소합니다.]
['은퇴 페널티'로 당신은 전력을 사용할 수 없습니다.]

그러고 보니 그 망할 설정을 잊고 있었군.
전신에 감돌던 설화의 힘이 급격하게 빠져나가고 있었다.
[막아라!]

[놈이 경전에 도착하게 해선 안 돼!]

'경전'이 보관된 유적이 코앞에 있었다.

화강암으로 만들어진 섬. 오랜 세월의 풍파를 견뎌낸 보물.

삼장과 일행들이 십사 년에 걸친 여정으로 얻은 해답.

[다수의 관객이 당신의 설화를 지켜봅니다.]

[심사위원, '긴고아의 죄수'가 당신의 선택을 지켜봅니다.]

[심사위원, '미후왕'이 당신의 해답을 기대합니다.]

[심사위원, '필마온'이 당신의 설화를 응시합니다.]

[심사위원, '석가의 후예'가 당신을 바라봅니다.]

나와 함께한 모든 존재가 이 순간을 함께 지켜보고 있었다.

[이계의 신격화 진행률: 99.7%]

구요성관들은 필사적으로 나를 막아섰다.

페이후 측 삼장이 허겁지겁 경전을 향해 달려가고 있었다.

여기서 시간을 더 지체한다면, 〈황제〉 측 성좌들이 더 몰려
올 테고 나는 경전을 얻지 못할 것이다.

[득표수: 50,412]

[현재 해당 설화방의 랭킹은 1위입니다.]

나는 허공을 올려다보았다.

[시나리오 마스터가 당신을 바라봅니다.]

이상하게도 그런 예감이 들었다.

그 녀석이라면 알고 있을지도 모른다.

내가 누구인지. 내가 왜…… 일행들에게 정체를 드러내지 않았는지.

모두 알면서도 모른 척했을지도 모르겠다는, 그런 막연한 예감이 들었다.

그리고 시나리오 마스터의 목소리가 들려왔다.

(……시발.)

나는 그 목소리를 들으며 씩 웃었다.

나를 향해 달려오는 성좌들과 함께 내레이션이 시작되었다.

(손오공은 자신의 적들을 바라보았다.)

(이미 전생에도 싸운 적이 있는 적들이었다.)

[이계의 신격화 진행률: 99.8%]

(지긋지긋한 전쟁.)

(그는 은퇴한 몸이었고, 이제 다시는 싸우지 않겠다고 결심했다. 하지만)

나는 정성스레 쓴 편지처럼 들려오는 그 내레이션을 들으며 눈을 깜빡였다.

그래, 너라면 이미 알고 있을 것 같았어. 이 이야기의 마지막이 어떻게 끝나야 하는지.

(천천히 그러쥔 주먹에서 오래된 힘이 솟구쳤다.)

[당신의 '은퇴 페널티'가 완전히 해제됩니다.]

(제천齊天. 천공의 먹구름과 전격을 조종하는 힘.)

[5번 책갈피가 활성화됐습니다!]
[전용 스킬, '전인화 Lv.23(+13)'가 활성화됐습니다.]
[당신의 '격'이 육체 조건의 페널티를 극복합니다.]

백청의 강기.
[전인화]의 전격이 창공을 찢으며, 구요성관의 별들을 파괴했다.

(그는 그 주먹으로 많은 이들을 구했기에 '구원'이라 불리

었고, 많은 산 것들을 죽였기에 '마왕'이라 불리었다.)

어깨를 찢고 자라난 흑빛 날개.

(그렇기에, 그는 '구원의 마왕'이었다.)
(모두 오래전의 기억이었다.)

시선을 돌리자, 통천하의 강을 물들인 이계의 신격의 시신
들이 보였다.

('요괴'들의 정점에서 군림하던 시절.)
(그는 요괴들을 통치했고, 싸웠고, 패했다.)
(오랜 여행이 그를 변하게 만들었고, 그는 깨달음을 얻어
보살이 되었다.)

모두 이 시나리오의 소모품으로 죽어간 자들이었다.

(그리고 이것이 그 깨달음의 결과였다.)

머리에 쓴 긴고아가 아팠다. 통증을 감당하며 앞으로 나아
갔다.
강림한 〈황제〉의 성좌들이 나를 향해 달려들었다.
[막아라!]

[절대로 놈이 경전을 획득해서는—!]

(죽어간 모든 요괴들을 위해)
(그는 다시 한번 '구원의 마왕'이 되기로 했다.)

[마왕, '구원의 마왕'이 자신의 격을 드러냅니다.]

눈부신 폭발과 함께 눈앞의 성좌들이 흩어졌다.
그 빛을 넘어서자, 눈앞에 한 권의 책이 놓여 있었다.
나는 경전을 향해 손을 뻗었다.

[이계의 신격화 진행률: 99.9%]
[당신의 존재가 '이계의 신격'으로 진화합니다.]

83
Episode

독자의 화신

＊

1

들끓는 혼돈의 힘이 전신의 모세혈관을 잠식하고 있었다. 파고드는 혼돈의 힘에 맞서 설화들이 연이어 반발을 일으켰다.

[설화, '이적에 맞서는 자'가 기적을 꿈꿉니다.]
[설화, '이계의 신격을 살해한 자'가 당신의 변화에 저항합니다!]
[거대 설화, '마계의 봄'이 당신을 보호합니다!]

흐려지는 의식을 간신히 붙잡은 채, 나는 경전을 향해 비틀거리며 다가갔다.

「…….」

이계의 신격화의 부작용일까. 어디선가 말소리 같은 것이 들려왔다. 아무래도 의식이 분절되며 멋대로 [전지적 독자 시점]이 발동한 것 같았다.

그런데 이번에는 한 사람이 아니었다. 마치 한꺼번에 여러 사람의 시점을 감각하는 것처럼, 목소리는 동시에 들려왔다.

「알고 있었다.」

유중혁.

「애초에 너무 티 나잖아. 그럴지도 모른다고 생각했지.」

이지혜.

「먼저 말하지 않았다면, 그럴 만한 이유가 있는 거니까.」

신유승.

「사, 사실 나도 예상했거든? 독자 형! 독자 형!」

이길영.

「독자 씨?」

정희원.

말하지 않아도 이미 모든 것을 이해하고 있는 그들에게, 무슨 말을 해야 할까.

「무척 강한 손오공이군. 대체 누구지?」

이현성.

피식 웃음이 나왔다. 그래, 이현성은 차라리 모르는 편이 낫다.

슬슬 기억이 무너지는 것이 느껴졌다. 이계의 신격화가 끝나면, 내 기억은 우주의 먼지로 흩어질 것이다.

「김독자는 두려웠다.」

[제4의 벽]은 알고 있을 것이다.

내 호언은 모두 겁쟁이의 선언이다.

「기억을 모두 잃은 후의 내가, 정말 '나'일까.」

지금까지 몇 번이나 죽었지만, 기억을 통째로 잃은 적은 없었다.

지금 모든 것을 기억하고 있는 '나'는, 이제 어떻게 되는 것일까.

「정말로 두려운 것은 죽음이 아니었다.」

다시 읽는다고, 이 모든 감정을 그대로 되찾을 수 있을까.

[설화, '생과 사의 동료'가 당신을 바라봅니다.]
[설화, '재앙의 왕을 사냥한 자'가 당신을 바라봅니다.]
[설화, '거신의 해방자'가 당신을 바라봅니다.]

이 소중한 이야기들을, 처음 느낀 그대로 다시 감각할 수 있을까.

「그리고 김독자의 눈앞에 경전이 있었다.」

《서유기 리메이크》.
저 경전은 '거대 설화' 그 자체였다.
내가 저것을 쥐는 순간, 이번 '거대 설화'는 〈김독자 컴퍼니〉와 이계의 신격의 것으로 돌아갈 것이다.

「김독자는 경전을 향해 손을 뻗었다.」

이것으로, 우리의 '서유기'는 완성될 것이다.
이상한 일이 벌어진 것은 그때였다.

[시나리오 이변으로 인해 이계의 신격화가 지연되고 있습니다.]

지연된다고?

주변의 스파크가 급격하게 짙어지며 성좌들의 고함이 멀어졌다. 시공간의 흐름이 기묘하게 꺾이고 있었다. 등줄기를 적시는 소름에 오한이 들 정도로 강력한 개연성이 움직이고 있었다. 마치 〈스타 스트림〉 전체가 꿈틀거리는 듯한 느낌.

왜곡된 공간을 뚫고, 누군가 시나리오에 개입하고 있었다.

[대도깨비, '허주'가 시나리오에 현현했습니다!]

[대도깨비, '허체'가 시나리오에 현현했습니다!]

[대도깨비, '하롱'이 시나리오에 현현했습니다!]

[대도깨비, '하람'이 시나리오에 현현했습니다!]

[대도깨비, '해솔'이 시나리오에 현현했습니다!]

대도깨비들의 현현.

츠츠츠츠츳!

경전을 향해 다가가는 내 손끝이 석화된 것처럼 굳어졌다.

있을 수 없는 일이었다.

[너는 그 이야기를 가질 수 없다.]

도깨비는 메인 시나리오에 개입할 수 없다.

아니, 지금까지도 간접적으로 시비를 걸어오긴 했지만 무려 대도깨비씩이나 되는 존재가 직접적으로 시나리오를 틀어버린 일은 없었다.

그런데 이들이, 자기 자신의 개연성까지 내걸고 시나리오에 개입했다.

[<스타 스트림>이 격동하고 있습니다!]

대도깨비 또한 〈스타 스트림〉의 일부.

시스템을 관장하는 그들이라고 해도, 비정상적인 개연성의 운용이 초래하는 결과에서 벗어날 수는 없었다.

그 때문인지 대도깨비들 몸에서도 강렬한 스파크가 튀어오르고 있었다.

[잊힌 것들은 잊힌 대로 두어야 한다.]

그들이 왜 이렇게까지 하는지 조금은 알 것 같았다.

만약 내가 이 경전을 손에 넣고, '거대 설화'를 얻게 된다면.

【아아아아아아아아】

【으으으으으으으으……!】

그들이 줄곧 이야기에서 배제해온 이계의 신격들이 정식으로 '거대 설화'에 편입되게 된다.

이계의 신격은 그들의 시스템만으로는 온전한 통제가 불가능한 힘.

중하급의 '옛 존재'도 아닌, 외신급의 이계의 신격이 마구잡이로 시나리오에 합류하기 시작한다면 〈스타 스트림〉은 그야말로 난장판이 될 것이다.

그럼에도 나는 이 일을 완수해야만 했다.

[그만두어라.]

대도깨비들의 격이 내 전신을 사슬처럼 옥죄어 왔고, 경전을 향해 뻗어지던 손은 한 뼘을 남기고 멈춰 섰다.

하지만 나는 당황하지 않았다.

대도깨비들이 개연성을 어기고 나타났으니, 어그러진 개연성의 저울눈을 맞출 다른 존재도 나타날 것이다.

쿠구구구구구!

생각하기가 무섭게 하늘이 소용돌이치기 시작했다.

'그레이트 홀'.

그 너머로 나타난 존재가 나를 내려다보고 있었다.

[경전을 쥐어라, ■■의 사도여.]

'은가이의 숲'에서 만난 혹부리 왕이었다.

혹부리를 발견한 대도깨비들이 대경하며 외쳤다.

[감히……!]

[지평선의 악마여, 이곳이 어디라고 온 것인가!]

[이 시나리오에 네가 나타날 개연성은 없다.]

혹부리 왕이 비웃었다.

[그건 네놈들도 마찬가지지.]

대도깨비와 혹부리 왕의 격이 충돌하며, 구속되었던 내 몸이 다시 움직이기 시작했다.

그리고 남은 한 뼘이 움직였다.

[이계의 신격화가 재개됩니다.]

혹부리 왕이 환하게 웃었다.

[〈스타 스트림〉이여, 너희가 지운 세계들이 도래할 것이다.]

손끝이 경전에 닿는 순간, 환한 전류 속에 내 의식도 사라져 갔다.

지금부터 무슨 일이 일어날지, 어렴풋이 느낄 수 있었다.

나는 뒤쪽을 돌아보며 천천히 눈을 감았다.

「**이제 믿을 것은…….**」

⌘ ⌘ ⌘

먼 창공에서 벌어지는 빛의 산란.

구요성관도, 이십팔수 별자리를 포함한 성좌들도, 그 순간만큼은 그 폭발을 바라보지 않을 수 없었다.

[성운, <황제>의 모든 성좌가 경악합니다!]

구요성관의 공격을 피해 달아나던 이길영이 용마를 멈춰 세웠다.

"신유승?"

말 안장에서 깨어난 신유승이 눈을 떴다. 정신을 차리자마

자, 신유승은 이길영과 함께 서쪽 하늘을 올려다보았다. 심장이 크게 뛰었다.

[뭔가 잘못됐다. 잔챙이들 빨리 해치우고 어서—]

잠시 주춤하던 구요성관들과 〈황제〉의 위인급 성좌들이 다시금 이길영과 신유승을 향해 쇄도했다.

여전히 서쪽 하늘에 시선을 고정한 이길영이 말했다.

"내가 뚫을 테니까. 가."

누구도 설명해주지 않았는데도 알 수 있었다.

저곳에 그들이 찾던 이야기가 있다.

"가서 독자 형을 구하라고!"

저곳에 김독자가 있다.

신유승 또한 그것을 느끼고 있었다. 어쩌면 이곳의 그 누구보다도 더.

용마에서 뛰어내린 이길영이 자신의 격을 개방하는 순간, 신유승이 용마를 달음박질시켰다. 청룡으로 화한 용마가 고속정처럼 강 위를 가로지르며 나아갔다.

멀리서 그리운 설화의 냄새가 났다.

오래도록 자신을 지켜준 배후성의 별빛이 보였다.

저토록 분명하게 빛나고 있었는데…… 왜, 확신하지 못했을까.

무수한 의문이 머릿속을 소용돌이치며 흘러갔다.

왜 김독자가 여기 있는가. 어째서 그들에게 정체를 밝히지 않았나.

신유승은 그런 것까지는 알 수 없었다. 다만

저곳에서 김독자를 잃어버리면.
이제, 다시는 그를 볼 수 없을 것만 같은 기분이 들었다.

구요성관들이 쏘아 보낸 섬광포에 용마가 맞았다. 신유승은
비명을 지르며 강물에 빠졌다.
그런 신유승을 끌어 올려준 존재들이 있었다.
【김독자김독자김독자김독자김독자】
【우리우리우리우리우리우리】
언제부터였을까. 강 위를 떠다니던 요괴들이 무리를 이루어
강을 건너고 있었다.
신유승은 얼떨결에 그 무리에 올라탔다. 요괴들은 징검다리
처럼 떠올라 길을 만들었다.
【구해줘구해줘구해줘구해줘구해줘구해줘】
요괴들 위를 달리며 신유승은 깨달았다.

「아저씨가 지금 저기 있는 것은 이들을 위해서다.」

그걸 깨닫는 순간 속에서 울컥하고 뭔가 치솟았다.
눈부신 빛살 속에서 흐트러지는 김독자의 설화가 보였다.
누가 설명해주지 않아도, 지금의 김독자가 위험한 상황이라는
건 명백했다.

「왜, 아저씨는 늘 혼자서.」

가장 먼저 치솟은 감정은 원망이었다.
어째서 김독자는 그들에게 도움을 청하지 않는가.

「청할 수 없는 이유가 있었겠지.」

알고 있지만.

「저게 최선이라 생각했을 거야.」

그래도 받아들이기 어려운 것들이 있다.
암흑성에서도 그랬고, 마계에서도 그랬다. 거기다 성마대전
까지.
그들의 긴 시나리오는, 줄곧 김독자가 희생해온 역사였다.

「그렇기에 이 원망은, 사실 김독자가 아니라 신유승 자기 자신을
향한 것이었다.」

다른 누구도 아닌 김독자의 화신이기에 알 수 있는 슬픔.
지금 자신이 겪는 고통은, 김독자의 결심에 비하면 아무것
도 아니다.

「분명 김독자는 그렇게 말할 것이다. "유승아, 슬픔에 경중은 없어."」

신유승은 그 말에 동의하지 않는다.

슬픔에 경중은 있다. 목숨을 걸어 누군가를 구하는 사람의 절망과, 그걸 지켜만 보는 무력감에 절망해야 하는 사람의 비탄이 같을 리 없다.

결국 모든 인간은 자기 자신이 제일 소중하다.

그리고 김독자는, 언제나 자신의 모든 것을 걸어왔다.

눈앞에서 강물이 폭발한 것은 그때였다.

〈황제〉의 성좌들이 설화를 토하며 낙하하고 있었다.

[오너라, 사라진 이야기들이여!]

세계가 쩌렁쩌렁 울리는 소리와 함께, 세계의 정경이 변하고 있었다.

하늘 곳곳에서 '그레이트 홀'이 열렸고, 상상도 못 할 격을 가진 존재들이 넘어오기 시작했다. 그것들은 더 이상 이계의 신격이 아니었다.

[■?■?■■이 '엑스트라' 배역으로 참여합니다!]

[■■?■이 '엑스트라' 배역으로 참여합니다!]

그들은 이제 '서유기'의 요괴들이었다.

(경전의 주인을 놓고 벌어지는 최후의 전쟁.)

(긴 이야기의 마지막 장을 장식할 음마陰魔의 무리가 몰려오고 있었다.)

마치 세계가 멸망하는 것 같은 풍경이었다.

그 멸망의 중심에서, 두 눈이 풀린 김독자가 요괴들 사이로 걸어가고 있었다.

착각일까. 그 순간 김독자는 더 이상 김독자가 아니라 요괴들의 일부처럼 보였다.

'내가 막아야 해.'

끊어진 요괴의 길 위에서 신유승은 자신의 작은 손을 내려다보았다. 어른들보다 더 대단한 일을 해낼 수 있다 믿었고, 실제로 그래온 손이었다. 그런데 지금 이 순간, 신유승은 자신의 손이 그저 아이의 것처럼 느껴졌다.

【■■■■■■■■■■■■■■……!】

하늘이 갈라지고 땅이 으깨졌다. 통천하의 강물이 통째로 뒤집히며 강 위의 산 것들이 피와 설화를 쏟으며 죽어갔다.

[심사위원, '석가의 후예'가 당신을 바라봅니다.]

시선과 함께 누군가의 목소리가 들려온 것은 그때였다.

[유승아, 네가 해야 해.]

신유승이 알고 있는 목소리였다.

"상아 언니?"

[이대로면 독자 씨는 돌이킬 수 없게 돼. 막을 수 있는 건 너뿐이야.]

어떻게 이런 일이 가능한지 의문을 던질 시간이 없었다. 신유승은 필요한 질문부터 했다.

"어떻게, 어떻게 해야 해요?"

유상아는 곧바로 대답해주지 않았다. 그 대신 화두를 던지는 부처처럼 다음과 같이 말했다.

[네 배역을 잊지 마.]

신유승은 잠시 멍한 얼굴로 하늘을 올려다보더니, 김독자가 있는 방향을 보았다.

손오공의 머리 위에서 희미하게 빛나는 금테.

신유승은 다시 자신의 주먹을 내려다보았다. 여전히 그것은 아이의 주먹이었다. 하지만 그것은 동시에 '삼장법사'의 주먹이었다.

"할 수 있을까요?"

말끝이 떨렸다.

멀리서 흔들리는 김독자의 신형.

[설화, '구원의 마왕'이 이야기를 계속합니다.]

기어코 참았던 울음이 터졌다.

"저게 아저씨가 원하는 일일 수도 있잖아요."

그런 아이에게, 유상아가 말했다.

[아주 오래도록 혼자였던 사람이야.]

김독자金獨子.

[그런 사람에게, 혼자가 아니라고 한두 번 말해준다고 갑자기 바뀌지는 않아.]

신유승은 그런 김독자의 화신이었다.

[말해주고, 곁에 있어주고, 확신을 줘야 해.]

신유승은 울면서 앞으로 나아갔다.

[그 사람이 정말로 자기가 혼자가 아니라는 걸 알게 될 때까지.]

신유승은 자신의 모든 격을 끌어모아 도움닫기를 했다. [바람의 길]을 사용하는 김독자처럼, 신유승은 전력을 다해 강위를 달렸다.

조금씩 가라앉는 수면을 내디디며, 신유승은 목이 터지도록 외쳤다.

"아저씨!"

김독자는 듣고 있지 않았다. 요괴들과 성좌들의 싸움이 벌어지는 한복판에서, 요괴가 되어가는 김독자가 텅 빈 눈으로 이쪽을 바라보고 있었다.

그의 몸이 변해가고 있었다. 김독자가 흩어지고 있었다.

"가지 마요! 제발! 가지 말라고요!"

자신의 배후성이 사라지는 것을 눈앞에서 지켜보며, 신유승은 목이 쉬도록 외쳤다. 그것은 말이 아니라 차라리 비명처럼 들렸다.

말로는 전할 수 없는 것이었다.

[새로운 설화가 당신에게서 발아합니다!]

모두가 특별한 방식으로 언어를 사용할 수는 없고, 그렇기에 비로소 설화가 존재한다. 전해지지 못한 말들은 이야기가 된다.

긴고주의 금빛 활자들이 설화가 되어 빛나고 있었다.

「포기하지 않을 거야. 아저씨가 날 몇 번이고 구해냈듯이—」

쏟아지는 유성 속에서, 신유승은 자신의 별을 정확히 바라보며 이야기했다.

「나도, 당신을 구할 거야.」

✳

2

전장의 중심에서 굉음이 울려 퍼졌다. 인근의 공기가 달라지고 있었다.

몰려가는 요괴들의 대열과 강림하는 〈황제〉의 성좌들.

페이후는 그 대열을 눈으로 좇다가, 자신의 앞을 막은 적수에게 눈을 돌렸다.

"정말 강하군. 한국에는 너 같은 화신이 많은가?"

정희원은 전신이 상처투성이였다. 하지만 그녀의 격은 여전히 건재했고, 투지는 들끓고 있었다.

페이후는 정희원의 강철검에 베인 자신의 가슴팍과 옆구리를 내려다보았다.

페이후는 혼자 싸우는 게 아니었다. 이랑진군에 나타 태자, 거기다 성운의 지원까지 받는 상황. 그런 상황에서, 다른 설화방의 '우마왕'으로 강림한 화신 하나를 이기지 못하고 있는 것이었다.

"잔말 말고 덤벼."

이글거리는 정희원의 눈동자를 보던 페이후가 설레설레 고개를 저었다.

"겨우 한 명을 상대로 이토록 고전했다는 것부터가 이미 우리의 패배다."

페이후는 더 싸울 의사가 없다는 듯 병장기를 집어넣고는 먼 하늘을 바라보았다.

"그리고 아무래도, 진짜 전장은 여기가 아닌 것 같으니."

그 말과 함께 페이후는 이랑진군, 그리고 나타 태자와 함께 경전이 있는 방향으로 몸을 날렸다.

정희원이 다급히 반응하려는 순간, 소환된 함선이 그들을 태우고 쾌속하게 멀어졌다.

['심판의 시간'의 발동이 종료됩니다.]

아슬아슬한 타이밍이었다. 조금만 더 싸움이 지속되었더라면, 패배한 쪽은 그녀였을 것이다.

과연 페이후. 괜히 〈황제〉의 전속 화신은 아닌 모양이었다.

[성좌, '악마 같은 불의 심판자'가 전장의 중심을 걱정스럽게 살핍니다.]

정희원의 양쪽 어깨에서 대천사의 날개가 자라났다.

그녀는 반쯤 날듯이 물 위를 달려갔다.

'대체 뭐가 어떻게 돌아가는 거야.'

곳곳에서 다른 국지전이 벌어지고 있기에, 정희원은 어느 쪽으로 먼저 가야 할지 알 수 없었다.

〈황제〉의 함선들을 상대하는 이지혜. 이십팔수 별자리들과 싸우는 유중혁. 구요성관과 맞서는 이길영……

창공에서는 수십 개의 '그레이트 홀'이 열리고 있었고, 홀을 통해 넘어온 이계의 신격들은 요괴로 변하여 성좌들과 전쟁을 벌이고 있었다.

그리고 그 중심에.

"유승아!"

별을 향해 손을 뻗는 한 소녀가 있었다.

✖ ✖ ✖

신유승은 자신을 향해서 달려드는 〈황제〉의 성좌들을 응시했다.

[성운, 〈황제〉의 열두 원신이 강림합니다!]

[성운, 〈황제〉의 사해용왕이 강림합니다!]

(하나둘, 손오공의 숙적이 모여들고 있었다.)

[아직 끝난 게 아니야!]
[삼장이 경전을 건드리지만 않으면 된다!]
[군을 나눈다. 한쪽은 놈에게서 경전을 빼앗아라. 그리고 다른 한쪽은 삼장을 제압해!]
신유승은 청룡으로 화한 키메라 드래곤의 갈기를 붙들었다.
그녀를 향해 〈황제〉의 주요 전력이 달려들었다.
김독자는 너무 멀리 있었다.

[성운, 〈황제〉의 '열두 원신'이 자신의 격을 드러냅니다!]

눈앞에서 빛이 폭발했다.
키메라 드래곤이 몸을 감싸 그녀를 보호했다.
화끈한 열기가 전신을 달구었다. 두 번째와 세 번째 폭발이 연이어 작렬하고, 키메라 드래곤이 비명을 질러댔다.
이를 악문 신유승이 키메라 드래곤의 등을 밟고 도약했다.

[배후성의 가호가 당신에게 영향을 미칩니다.]
[당신의 놀라운 재능이 개화합니다!]
[당신은 스스로 '바람의 길'을 깨달았습니다!]

어떻게 그런 일이 가능했는지 모른다.

그럼에도 그 순간, 신유승은 강 위를 달리고 있었다.

[바람의 길]의 가호가 그녀의 발끝에서 터져나오고 있었다. 발끝이 닿은 자리마다 황금빛 파문이 번졌다.

「신유승은 김독자처럼 달렸다.」

그것이 그녀의 배후성이 달리는 방식이었다.

허공에서 검과 창이 뒤섞인 날붙이들이 날아들었다.

왼쪽에 셋, 오른쪽에 하나. 아래쪽에 둘.

신유승은 아슬아슬하게 그 칼날들을 피해냈다. 하지만 피할수록 공격은 더욱 거세졌다.

수백의 날붙이가 위협적인 폭풍처럼 휘몰아쳤다. 마치 수백 개의 이빨을 가진 괴물이 입을 벌린 듯한 풍경.

그 괴물 앞에서 신유승은 품속의 단도를 꺼내 들었다.

「신유승은 유중혁처럼 판단했다.」

언젠가 유중혁에게 배운 것.

[설화, '패왕의 제자'가 이야기를 시작합니다!]

「"너는 언젠가 '비스트 로드'가 된다. 무수한 괴수종이 너의 발밑에 군림하게 될 것이다."」

「"하지만 그것이 모든 괴수와 친구가 될 수 있다는 뜻은 아니다."」

김독자가 없던 삼 년의 시간.

유중혁은 신유승에게 사냥을 가르쳤다.

덩치가 큰 괴수종을 상대하는 법. 표피가 단단한 괴수종을 사냥하는 법과, 접근전이 힘든 괴수종을 죽이는 법.

「"죽일 수밖에 없을 때는 망설이지 말고 숨통을 끊어라."」

「"그러지 않으면 죽는 건 네가 될 테니까."」

호흡을 멈춘 순간, 날붙이들 사이로 틈이 보였다.

바람이 숨죽인 폭풍의 눈.

신유승은 자신의 모든 격을 발출하며 그 틈을 향해 단도를 던졌다.

콰콰콰콰콰콰콰!

바람이 결이 흩어지며 그녀를 향해 날아오던 날붙이들이 일제히 산개했다. 하지만 모든 날붙이를 피할 수는 없었다. 아이의 작은 몸을 스치는 검극과 창날. 소녀의 어깨에서 피가 튀었다.

「신유승은 이현성처럼 엎드렸다.」

부유물의 뒤에 엎드린 신유승의 머릿속으로 이현성의 얼굴이 스쳤다.

「"이렇게 숨는 거야. 항상 주변의 엄폐물을 먼저 파악하는 걸 잊지
마."」

늘 곤란하다는 듯한 웃음을 띤 채, 곰 같은 몸을 움직여 포
복 자세를 취하던 아저씨. 그런 이현성의 말에 한마디를 얹던
정희원의 목소리까지.

「"적들이 너무 많을 때는 숨을 곳이 없을 수도 있어."」
「"음, 맞는 말씀입니다."」

사해용왕의 힘이 강을 통제하고 있었다.
물로 만들어진 뾰족한 창이 신유승의 사방을 노리고 급습
했다. 부유물이 연이어 파괴되자, 더 이상 강 위에는 그녀가
숨을 곳이 없었다.

「"그럴 때는 적들을 이용해. 이렇게."」

엎드린 이현성의 머리를 척 들어 올리며 말하던 한수영의
모습. 그런 한수영을 노려보던 정희원과, 킬킬 웃던 이길영의
목소리.
그 모든 풍경을 떠올리며, 신유승은 그녀를 공격하던 화신

하나를 붙잡아 방패로 삼았다.

"무, 무슨…… 크아아악!"

「신유승은 한수영처럼 비정해졌다.」

비참하게 꿰뚫린 화신체를 내버리고, 신유승은 계속해서 달려나갔다.

[약삭빠른 꼬마로군.]

[놓치지 마라!]

이제 김독자와의 거리가 제법 가까워졌다.

"아저씨!"

신유승의 말을 들은 듯, 김독자의 신형이 멈칫했다.

그의 텅 빈 동공을 보며, 신유승은 유상아의 말을 떠올렸다.

「"이런 세계라서 우리가 미안해."」

하나둘 모여든 일행들의 모습이 보인다.

「"상처받게 해서 미안해. 네게 의존해야 하는 무력한 어른이라서. 그래도 하나는 약속할게. 우린 언제나 네 곁에 있을 거야. 네가 이런 기술들을 쓰지 않아도 되도록 최선을 다할 거야."」

그 말을, 신유승은 기억한다.

「"네가 어떤 존재인지 잊지 않도록."」

스팟!

긴 창날 하나가 신유승의 뺨을 스쳤다. 무의식중에 만진 뺨에서 주르륵 피가 흘러내렸다.

주변 어디에도 도와줄 사람은 없었다.

일행들을 지키던 유중혁의 등도, 언제든 의지가 되던 정희원의 검도 없다.

방심을 뚫고 날아든 긴 팔뚝이 신유승의 멱살을 잡아챘다.

〈황제〉의 열두 원신이 그녀를 향해 다가오고 있었다.

[정말 꼬마였을 줄이야.]

[고작 어린애에게 이런 배역을 맡긴 건가?]

항거할 수 없는 〈황제〉의 격이 전신을 내리눌렀다.

평소였다면 도저히 상대할 수 없는 적이었다. 달아나는 것이 당연했고, 동료들의 도움을 구하는 것이 최선이었다.

그럼에도 신유승은 도망가지 않았다.

[축적된 설화가 이상 현상을 일으킵니다!]

천천히 눈을 깜빡인 신유승이 눈을 떴다. 미친 듯이 뛰던 심장이 차분해졌다. 두 눈에서 서슬 퍼런 빛이 흘러나왔다.

[화신 '신유승'의 특성 진화가 임박했습니다.]

[특성 진화의 계기를 맞이했습니다!]

"나는 그냥 어린애가 아냐."

[뭐?]

신유승이 원신의 왼손을 붙잡았다. 아이의 손에서 느껴지는 강력한 악력에, 원신의 팔이 부들부들 떨렸다.

"내 이름은 신유승."

[전설급 특성을 획득했습니다.]

[당신은 '비스트 로드'가 됐습니다.]

"〈김독자 컴퍼니〉의 신유승이다."

눈처럼 흰 순백의 격이 강 위로 몰아쳤다.

비명을 지른 원신들이 성큼 물러났을 때, 그들의 눈앞에는 흰 코트를 입은 소녀가 서 있었다.

[야수왕의 감수성].

41회차의 신유승이 사용했던 '비스트 로드' 최강의 방어 스킬.

주변 강물이 범람하며 그 안에 서식하던 모든 요괴와 괴수종이 한꺼번에 뛰쳐나오고 있었다.

ㄱ오오오오오오!

마치, 그들의 왕을 경배하듯이.

[미친, 어디서 이런 것들이……!]

[쳐라! 저 짐승들부터 죽여!]

〈황제〉의 성좌들이 포격을 개시했다.

솟아오른 괴수들이 그녀를 보호했다.

"키메라 드래곤!"

그아아아아아―!

그녀의 특성에 영향을 받은 키메라 드래곤의 몸집이 더욱 커졌다. 이무기처럼 강 속을 헤집은 키메라 드래곤이 원신들을 집어삼키며 포효를 터뜨렸다.

그 날카로운 송곳니에 찢겨 나간 원신들이 소리쳤다.

[빌어먹을 도마뱀이……!]

신유승은 그런 원신들을 무시하고 달렸다.

【오오오오오오오】

【유승유승유승유승유승유승】

요괴들이 그녀를 위해 길을 터주었다.

이제 별은 코앞에 있었다.

"아저씨!"

김독자를 향해 외친다.

하지만 그녀의 목소리가 들리지 않는 듯, 김독자는 미동도 없었다.

대도깨비들과 대적하던 흑부리 왕의 웃음소리가 들려왔다.

[이미 늦었다. 그는 이제 '위대한 모략'의 것이니까.]

그 말을 기점으로, 창공의 하늘이 크게 흔들렸다.

츠츠츠츠츠츳!

이제까지와는 비교도 안 되는 크기의 '그레이트 홀'이 열리고 있었다.

강 위의 대요괴들이 일제히 몸을 웅크렸다. [야수왕의 감수성]의 털코트가 팔뚝의 솜털이 서듯 비죽 솟아올랐다.

누가 말해주지 않아도 느낄 수 있었다. 지금 강림하는 것은 〈황제〉의 성좌들과는 비교도 안 되는 존재다.

그리고 김독자는 이제 저 존재의 소유다.

"그렇게는 안 돼."

[삼장법사가 '긴고주'를 외웠습니다!]

신유승이 스킬을 발동하는 순간, 김독자의 머리 위에서 금테가 빛나기 시작했다.

[아이템 '긴고아'가 반응합니다!]

긴고아는 손오공을 억제하는 보패. 요괴화든 뭐든, 긴고주를 읊는 동안 손오공의 모든 변화는 일시적으로 멈춘다.

[어리석은 짓이다!]

흑부리 왕의 격이 신유승의 전신을 압박해 왔다. 입안 깊은 곳에서 핏물이 느껴졌다. [야수왕의 감수성]으로 빚어낸 코트가 미친 듯이 펄럭거렸다.

신유승은 김독자를 향해 비틀거리며 다가갔다. 다가가고 또 다가갔다.
　엉망이 된 김독자의 얼굴. 수척한 뺨. 고요히 눈을 감은 그의 배후성.
　"아저씨!"

[당신의 새로운 설화가 발아하고 있습니다.]

　아직 하고 싶은 말이 많았다.
　섭섭했던 것들을 이야기할 것이고.
　지금의 아저씨는 엉망이라고 말할 것이다.
　처음으로, 솔직하게 모든 것을 다 털어놓을 것이다.
　"제발, 제발 내 목소리 좀 들어요!"
　모두 함께 PC방에 가고 싶다고 말할 것이고.
　피자랑 콜라를 잔뜩 사 들고 한강에 가자고 조를 것이다.
　이제 많은 것이 불가능해진 세계에서, 불가능한 소원들을 이야기하며

　행복해질 것이다.

　시야가 흔들렸고, 눈물이 쉴 새 없이 흩날렸다.
　마침내 신유승의 손이 김독자의 손끝에 닿았다.
　상처로 덮인 손이, 역시나 상처로 덮인 손을 감쌌다. 상처와

상처가 닿은 자리가 쓰라렸다.

　그럼에도 신유승은 그 손을 놓지 않았다.

[준신화급 설화, '별의 구원자'를 획득했습니다!]
[설화, '별의 구원자'가 이야기를 시작합니다.]

"아직 못 말해준 게 얼마나 많은데!"

　상아 언니와 역사를 공부하던 시간.

　중혁 아저씨와 사냥감을 요리하던 시간.

　희원 언니에게 검술을 배우고.

　지혜 언니와 스케이트보드를 연습하고.

　현성 아저씨를 이용해 비행기를 타고.

　이길영과 아이스크림을 먹으며 이젠 영영 다음 권이 나오
지 않을 만화책을 읽던.

　"내가 얼마나."

　그 풍경에 아저씨도 있었으면 했다고.

　"많은 것을."

　바라는 게 아니다, 라는 말은 끝내 할 수 없었다.

　세계의 개연성이, 빌어먹을 〈스타 스트림〉이 그걸 용납지
않으니까.

　"그냥, 평범하게……."

　하늘의 별들이 빠르게 움직이고 있었다.

　모든 별이 저마다 설화를 노래하며 그녀를 바라보고 있었다.

[다수의 관객이 당신을 바라보고 있습니다.]

실은 알고 있다.

이 세계에서 평범한 사람의 평범한 행복은 아무런 관심을 끌지 못한다는 것을.

그렇기에 평범한 행복은 멸망한 세계에서 가장 커다란 사치다.

그럼에도

[관객들이 대가를 지불하고 자신의 수식언을 드러냅니다.]

[성좌, '가장 어두운 봄의 여왕'이……]

[성좌, '대머리 의병장'이……]

그럼에도 누군가가 이 이야기를 들어준다면.

[성좌, '악마 같은 불의 심판자'가……]

[성좌, '심연의 흑염룡'이……]

[성좌, '고려제일검'이……]

신유승은 연이어 들려오는 간접 메시지를 들으며 김독자의 손을 더 강하게 쥐었다.

또렷한 간접 메시지 한 줄이 귀에 꽂힌 것은 그때였다.

[심사위원, '긴고아의 죄수'가 당신의 이야기를 듣습니다.]

붙잡은 김독자의 손에 온기가 돌기 시작했다.

손오공의 금테에서 눈부신 황금빛 격류가 솟아오르더니, 어마어마한 개연성의 스파크가 몰아쳤다.

〈황제〉의 성좌들이 경악하며 외쳤다.

[서, 설마? 말도 안 되는……!]

창공 곳곳에서 뇌전의 격류가 김독자의 전신을 향해 모여들었다.

[심사위원, '필마온'이 당신의 이야기를 듣습니다.]

(그리고 그 순간.)

('서유기'의 역사에서 한 번도 없던 일이 벌어졌다.)

[심사위원, '미후왕'이 당신의 이야기를 듣습니다.]

(은퇴한 손오공이 드디어 자신의 마음을 고쳐먹었다.)

[심사위원, '투전승불'이 당신의 다음 이야기를 듣고 싶어합니다.]

＊

3

[전용 스킬, '전지적 독자 시점' 3단계가 발동 중입니다!]

　흐릿한 의식. 캄캄한 어둠 속에서 제일 먼저 들려온 것은 [제4의 벽]을 통해 넘어온 문장들이었다.

「그 순간, 이지혜는 전장을 바라보았다.」

　이지혜의 전장이 그곳에 있었다. 통천하의 강을 덮은 수십 척의 배.
　사격을 준비하는 〈황제〉의 화신들과 수뇌부를 맡은 위인급 성좌들.

「"발포하라!"」

'터틀 드래곤'을 둘러싼 〈황제〉의 전함들이 일제히 포격을
개시했다.

이지혜는 난파된 배의 흔적을 헤치며 나아갔다. 어떤 포격
은 받아내고, 어떤 포격은 흘려내면서.

「"장전."」

한 편의 오케스트라 같은 광경이었다. 가히 해신의 경지에
이른 그녀의 군함 통제력이 '터틀 드래곤'과 유령함대를 움직
이고 있었다.

「"발사."」

이지혜의 함대가 발포를 시작했다. 제독 지휘에 맞춰 전열
을 재편성한 유령함대는 정확히 치고 빠지는 히트 앤드 런을
반복했고, 적군 함대는 순식간에 대파되고 있었다.

「"어떻게 이런 말도 안 되는……!"」

압도적인 열세를 이겨내는 지휘 능력. 멸살법 최강의 화신
중 하나인 '해상제독'의 진가가 비로소 드러나는 순간이었다.

「[성좌, '해상전신'이 자신의 화신을 자랑스럽게 생각합니다.]」

원작 후반부의 이지혜는 자신의 배후성을 넘어서게 된다.
어쩌면 이번 회차에서도 그 광경을 볼 수 있을지 모른다.

「"전술을 바꾼다!"」

아무래도 안 되겠다고 생각했는지, 〈황제〉의 선단이 일제히
돌격을 시작했다. 철갑선을 앞세운 돌진. 포격전에서 불리해
지니 백병전으로 유도할 생각인 듯했다. 그런데 녀석들이 알
지 못하는 점이 하나 있었다.

「"아, 이거 독자 아저씨 만나면 한 방 먹여주려고 만든 기술인데."」

해상제독 이지혜는 백병전에도 능하다.
웅크린 발도 자세를 취한 이지혜를 보며, 나는 그녀가 뭘 사
용하려는지 깨달았다.

「순살瞬殺.」

멸살법 최강의 대인 스킬 중 하나인 그것을, 드디어 이지혜
가 터득한 모양이었다.

콰아아아아!

뱃전을 꿰뚫는 폭음 속에 이지혜의 백병전이 시작되었다.

베고, 베고, 또 베고.

검귀의 칼날이 물살을 가로지르며 적장의 목을 날렸다. 그렇게 얼마나 더 베었을까. 붉게 풀어진 설화들로 덮인 통천하의 전장 가운데, 모든 적을 베고 탈진한 이지혜가 드러누웠다.

어둑해진 창공을 올려다보며 이지혜는 마치 내게 말을 걸듯이 물었다.

「"아저씨, 괜찮은 거지?"」

괜찮다고 말해주고 싶지만 입이 열리지 않았다.

[현재 당신의 '전지적 독자 시점' 숙련도가 매우 높습니다.]
[인물 시점 분할이 가능해졌습니다.]
['3인칭 관찰자 시점'에 등장인물 '정희원'의 시점이 추가됩니다.]

두 번째로 보인 것은 정희원의 모습이었다.

「"비켜! 비켜! 비켜!"」

페이후의 뒤를 쫓는 정희원. 그녀의 손에 쥐어진 이현성의 검극에서 [지옥염화]의 불길이 뻗어 나가고 있었다. 그녀가 지나간 길마다 잿가루가 흩날렸다.

대충 어떻게 된 상황인지는 알 것 같았다. 저 '페이후'가 싸움을 포기하다니…….

정말 한국 최고의 화신은 정희원일지도 모른다.

['3인칭 관찰자 시점'에 등장인물 '장하영'의 시점이 추가됩니다.]

가짜 턱수염을 붙인 장하영이 한명오를 한쪽 옆구리에 낀 채 강을 달리고 있었다. 그녀의 시선 끝에 구요성관들과 격전을 벌이는 이길영이 있었다.

「"야, 꼬맹아! 물러서!"」

〈황제〉의 정예군 중 하나인 구요성관.

장하영은 그들을 향해 [파천붕권]의 힘을 끌어올리기 시작했다.

그런데 이길영이 고개를 저으며 외쳤다.

「"방해하지 마요 하영이 형. 나 혼자서도 충분하니까!"」

멀리 전장의 중심을 응시하던 이길영이 이를 갈듯 말했다.

「"신유승한테 질 수는 없어."」

어둠이 철철 흘러내리는 이길영의 말투에 불길한 뉘앙스가 담겨 있었다. 그리고 다음 순간, 이길영의 전신에서 황색 폭풍이 몰아쳤다.

잠깐만. 저거 설마…….

판단을 내리기도 전에, 화면이 뒤바뀌었다.

['3인칭 관찰자 시점'에 등장인물 '유중혁'의 시점이 추가됩니다.]

혼자 이십팔수 별자리를 상대하는 유중혁이 그곳에 있었다.

「"아무리 강하다 해도 결국은 약소 성운의 화신!"」

「"겨우 네놈 혼자서 별자리를 감당할 수 있을 것 같으냐?"」

그렇게 말했지만 이미 유중혁의 손아귀에는 잘려나간 별들의 머리가 걸려 있었다.

이십팔수 별자리의 합공을 받아 코트는 넝마가 되었고, 팔뚝에도 상처들이 남아 있었지만 유중혁은 굳건했다.

「"별자리星座라면 이미 수도 없이 베어봤다."」

피가 흘러내리는 이마. 성좌들의 설화로 젖은 머리카락을 흔들며 유중혁은 악귀처럼 고개를 들었다.

「"그러니 너희도 추락할 것이다."」

그리고 마지막으로 화면이 전환되었다.

「"아저씨."」

나의 화신이었다.

「"제발, 제발 내 목소리 좀 들어요!"」

전신이 흐느끼듯 떨려왔다.

아이의 손이 내 손을 꾹 쥐고 있었다. 힘없이 늘어진 손은 아이의 손을 잡아주지 못했다. 아이의 말은 간헐적으로 끊어졌고, 말해야 할 것과 들어야 할 것들은 모두 맥락 사이로 사라졌다.

[설화, '별의 구원자'가 이야기를 계속합니다.]

몸을 움직이고 싶다. 아이의 눈물을 닦아주고 싶다. 무릎을 꿇고, 아이를 안은 채 말해주고 싶다. 너의 소원은

줄곧, 나의 소원이기도 했다고.

츠츠츠츠츳.

기억이 무너지고 있었다.

주변을 떠다니는 활자들.

어둠 속에서 내 존재가 흩어지는 게 느껴졌다.

텅 빈 심연의 저편에서 나를 부르는 소리가 들려왔다.

저 멀리 휘몰아치는 '그레이트 홀'이 보였다. 천천히 영혼이 그쪽으로 빨려들고 있었다.

【약 속 을 지 킬 시 간 이 다】

무섭다. 이 모든 것을 잊게 된다면…… 이 감정들은 어디로 떠나는 것일까. [제4의 벽]은 내 이야기를 어디부터 어디까지 기억해줄까.

[바앗, 바아아앗!]

빨려 들어가던 내 영혼을 붙잡은 것은 비유였다. 비유는 안간힘을 쓰며 나의 영혼체를 붙들고 있었다.

[바아아아앗!]

어쩔 줄 모른 채로 그런 비유를 바라보았다.

나도 저기로 가고 싶지 않다.

【위 대 한 모 략 의 곁 으 로 오 라】

할 수만 있다면.

[정말 저쪽으로 가려는 건가?]

츠츠츠츠, 하는 소리와 함께 주변의 기류가 변했다. 흩어지던 활자들이 멈췄고, 영혼체를 끌어당기던 인력이 사라졌다.

누군가가 자신의 격으로 내 소멸을 억제하고 있었다.

[이 손 선생이 물었다.]

돌아본 곳에 익숙한 성좌가 있었다.

은은하게 흐트러진 백금발에 빛나는 긴고아.

"제천대성……."

제천대성이 장난스러운 미소를 띤 채 그곳에 있었다.

그리고 그는 혼자가 아니었다.

「손오공 *너* 무**많 아**」

[저게 말로만 듣던 '최후의 벽의 파편'인가? 시끄러운 녀석이군.]

[흠…… 흥미로운 심상 세계인데.]

카우보이 복장을 한 잘생긴 원숭이와, 호랑이 가죽 팬티에 손을 넣고 벅벅 긁고 있는 나른한 표정의 원숭이…….

나는 그들이 누구인지 곧바로 깨달았다.

"필마온과 미후왕이십니까?"

그리고 대답이 돌아오기도 전에, 허공에서 목소리가 울려 퍼졌다.

【원 숭 이 의 왕 이 여】

【우 리 를 방 해 할 셈 인 가】

[닥쳐. 지금 우리가 얘기하는 중이잖아.]

짜증 난다는 듯 미후왕이 힘을 발출하자, 이계의 신격의 파장이 한순간 사라져버렸다. 그야말로 어마어마한 격이었다.

[구원의 마왕, 네게 묻고 싶은 것이 있어서 왔다.]

그 말을 한 것은 제천대성도, 미후왕도, 필마온도 아니었다.

처음 보는 존재였다. 이국적인 외모. 성별이 불분명한, 신비함이 감도는 얼굴. 짧게 깎은 검은 머리카락과 고아한 법복.

손오공만이 가질 수 있는 여의금고봉을 가진 것으로 봐서, 그 또한 틀림없는 손오공이었다.

이상한 점은, 그의 머리에는 긴고아가 보이지 않는다는 것이었다.

「김독자가 알기로, 그런 '손오공'은 세상에 하나뿐이었다.」

"투전승불."

내 말에 반응하듯, 허공에서 옅은 스파크가 튀어 올랐다.

무표정한 얼굴의 투전승불이 물었다.

[너의 이야기를 줄곧 지켜보았다.]

"송구스럽습니다."

[의미 있는 설화더군. 무수한 '서유기'가 반복되는 동안에도, 죽어가는 요괴의 고통에 주목한 설화는 없었다.]

곁에서 이야기를 듣던 미후왕이 "또 설법쟁이 성격 나오시는군" 하고 중얼거렸다.

투전승불은 계속해서 말했다.

[하지만 그들의 고통은 당연한 것이다. 모두가 주인공이 될

수는 없다.]

"왜 그렇게 생각하십니까?"

[너는 모든 요괴가 피해자인 것처럼 말했지만, 그들 모두가 억울한 것은 아니다. 요괴 중에는 그 어떤 노력도 하지 않는 이도 있고, 악의를 가지고 다른 생명을 해치는 이도 있다. 그런 요괴들이 주인공이 되지 못하는 것은 당연한 일이다.]

"맞습니다. 하지만 말씀처럼 억울한 이도 분명 있습니다. 아니, 사실은 꽤 많습니다."

[그래서 이 세계에 무수한 설화가 있는 것이다. 거대 설화만이 좋은 설화는 아니다. 거대 설화의 규모에서는 한낱 미물인 자도, 다른 설화에서는 주인공이 될 수 있다.]

맞는 말이었다. 정말로 맞는 말이지만.

"그건 설화에 참가할 수 있을 때 이야기겠죠."

이 세계에는 그 '설화'에 참가조차 못 하는 이들이 있다.

오직 설화의 소모품으로만 쓰이며, 단 1퍼센트의 지분도 나눠 받지 못하는 자들.

【아아아아아아아아아】

【오라오라오라오라오라오라】

"실패한 이에게도 설화는 허락되어야 합니다."

자신의 존재조차 잊은 이들은, 이제 시나리오의 기회조차 부여받지 못한다. 〈스타 스트림〉이 그들의 입을 틀어막고, 그들의 언어를 불가해한 것으로 만들었기 때문이다.

[진심인가?]

여전히 알 수 없는 눈빛으로 투전승불이 나를 보며 물었다. 정확히는, 내 몸 전체에서 일렁이는 혼돈의 힘을 바라보며 물었다.

[그래서 그대는, 자신의 몸을 바쳐 '이계의 신격'이 되겠다는 것인가?]

"그렇습니다."

내가 대답하자, 곁에서 따분한 표정으로 하품을 하던 제천대성이 말했다.

[확인 끝났냐? 말했잖아. 진짜로 이런 놈이라니까.]

[그렇군.]

[하여간 보살 놈 설득하는 게 제일 힘들어.]

대체 그들이 무슨 이야기를 하는 것인지 알 수 없었다.

나를 흘끗 본 네 명의 손오공이 떠들고 있었다.

[그럼 누가 할 거야?]

[내가 하지. 어차피 나는 보살이 되면서 기억을 대부분 잃었으니까.]

[네가 땡중인 게 이럴 때 도움이 되는구만.]

다음 순간, 주변에서 환한 빛이 일렁이더니 흩어지던 나의 기억들이 되돌아오기 시작했다.

개연성의 스파크와 함께 전신이 감전된 것처럼 빛났다.

[누군가가 당신을 대신해 '이계의 신격화' 페널티를 감당합니다.]

뭐?

[구원의 마왕, 네 생각엔 한 가지 틀린 것이 있다.]

혼돈의 힘을 내뿜는 투전승불이 말하고 있었다.

[네가 '요괴'가 된다고 해서 그들을 이해할 수 있는 것은 아니다. 네겐 그들을 대표할 자격이 없다.]

그의 말은 맞았다.

나는 '서유기'의 요괴로 고통받아온 이계의 신격들에 대해 알지 못한다. 나는 그저 배역 손오공일 뿐이니까.

미후왕이 이죽거리며 말했다.

[네놈 주제를 알아야지.]

필마온이 덧붙였다.

[네 주제主題가 있는 곳은 여기가 아니다.]

마지막으로 말한 것은 제천대성이었다.

[요괴의 일은 요괴에게 맡겨라. 그리고 너는 네 설화를 살아라.]

그제야 나는 무슨 일이 벌어지려는 것인지 깨달았다.

[거대 설화, '서유기'가 당신을 위해 이야기합니다.]

대체 왜? 대체 왜 이들이 나를 위해서?

씩 웃으며, 제천대성이 말했다.

[네놈의 설화가 마음에 들었으니까. 그뿐이다.]

멀리서 외신들의 고함이 들려오는 듯했다.

이계의 신격의 힘이 점차 강해지는 것이 느껴졌다.

【그는그는그는그는그는】

【우리거야우리거야우리거야우리거야】

[미안하지만 이 녀석은 줄 수 없다.]

【안돼안돼안돼안돼안돼안돼】

【왕이온다왕이온다왕이온다왕이】

어둠 속에서 소용돌이치는 '그레이트 홀'.

무언가가 이 세계로 강림하고 있었다.

저 모든 이계의 신격들의 왕.

[성좌, '은밀한 모략가'가 '긴고아의 죄수'를 노려봅니다.]

그 메시지에 제천대성이 환히 웃었다.

[그래, 언젠가 네놈과는 붙어보고 싶었지.]

네 명의 손오공이 나를 둘러쌌다.

[메인은 누가 할 거지?]

[당연히 나, 제천대성이다.]

[멍청한 손오공이 탄생하겠군.]

[야, 손가락 그렇게 들지 마. 이게 퓨전인 줄 아냐?]

다음 순간, 나를 둘러싼 손오공들이 서로 손을 붙잡았다.

[〈스타 스트림〉이여! 우리는 '구원의 마왕'을 우리의 '다섯
번째'로 받아들이겠다.]

✳

4

"아저씨!"

김독자의 전신에서 강렬한 빛이 뻗어나온 것과 〈황제〉의 거대 설화가 담긴 마력파가 덮쳐온 것은 거의 동시였다.

신유승은 반사적으로 김독자의 몸을 감쌌다. 이미 수많은 공격을 받아낸 [야수왕의 감수성]은 내구도가 심각하게 떨어져 있었지만, 달리 막아낼 수단도 없었다.

신유승이 눈을 질끈 감은 채 몸을 웅크리는 순간, 빛의 폭풍과 함께 후방을 덮던 설화의 격이 씻은 듯 사라졌다.

"아?"

허공에 번쩍 떠올랐던 아이의 몸이 천천히 바닥으로 가라앉았다.

조금 전까지 김독자가 서 있던 자리에, 훤칠한 키의 사내가

서 있었다.

눈부신 백금발. 강철 같은 근육과 붉게 타오르는 화안금정.

〈황제〉의 성좌들이 경악했다.

[마, 말도 안 되는 일이……!]

어마어마한 격의 출현에 놀란 것은 외신들 또한 마찬가지였다.

요괴에 빙의한 이계의 신격들은 사내의 전신에서 흘러나오는 가공할 혼돈의 격에 당혹감을 표출했다.

【누구누구누구누구누구누구】

사내가 웃었다.

[나를 모르다니, 은퇴가 너무 길었나 보군.]

신유승은 이게 어떻게 된 상황인지 알 수 없었다.

분명히 김독자의 기운이 느껴지기는 하는데, 김독자는 아니다.

그럼 이자는 대체 누구인가.

"아저씨……?"

[네가 삼장인가.]

가만히 아래를 내려다보던 제천대성이 신유승을 향해 천천히 고개를 숙였다. 두 존재의 시선이 같은 높이에서 마주쳤다.

[김독자는 무사하다.]

화안금정에서 물씬 흘러나오는 고독한 그리움.

신유승은 자기도 모르게 손을 뻗었다. 머리의 차가운 금테에 손이 닿는 순간.

[설화, '구원의 마왕'이 이야기를 계속하고 있습니다.]

신유승의 손이 떨렸다.

분명하게 느낄 수 있었다.

지금 이 존재의 안에 김독자가 살아 숨 쉬고 있다. 불가해한 무언가로 변하지 않은 채, 신유승이 아는 김독자 본연의 모습으로 남아 있다.

"유승아!"

멀리서 달려온 정희원이 신유승을 안아 들며, 경계하듯 제천대성을 노려보았다.

제천대성은 그런 정희원에게 싱긋 웃어주고는 창공을 올려다보았다.

그곳에는 〈황제〉의 일부 성좌와 도깨비, 그리고 흑부리 왕이 있었다.

[다들 왜 그런 표정이지? 아깐 《서유기》 주인공인 나를 빼놓고 잘도 떠들더니.]

《서유기》의 주인공, 제천대성.

대도깨비 중 하나가 물었다.

[어째서 그대가 나섰지? 그대는 분명 〈황제〉와 약조를 맺었을 텐데.]

[약조는 안 어겼어. 약조 내용이 뭔지나 알고 묻는 건가?]

대도깨비가 말을 채 잇기도 전에 혹부리 왕의 진언이 떨어졌다.

[원숭이 왕! 제정신인가? '구원의 마왕'은 우리 것이다. 이제 그는 이계의 신격이란 말이다. 그것이 신성한 약속이다!]

[그놈은 이제 내 형제야. 그리고…….]

제천대성의 화안금정이 환한 빛을 뿜었다.

[이제, 나도 이계의 신격이거든.]

투전승불의 이계의 신격화로 인해, 손오공의 전신에 혼돈의 기운이 넘실거렸다.

[현재 해당 설화에서 '이계의 신격'의 지분은 35.333%입니다.]

[히든 시나리오 - '약속 증명'이 완료됐습니다!]

[거대 설화의 힘이 움직이고 있습니다!]

[시나리오, '서유기 리메이크'가 최종 페이즈에 돌입합니다!]

(그리고 손오공은 자신의 오랜 동료들을 바라보았다.)

혼란에 빠진 요괴들이 제천대성을 올려다보고 있었다.

그중 대부분은 시나리오의 소모품으로 쓰이던 이계의 신격. 왕을 찾던 그들은 당혹스러워하며 고개를 흔들어댔다.

【왕은왕은왕은왕은】

【어느쪽어느쪽어느쪽어느쪽어느쪽】

요괴들은 새로운 이계의 신격으로 등장한 제천대성 손오공과, 본래 그들이 따르던 '은밀한 모략가' 사이에서 갈팡질팡하고 있었다.

그런 요괴들의 마음을 이해한다는 듯 제천대성이 말했다.

[그동안 고생 많았다, 친구들.]

(아주 긴 이야기를, 그와 함께해온 요괴들이었다.)

[너희가 겪은 시련을 알고 있다. 나는 요괴로 태어났지만 인간의 영향을 받았고, 그들의 사상과 관습을 받아들였다. 그들이 정한 방식으로 정의를 실천했고, 그들이 말하는 도를 쌓았다.]

(때로는 적이었고, 때로는 동료였다.)

[그 결과가 이것이다. 요괴들은 희생되고, 무의미한 깨달음만이 반복된다. 이제 '서유기'는 뻔한 가르침을 설파하고 성운의 영향력을 강화하기 위한 도구가 되었다.]

(하지만 그 모든 것은 결국 설화였고, 무대 위 연극에 지나지 않았다.)

[그 모든 시간을 속죄할 수는 없겠지. 다만 그럼에도 너희가 나를 용서해준다면…….]

(오래된 요괴들의 왕. 한때 천계와 맞서 싸운 그들의 왕이
말하고 있었다.)

[나는 이제 너희를 위해 싸우겠다.]
하나둘 요괴들이 고개를 들었다.
【정말정말정말정 말정 말정말정말】
제천대성이 대답했다.
[나의 진명을 걸고 약속한다.]
요괴들이 움직이기 시작했다. 하나둘 모여든 요괴는 열이
되었고, 백이 되었고, 천을 넘었다. 강에 숨어 있던 요괴도, 창
공의 구름에 몸을 감추고 있던 요괴도 나타났다.
이윽고 요괴들이 무리를 이루기 시작했다. 오래전, 그들이
모시던 하나의 왕을 받들 듯 무릎을 꿇었다.

[오래된 '거대 설화'가 깨어납니다.]

[잠깐, 멈춰라!]
[그대는 심사위원이다! 심사위원이 진행 설화에 개입할 수
는—]
다급히 대도깨비들이 제재에 나섰으나, 이번만큼은 소용이
없었다.

[<스타 스트림>이 95번 메인 시나리오의 개연성을 납득합니다.]

['서유기 리메이크'의 메인 테마가 격변합니다!]

아무리 대도깨비라도 〈스타 스트림〉의 흐름을 거역할 수는 없다.

혹부리 왕도 잠시 사태를 관망하려는 듯 뒤로 물러났다. 어차피 그의 목적은 이계의 신격을 시나리오에 투입하는 것이었으니 손해 볼 것은 없었다.

문제는 저 이계의 신격들을 이끄는 주체가 누구냐는 점이었다.

쿠구구구구구구!

허공의 '그레이트 홀'에서 낙뢰가 이어지더니, 뭔가가 심연을 뚫고 강림하고 있었다.

[저자는……!]

지금껏 나타난 외신들과는 비교도 할 수 없을 만큼의 강대한 격.

제천대성도, 혹부리 왕도, 대도깨비들도, 그곳에 있는 모두가 그 존재의 현현을 지켜보았다.

제천대성이 웃었다.

[드디어 오셨군.]

[성좌, '은밀한 모략가'가 시나리오 지역에 현현했습니다!]

[누군가가 '혼세마왕'의 배역으로 시나리오에 참가했습니다!]

새카만 그림자로 일렁이는 '은밀한 모략가'가 요괴의 배역을 받아 시나리오에 참전한 것이었다. 제대로 된 절차를 밟지 않았기 때문인지 전신이 휘황한 스파크에 둘러싸여 있었다.

제천대성이 물었다.

[이 손 선생을 방해하러 온 건가?]

【그건 그대의 선택에 달려 있겠지.】

[예상대로 음침한 목소리구나, '은밀한 모략가'.]

두 존재가 실제로 만난 것은 이번이 처음이었다.

아주 오랫동안 비형과 비유의 채널에서 김독자를 지켜보던 두 성좌의 대면.

제천대성이 으르렁거리며 말했다.

[간접 메시지로는 점잖은 척 굴더니, 결국 이렇게 본색을 드러내시는군.]

'은밀한 모략가'가 제천대성을 고요히 응시했다.

【그러는 그대는 간접 메시지대로 방정맞군.】

가공할 격을 일으킨 손오공이 여의금고봉을 쥔 채 의기양양하게 외쳤다.

[긴말은 됐고, 왔으면 한판 붙지. 어차피 네놈을 꺾지 않으면 안 되는 상황 같으니까.]

'은밀한 모략가'의 등장과 함께, 주변 요괴들이 크게 동요하고 있었다. 두 절대자 중 어느 쪽을 따라야 할지 망설이는 눈치였다.

요괴들의 왕인 제천대성에게 복종할 것인가.

아니면, 이계의 신격의 왕인 '은밀한 모략가'에게 복종할 것인가.

갑작스러운 두 성좌의 대결 구도에 대도깨비들도, 혹부리왕도, 허공의 성좌들도 긴장한 모습이었다.

한쪽은 〈스타 스트림〉의 절멸을 꿈꾸는 이계의 신격, 다른 한쪽은 〈스타 스트림〉 최강의 성좌 중 하나.

지금껏 벌어진 적 없던 전장이 열리려 하고 있었다.

투기를 불태운 손오공이 여의봉을 하늘로 높이 치켜드는 순간.

【미안하지만, 그대의 상대는 내가 아니다.】

그 말과 동시에 창공이 갈라지면서 대량의 스파크가 발생했다.

[성운, 〈황제〉의 성좌들이 시나리오에 강림합니다!]

지금까지 넘어온 〈황제〉의 군세와는 차원이 다른 수준의 물량. 반파된 이십팔수 별자리들과 몇 남지 않은 구요성관들.

사해용왕에 이어 무수한 숫자의 신선과 투선들이 시나리오에 현현하고 있었다.

[성좌, '반도원의 주인'이 시나리오에 현현합니다!]

[성좌, '천계지자天界智者'가 시나리오에 현현합니다!]

[수식언을 밝히지 않은 다수의 성좌가 시나리오에 현현합니다!]

그게 전부가 아니었다. 지상과 산악, 하천을 다스리는 신령들과 천궁을 지키는 은하수군까지. 도합 10만에 달하는 어마어마한 군세가 시나리오의 하늘을 덮기 시작했다.

[탁탑천왕에 나타 태자, 이랑진군이라. 그리운 조합이구나. 게다가 천궁의 엉덩이 무거운 노친네들까지…….]

(오래전, 그와 맞서 싸운 천궁의 적수들이 그곳에 있었다.)

[제천대성, 이게 대체 무슨 짓인가?]

페이후와 함께 정희원을 압박하던 나타 태자의 전신에서 아까와는 차원이 다른 수준의 설화가 넘실댔다. 설화방의 일개 배역이 아닌 '나타 태자' 본인으로 등장한 까닭이었다.

[뭔 짓이긴. 이제 시나리오를 끝내려는 거지.]

제천대성이 퉁명스럽게 대답하자 〈황제〉의 성좌들이 반발했다.

[그대 마음대로 끝을 결정할 수는 없다!]

[이런 짓을 하면 약소 성운에 '서유기'가 넘어가게 된다는 걸 모르는 건가?]

[어서 경전을 내놓게!]

제천대성은 자신의 손에 쥐어진 경전을 내려다보다가, 곁의 신유승을 흘끗 돌아보았다. 그러고는 피식 웃었다.

[아, 좀 넘어갈 수도 있지 뭘 그래. 널리 알려지면 좋잖아.]

[약조 위반이다!]

[위반 아냐. 내가 너흴 돕는 건 '네 명의 손오공이 같은 설화를 택할 때까지'였잖아. 그날이 온 것뿐이다.]

제천대성의 진의를 깨달은 〈황제〉의 성좌들이 서로 돌아보았다.

[성운, 〈황제〉가 '긴고아의 죄수'에게 격노합니다!]

성운을 대표해서 나온 것은 이랑진군이었다.

[제천대성, 그게 무슨 뜻인지는 알고 있겠지? 설마 여기서 '천계대전天界大戰'이라도 벌일 셈인가?]

[흠? 그럴 생각은 없었다만. 설마 싸우고 싶은 거냐?]

제천대성의 화신체에서 흘러나오는 어마어마한 기류에, 〈황제〉의 성좌들이 주춤거리며 물러났다.

천계를 휩쓸었던 그의 설화가 시나리오에 풀려나고 있었다.

하지만 이랑진군의 목소리는 여전히 침착했다.

[그대의 강함은 인정한다. 〈황제〉의 누구도 단신으로 그대와 맞서 싸울 수는 없겠지. 하지만 그대는 이 전투에서 이길 수 없다. 설화는 반복되기 때문이다.]

<u>츠츠츠츠츳……!</u>

'무대화'의 징조가 보이기 시작했다. 설화와 설화가 부딪치며 오래된 시절이 재현되고 있었다.

요괴들의 왕인 제천대성과 〈황제〉의 대전쟁.

제천대성이 말했다.

[확실히 그땐 내가 졌지. 하지만 그건 내가 그저 '제천대성'일 때의 이야기다.]

심상치 않은 기색을 느낀 〈황제〉가 먼저 움직였다.

[놈이 도술을 사용한다! 지금 포박해라!]

[태상노군이시여! 금강탁을……!]

[오라, 매산 육형제여!]

달려드는 천계의 군사들을 보며, 제천대성이 근두운을 불렀다. 새카맣게 하늘을 뒤덮은 먹구름이 손오공의 설화에 맞춰 모여들고 있었다.

[거대 설화, '서유기'가 이야기를 시작합니다!]

제천대성이 입을 열었다.

[내 진명은 손오공.]

「제천대성」

「미후왕」

「필마온」

「투전승불」

그리고

「구원의 마왕」

통천하의 강 위에 폭풍이 몰아치기 시작했다. 내리치는 우레. 그 폭풍우의 중심에서, 제천대성이 주먹을 그러쥐었다.

⌘ ⌘ ⌘

눈부신 낙뢰가 전장을 휩쓰는 사이, 유중혁이 도착했다.

통천하의 중심에서 성좌들을 우수수 떨어뜨리는 제천대성의 신위는 그야말로 가공할 것이었다.

'김독자는 저 녀석 안에 있는 건가.'

황금빛으로 물든 [현자의 눈] 덕분에, 유중혁은 쉽게 김독자의 생사를 확인했다. 다행히 김독자는 무사한 듯했다. 거기다 대체 어떻게 한 것인지는 모르겠지만, 저 강력한 '제천대성'이 직접 현현하여 자신의 힘을 실어주고 있었다.

멀찍이 떨어진 곳에 정희원과 신유승의 모습이 보였다. 요괴와 성좌의 대격전에 끼어 몸을 사리고 있었는데, 실로 현명한 판단이었다.

이길영과 이지혜, 장하영은 아직 도착하지 않은 듯했다.

'슬슬 시나리오를 끝내야 한다.'

이미 그들의 설화방은 랭킹 1위를 달성했고, 경전은 삼장 역할인 신유승에게 넘어왔다.

[현재《은퇴한 SSSSS급 손오공이 되었다》설화방이 '경전'을 획득한 상황입니다.]

[경전을 1시간 동안 수호하면 시나리오는 자동 종료됩니다.]

[현재 시나리오 종료까지 54분 남았습니다.]

심지어 시나리오 종료 페이즈까지 발동한 상황. 이제 시간만 끌어도 '서유기'의 거대 설화는 〈김독자 컴퍼니〉것이 된다.

다만 거슬리는 것이 있다면, 창공의 중심에서 전장을 응시하는 저 존재였다.

'은밀한 모략가.'

녀석은 전장에 참가하지 않은 채 제천대성과 〈황제〉의 싸움을 지켜보고 있었다. 무슨 의도인지는 짐작이 갔다. 제천대성의 힘이 빠질 때를 기다렸다가 습격하려는 속셈이겠지.

현현한 '은밀한 모략가'의 위세는 일전과 같지 않았다.

―개연성을 많이 소모했군. 그는 이번 회차에 지나치게 많은 투자를 했다.

그 말을 한 것은 유중혁 [999]였다. 대체 언제부터였는지 유중혁의 어깨에 올라타 있었다.

유중혁은 무심한 눈으로 [999]를 일별하더니 조용히 흑천마도를 뽑았다.

"놈을 죽일 기회라는 뜻이지."

'은밀한 모략가'가 정확히 이쪽을 응시한 것은 그때였다.

그저 시선이 마주친 것만으로 유중혁은 굳어버렸다.

[설화, '이적에 맞서는 자'가 몸을 움츠립니다.]
[설화, '재앙의 왕을 사냥한 자'가 전투를 거부합니다.]

그의 설화들이 공포에 떨었다.

약화된 게 저런 상태란 말인가.

흘러나온 패배의 기억이 그를 지배하고 있었다.

어쩌면 그날 부러진 것은 흑천마도만이 아닌지도 모른다.

[999]가 말했다.

—두려운 모양이군.

인정하기 싫지만 사실이었다.

—확실히, 지금의 네놈은 '위대한 모략'을 이길 수 없다.

자신이 가진 그 어떤 역사를 걸어도 넘을 수 없는 절망.

유중혁은 그때 압도적인 시간의 벽을 보았다. 노력으로 극복할 수 있는 것이 아니었다.

—하지만, 방법이 아주 없는 건 아니지.

"뭐?"

유중혁의 어깨에서 뛰어내린 [999]의 외형이 변하기 시작했다.

무림만두가 유중혁의 모습으로 변하고 있었다. 순식간에 키가 자라난 [999]는, 정확히 유중혁과 똑같은 모습이 되었다.

스멀거리며 흘러나오는 초월좌 특유의 격.

등을 돌린 또 다른 자신을 보며, 유중혁은 그가 누구인지 절감했다.

999회차의 유중혁.

검은 코트를 흩날리며, [999]가 말했다.

"기억해내라. 진짜 네가 누구인지. 네가 무엇을 위해 여기까지 왔는지 말이다."

천천히 품속의 검을 뽑는 [999].

놀랍게도 그가 뽑은 검은 진천패도가 아니었다.

흑천마도.

3회차의 유중혁이 가진 것과 정확히 같은 병기.

[999]가 말했다.

"999회차의 전투를 네게 보여주마."

✳

5

누구나 한 번쯤 손오공의 이야기를 읽는다.

내 경우 '손오공'이라는 이름을 들으면 제일 먼저 떠오르는
것은 멸살법의 묘사였다.

「하늘을 부수는 여의금고봉.」

「홀로 하나의 성운을 상대할 수 있는 '신외신'의 술법.」

「세계의 별들을 추락시킬 뇌운雷雲.」

멸살법 최강의 성좌 중 하나인 제천대성 손오공.

[거대 설화, '서유기'가 이야기를 계속합니다!]

지금 나는 그 손오공이 된 상태였다.

쿠구구구구.

손오공의 주먹이 창공의 한 점을 가리킬 때마다 〈황제〉의 별들이 우수수 떨어졌다.

그 압도적인 힘을 1인칭 시점에서 목도하게 되니 나도 모르게 숨이 막혔다. 제천대성이 강하다는 것은 알았지만, 이 정도일 줄은 생각도 하지 못했다.

'막내야, 뭘 시시덕대는 거냐.'

머릿속으로 미후왕의 목소리가 들려왔다.

아무래도 나를 비롯한 다섯 명의 손오공은 제천대성의 깽판을 실시간으로 지켜볼 수 있는 모양이었다.

'형님들의 강함에 놀랐느냐?'

'솔직히 감탄했습니다.'

콰콰콰콰콰콰!

[크아아아악!]

방금 날아간 저 거인은 설화급 성좌다.

아니, 뇌전 한 방에 설화급이 날아가버리는 게 말이 되냐고.

미후왕이 조소하듯 말했다.

'흥, 거령신인가? 겨우 설화급 따위가 우리와 맞붙겠다고 나선 게 잘못이다.'

"긴고아의 죄수'도 설화급 아닙니까?"

그 말에 대답한 것은 필마온이었다.

'우리가 각각 혼자라면 그렇겠지. 이제 우리가 어떤 존재인

지 알지 않느냐?'

맞다. 이제야 나도 확실히 실감이 났다.

'서유기'의 주인공인 손오공은 네 명의 손오공으로 이루어져 있다.

수렴동을 지배하던 원숭이 왕 '미후왕'.

도술의 힘을 인정받아 옥황에게 관직을 받은 '필마온'.

자신을 능멸한 천계와 맞붙은 '제천대성'.

그리고…… '서유기'의 여정을 통해 깨달음을 얻은 '투전승불'까지.

그 모든 '손오공'의 설화가 하나로 모였을 때, 진정한 손오공의 힘이 발현되는 것이다.

필마온이 중얼거렸다.

'대성 녀석, 아주 신났군. 이렇게 날뛰어보는 것도 오랜만이겠지.'

실제로 제천대성은 아주 즐거워 보였다.

[천계도 많이 약해졌구나! 고작 이 정도밖에 안 되는 것이냐?]

십여 합도 채 견뎌내지 못하고 나가떨어진 설화급 성좌들이 그대로 통천하의 강물에 처박혔다.

[쳐라!]

하지만 〈황제〉의 군세는 여전히 강대했다.

〈스타 스트림〉에서 가장 많은 숫자의 별을 보유한 성운.

이 정도 타격으로는 끄떡도 없는 것이 당연했다.

하지만 제천대성의 설화도 이제 시작이었다.

【오오오오오오오!】

이계의 신격들이 일제히 포효함과 동시에, 하늘의 뇌전이 손오공의 여의봉에 떨어졌다. 황금의 격류가 폭발하더니 손오공이 그대로 자신의 여의봉을 천공으로 내던졌다. 여의봉의 뇌격이 흉포한 기세로 천공을 불태우며 돌진했다. 어마어마한 광풍이 밀어닥쳤다.

비산한 물보라가 마침내 가라앉았을 때, 물에 빠진 생쥐처럼 젖은 성좌 하나가 중얼거렸다.

[이, 이게 무슨…….]

하늘의 한쪽 방위가 비어 있었다.

그 일격에 밀려들던 수천의 신령이 한꺼번에 전멸해버린 것이다.

[이것이 제천대성이란 말인가.]

하지만 그 위압적인 광경에도, 〈황제〉의 기세는 줄어들지 않았다.

[두려워할 것 없다! 놈의 설화에도 한계는 있다!]

[밀어붙여라! 어차피 놈은 혼자다!]

순식간에 늘어난 신령들이 다시 빈자리를 채웠다.

이것이 〈황제〉의 전쟁. 소름이 돋았다. 아무리 이쪽이 강하다고 해도, 저쪽의 물량에는 끝이 없었다. 이대로라면 먼저 지치는 것은…….

'흥, 벌써부터 기죽을 것 없다. 아직 그놈의 힘은 사용하지 않았으니까.'

'그놈이요?'

'투전승불 말이다.'

투전승불.

그러고 보니 아까 나를 대신해 이계의 신격화 페널티를 감수한 게 바로 그였다.

'그분은 괜찮으신 겁니까?'

'넷째는 괜찮다. 고집멸도苦集滅道를 깨달은 녀석에게 속세의 기억 따윈 무의미해. 모든 것이 곧 공空이니까.'

그러자 필마온이 태클을 걸었다.

'언제부터 투전승불이 넷째가 된 거지?'

'그놈이 순서상 네 번째로 등장했으니까 넷째지. 당연히 연대로 따지는 게 정상 아니겠느냐?'

'그딴 식이라면…….'

'물론, 손오공의 시작은 나니까 당연히 내가 첫째다. 축하한다. 네놈은 유명세도 약한 주제에 둘째구나.'

'멍청한 원숭이답게 제 얼굴에 침을 뱉고 있군. 동굴의 원숭이 왕 따윌 누가 기억이나 해줄 것 같나?'

'마구간 똥이나 치우던 네놈보다야 낫지.'

두 손오공의 말다툼 때문일까, 제천대성의 설화 구성이 일순간 흔들리더니 불의의 일격을 당하고 말았다.

본체가 크게 흔들리자 제천대성이 기어코 짜증을 냈다.

[모두 닥쳐라! 집중이 안 되잖아!]

의기양양하게 한마디를 덧붙이는 것도 잊지 않았다.

[당연히 제일 유명한 내가 첫째다!]

미후왕과 필마온이 동시에 불만을 터뜨렸다.

까마득하게 몰려오는 별들의 파도에 맞서, 제천대성이 처음으로 수세를 취했다.

여기서 밀리면 이번 전쟁에서는 이길 수 없다. 그걸 알았는지 미후왕과 필마온도 사담을 멈추고 집중하기 시작했다.

쾅! 콰앙! 콰아앙!

전장의 한쪽 구석이 무너지면서 거대한 전함이 등장한 것은 그때였다.

"아저씨! 내가 간다―!"

〈황제〉의 배를 부수며 진격해 오는 이지혜가 그곳에 있었다. 홀로 싸우는 손오공을 지원하기 위해 〈김독자 컴퍼니〉의 일행들이 움직이기 시작한 것이다.

그뿐만이 아니었다.

[성좌, '금신나한'이 시나리오에 현현합니다!]

제천대성의 진짜 동료도 하나둘 시나리오에 끼기 시작했다.

허공에 화신체로 현현한 '금신나한' 사오정이 이지혜를 내려다보며 흐뭇하게 웃었다.

[그대가 내 역할을 수행한 자인가?]

"뭐야 이 괴물은?"

[성좌, '정단사자'가 시나리오에 현현합니다!]

이어서 나타난 것은 상보심금파의 주인이었다. 출렁이는 뱃살 아래 거적을 펄럭이며 저팔계가 외쳤다.

[패왕 저팔계 유중혁은 어디에 있느냐! 하하하! 마음에 들었다, 나의 배역이여!]

아무래도 '정단사자'는 유중혁에게 꽂혀버린 모양이었다.

현현한 저팔계와 사오정을 향해 제천대성이 고개를 끄덕여 보였다.

[왔는가, 사제들. 너무 늦었구만.]

[딱히 사형을 도와주러 온 것은 아니요. 내 배역 녀석이 궁금해서 왔을 뿐이니 오해는 마시게.]

새침데기 같은 변명을 구구절절 늘어놓는 저팔계, 그리고 어쩐지 상처받은 표정의 사오정이 손오공의 곁에 섰다.

항요보장과 상보심금파가 여의봉의 곁에서 격을 내뿜자, 비로소 '서유기'의 삼인방이 모였다는 것이 실감이 났다.

[거대 설화, '서유기'가 본래의 격을 회복하고 있습니다!]

이에 긴장한 〈황제〉의 성좌들이 고래고래 소리를 질렀다.

[심사위원들이여, 지금 제천대성의 편에 서겠다는 것인가?]

[그들뿐만이 아니다.]

'서유기' 삼인방의 배후에 여섯 인형人形이 서 있었다. 원숭이를 닮은 요괴도 있었다. 상어나 사자, 대붕을 닮은 자도 있었다.

나는 그들이 누구인지 곧장 깨달았다.

복해대성 교마왕覆海大聖 蛟魔王.

혼천대성 붕마왕混天大聖 鵬魔王.

이산대성 사타왕移山大聖 獅駝王.

통풍대성 미후왕通風大聖 獼猴王.

구신대성 우융왕驅神大聖 蹋狨王.

그리고 마지막 한 사람은 요괴가 아니라 정희원이었다.

"이거 재밌게 됐네."

평천대성平天大聖 우마왕의 가호와 함께, 그의 배역을 맡은 정희원의 격이 급격하게 상승하고 있었다.

[우리도 함께다, 제천대성.]

제천대성과 함께 천계대전을 치른 칠대성七大聖이 한자리에 모이는 순간이었다.

《서유기》 본편에서는 크게 주목받지 못하여 존재감이 크지 않았던 요괴들. 그들 또한 자신의 비통함을 풀기 위해 이 자리에 나타난 것이다.

[하필 내 별명도 '미후왕'이어서 억울했지. 그 한을 오늘 풀어주마!]

칠대성이 함께 전장에 뛰어들자 분위기는 급변했다. 그때까지 미적거리며 '은밀한 모략가'의 눈치를 보던 이계의 신격들도 함께 싸우기 시작했다.

전황을 지켜보던 미후왕이 중얼거렸다.

"그 패왕 저팔계란 놈은 어디로 갔지?"

그러고 보니 유중혁이 보이지 않았다.

녀석이라면 분명 이십팔수 별자리와 싸우고 있었는데…….

순간 불길한 예감이 들었다.

허공에서 시나리오의 최후를 지켜보는 혹부리 왕과 대도깨비들이 보였다.

[가라! 물러서지 말고 싸워! 결국 최후에 승리하는 것은 〈황제〉다!]

〈황제〉의 성좌들이 우렁찬 포효와 함께 진군해 왔다.

제일 선두에서 앞장선 것은 천궁의 사대천왕이었다.

동쪽의 지국천왕持國天王.

남쪽의 증장천왕增長天王.

서쪽의 광목천왕廣目天王.

북쪽의 다문천왕多聞天王.

거기에 탁탑천왕과 나타 태자까지. 저쪽도 이제 필사적인 모양이었다.

서왕모와 금강탁의 주인인 태상노군. 거기다 태백금성……
이름만 들어도 알 법한 성좌들이 모조리 강림해 자신의 설화
를 풀어놓고 있었다.

바야흐로 천계대전이 재현되는 순간이었다.

[성운, <황제>가 자신의 거대 설화들을 개방합니다!]

이것이 '거대 성운'의 힘.
그럼에도 제천대성은 물러서지 않았다.

[다수의 관객이 갑작스러운 구경거리에 입을 다물지 못합니다.]
[성좌, '심연의 흑염룡'이 여기서 지면 '긴고아의 죄수'는 자신의 라이
벌이 아니라고 선언합니다.]
[성좌, '악마 같은 불의 심판자'가 '긴고아의 죄수'를 응원합니다!]
[성좌, '고려제일검'이 '긴고아의 죄수'의 무위에 경의를 표합니다.]

제일 먼저 지국천왕이 꺾였고, 그다음은 증장천왕이 무릎을
꿇었다.
여의봉이 향하는 곳마다 천궁의 군세가 무너지고 있었다.
입신入神의 무공.
이것이 바로 최강의 성좌, 손오공의 힘이었다.
그런 제천대성을 처음으로 멈춰 세운 것은, 어디선가 들려

온 불경 소리였다.

ㅊㅊㅊㅊㅊㅊ…….

나도 모르게 신음이 흘러나왔다.

괴로운 것은 나뿐만이 아닌 모양이었다. 미후왕도 필마온도 한껏 짜증이 난 목소리였다.

'이런 망할……!'

'그 땡중이다.'

제천대성의 머리를 조여오는 긴고아.

한쪽 손으로 자신의 관자놀이를 짚은 제천대성이 경고하듯 말했다.

[관세음보살. 방해하지 마시오!]

그 말과 함께 구름 사이로 연화대가 나타났다.

관세음보살은 연화대의 중심에 가부좌를 틀고 앉아 있었다.

[오공. 지난 일들은 모두 잊은 것이냐?]

[뭘 말이오!]

[그만두어라. 이것은 옳지 못하다.]

[싫다면?]

[지금껏 내게 도움을 받지 않았느냐. 그걸 봐서라도 이만 물러날 수 없겠느냐?]

[당신의 도움?]

제천대성의 눈썹이 크게 휘었다.

[그 잘난 도움 덕에 고생만 잔뜩 했지.]

밀려온 울화를 풀어내듯 제천대성이 외쳤다.

[우리가 겪은 수많은 역경은 당신의 관음觀淫에서 비롯됐다!]

관세음보살觀世音菩薩. 세상의 모든 소리를 들어 알 수 있는 자.

제천대성의 기억이 흐르고 있었다.

「"불문에서는 구구 팔십일의 수효를 모두 채워야 귀진歸眞할 수 있다. 그들은 아직 '팔십 번의 재난'을 겪었을 뿐 아직 한 차례가 모자라다. 오방 게체들은 그들을 좇아가 마지막 재난을 일으키도록 하라!"」

'서유기' 최후의 재난.

그것을 일으킨 것은, 다름 아닌 저 관세음보살이었다.

[음마의 무리를 일으키고, 요괴들을 선동하고, 세상에 재앙을 가져온 것도 모두 당신과 〈황제〉였다!]

[모두 필요한 역경이었다. 그만 진정하거라.]

제천대성이 흥분하자, 관세음보살이 다시 긴고주를 외기 시작했다.

[그런 긴고주로 나를 막을 수 있을 것 같은가?]

파츠츠츠츠츳!

제천대성이 일으킨 격에 긴고주의 힘이 흩어졌다.

놀란 관세음보살이 연화대와 함께 물러서며 중얼거렸다.

[그의 힘이 너무 강해졌군. 나 혼자서는 무리겠어.]

탁탑천왕이 입술을 깨물었다.

[장기전으로 가면 이길 수는 있겠지만…….]

이제 시나리오 종료까지 남은 시간은 삼십 분도 채 되지 않는다.

장기전에서 이기더라도 시나리오에서 패배하면 아무 소용도 없다는 것을 그들도 알고 있었다.

[부처! 부처는 어디에 있는가!]

결국 〈황제〉의 마지막 선택은 정해져 있었다.

「다섯 개의 기둥」만 있으면 된다! 그 설화만 있다면 저 원숭이 놈을 잡는 것 따윈 아무런 문제가 없다!]

「다섯 개의 기둥」이란 부처의 다섯 손가락을 뜻하는 말이었다.

아무리 날고 기는 손오공이라도, 부처의 손바닥에 제압당한 설화가 존재하는 한 '무대화'의 영향력을 피해 갈 수 없다.

그리고 지금 이 세계에는 부처의 분체 중 하나인 석존이 있었다.

그때, 곁에 있던 나타 태자가 속삭였다.

[잊으셨습니까? 석존은 지난 '성마대전' 때 행방불명됐습니다. 환생자들의 섬을 봉인하며 사멸한 게 아닐까 싶습니다.]

[석존이 죽었다고? 그럼 저놈을 제압할 방법은……!]

[걱정 마십시오. 우리에겐 그의 후계가 있습니다.]

그 말과 함께, 〈황제〉의 군세가 갈라졌다.

[오시게, 석가의 후계여!]

갈라진 군세 사이로 〈황제〉의 최상위 격 성좌들이 걸어오고 있었다. 하나하나가 〈올림포스〉 12신에 못지않을 정도로 강력한 존재들.

그리고 그 중심을 걷는 하늘하늘한 법복을 보며, 나는 조용히 동요했다.

「유상아가 그곳에 있었다.」

석존과의 약속으로 환생한 유상아. 결국 그녀는 석존의 후예가 되어 윤회의 고리를 통해 다시 태어난 것이다.

'제천대성?'

제천대성의 몸이 굳어졌다. 그의 내부에서 엄청난 감정의 격류가 느껴졌다.

미후왕과 필마온의 목소리가 들려왔다.

'그렇군. 그래서 저 여자를 처음 봤을 때⋯⋯.'

'설마 저 화신체였단 말인가.'

순간, 제천대성의 기억이 머릿속으로 밀려들었다. 까마득한 '서유기'의 여정이 순식간에 축약되고 있었다.

그 순간 나는 깨달았다. 유상아는 단순히 석존의 후예로 환생한 것이 아니었다. 그녀의 화신체는 매우 특별한 이의 것이었다.

「"삼장이여."」

삼장법사三藏法師.

이 세계에서 가장 긴고주에 정통한 존재이자, 그저 말 한마디로 손오공을 통제할 수 있는 유일한 존재.

〈황제〉의 성좌들이 외쳤다.

[어서 놈을 제압하게! 석가의 후계여!]

성큼성큼 다가온 유상아의 모습을 보면서도, 제천대성은 전혀 움직일 생각을 하지 않았다. 마치 오래된 추억에 잠기기라도 한 것처럼.

'제천대성! 어서 움직여라! 뭘 하는 거냐!'

'이대로면 당한다!'

그 말을 듣고 있자니 나 역시 조금 불안해졌다.

지금 눈앞의 유상아는 정말 내가 아는 유상아일까.

환생한 신유승이 자신의 기억을 잃었듯, 만약 유상아도 그런 거라면.

내가 알던 존재와는 전혀 다른 존재가 된 거라면.

천천히 뻗은 유상아의 손이 손오공의 긴고아에 닿았다.

[무척 아파 보이네요.]

그녀의 맑은 목소리를 듣는 순간, 나는 깨달았다.

이 사람은 내가 아는 사람이다.

삼장법사도, 석가의 후예도 아닌, 내가 가장 믿을 수 있는 동료 유상아다.

[이건 이제 당신보다 더 어울리는 사람이 있어요.]

천천히 움직인 그녀의 손이, 손오공의 긴고아를 벗겼다.

제천대성의 머리를 옥죄던 긴고아가 너무도 허무하게 바닥으로 떨어졌다.

미후왕도, 필마온도, 제천대성도. 모두 믿을 수 없다는 듯 그녀를 내려다보았다.

〈황제〉의 성좌들이 대경하며 달려들었으나 이미 늦었다.

쏟아지는 성좌들의 고함 속에서 가장 오래된 감옥의 죄수가 비로소 해방되고 있었다.

[성좌, '긴고아의 죄수'의 각성 조건이 충족됐습니다.]
['투전승불'의 설화가 해금됩니다.]
[성좌, '긴고아의 죄수'의 수식언이 진화합니다!]

휘황한 빛살 속에서 '긴고아의 죄수'가 천천히 눈을 떴다.

[성좌, '가장 오래된 해방자'가 봉인에서 깨어났습니다.]

6

봉인에서 깨어난 제천대성은 그야말로 야차에 가까웠다.

[성좌, '심연의 흑염룡'이 경악합니다.]
[성좌, '악마 같은 불의 심판자'가 멍하니 전장을 응시합니다.]
[성좌, '해역의 경계를 긋는 창'이 눈을 부릅뜹니다.]
[성좌, '흙으로 사람을 빚은 대모신'이 눈을 떼지 못합니다.]

　최상위 격 설화급 성좌는 물론이거니와, 신화급 성좌까지도 주목할 수밖에 없는 힘.
　신외신 술법을 통해 수백, 수천으로 불어난 손오공의 분신이 성운의 대군을 무찔렀다. 주먹에서 날아간 우레에 일대의 위인급 성좌가 멸절당했고, 휘두른 여의봉에 십여 개체의 설화급 성좌가 추락했다.

통천하 전체가 제천대성의 힘을 도저히 감당하지 못하고
울부짖었다.

콰아아아아아!

이것이 바로 장대한 '서유기'의 결말을 완성한 손오공의 힘
이었다.

전신에서 쉴 새 없이 스파크가 튀었다. 이곳은 그의 설화 영
역인 '서유기'인데도 〈스타 스트림〉이 그의 힘을 억제하고 있
었다.

어긋난 개연성은 손오공들과 내게 고스란히 돌아왔고, 그로
인해 나는 거의 미쳐버릴 지경이었다.

[과도한 개연성의 뒤틀림이 당신의 정신을 침식합니다!]

'막내가 감당하긴 힘들어 보이는군.'
'내보낸다.'

[네 명의 손오공이 '구원의 마왕'을 분리하는 것에 동의했습니다.]

출아出芽하듯 자라난 내 몸이 허공에서 추락하기 시작했다.

웨에에엑 — 하고 올라오는 헛구역질과 함께 정신을 차렸을
때, 나는 통천하의 부유물 위에 늘어져 있었다.

창공에서는 조금 전까지 내가 들어 있던 손오공이 〈황제〉의

성좌들을 상대로 난투극을 벌이고 있었다.

"아저씨!"

어디선가 들려온 목소리. 이어서 크고 작은 인형 같은 것들이 내 품으로 부딪쳐 왔다.

[바앗! 바아아아앗!]

힘겹게 상체를 일으키자, 내게 매달린 신유승과 비유가 보였다. 요괴들의 피와 살점으로 더럽혀진 내 팔을 껴안은 채 신유승이 울고 있었다. 나는 피 묻은 손을 외투에 닦은 뒤 아이를 조심스레 안아주었다.

[제4의 벽]이 있지만 순간적으로 밀려오는 감정을 주체할 수 없었다.

돌아왔다. 다시 돌아온 것이다.

"독자 씨."

고개를 들자, 새하얀 법복을 입은 유상아가 그곳에 있었다.

삼장의 화신체로 부활한 유상아.

화신체가 달라졌음에도, 그녀의 외형은 내가 아는 유상아 그대로였다.

나는 그녀를 향해 힘겹게 웃었다.

"돌아오셨군요."

"내가 없는 사이 독자 씨가 한 일들, 잘 봤어요."

나도 모르게 흠칫 어깨가 떨렸다.

혼나려나 싶었는데, 유상아는 인자하게 웃었다.

"힘들었죠?"

뭐라고 답하기도 전에 유상아가 말했다.

"그럼 조금만 더 힘들어봐요."

응?

입을 열려는 찰나, 살포시 손을 뻗은 유상아가 내 머리에 뭔가를 씌웠다.

[당신은 '긴고아'의 주인이 됐습니다.]

['긴고아'의 효과로 당신에게 새로운 수식언이 발생합니다.]

[당신은 '긴고아의 죄수'가 됐습니다!]

나는 눈앞에서 일어난 믿을 수 없는 상황에 입을 다물지 못했다.

"흐음, 이걸 어떻게 할까."

내 이마에 대고 손가락을 까딱거리는 유상아의 모습에 희미한 공포를 느꼈다.

긴고아의 고통이 어떤지는 잘 알고 있었다.

나는 재빨리 입을 열었다.

"제, 제가 잘못한 일에 대해서는 잘 압니다. 하지만 조금 나중에, 제대로 말씀드려도 되겠습니까? 지금은……."

"지금은 저쪽이 우선이겠죠."

나는 고개를 끄덕였다.

돌아본 곳의 하늘에 '그레이트 홀'이 일렁이고 있었다.

그리고 그 중심에서, 일생일대의 격전을 벌이는 두 명의 유중혁이 있었다.

¤ ¤ ¤

흑천마도를 쥔 유중혁 [999]가 초월좌의 격을 흩뿌리며 천공으로 도약했다.

그리고 그곳에, 그를 기다리는 모든 유중혁의 '왕'이 있었다.

【결국 그런 선택을 한 것인가.】

이 우주에서 가장 오래된 유중혁.

1,863번의 회귀를 뚫고, 마침내 자신의 결을 본 유중혁.

[999]는 그런 '은밀한 모략가'를 마주 보며 오래된 자신의 기억을 떠올렸다.

■■.

모든 존재에게 단 한 번만 찾아오는 끝.

[999]에게도 그만의 결말이 있었다. '은밀한 모략가'가 본 '결'과는 다르지만, 그 역시 그 편린을 목격한 존재였다.

999회차는 그 어떤 회차와도 달랐다.

한 사람이 천 번의 삶을 산다는 것이 어떤 의미인지 대부분의 인간은 이해하지 못한다. 하지만 [999]는 천 번의 삶을 살았고, 앞으로도 다시 그만한 세월을 살 수 있는 존재였다. 그랬기에 그는

「"……이번 회차는 너희를 위해 살겠다."」

자신의 999회차를 그의 일행들을 위해 바쳤다.

「"대장, 날 버려! 그냥 꺼지라고!"」

38번 시나리오에서 이지혜를 구하기 위해 자신의 왼팔을 잃었고.

「"중혁 씨! 안 됩니다! 중혁 씨!"」

55번 시나리오에서 이현성을 위해 오른쪽 다리를 잃었다.

「"왜, 왜 나 같은 걸 위해서……."」

74번 시나리오에서 신유승을 각성시키기 위해 자신의 두 눈을 희생했다.

「"너희도 그랬으니까. 그뿐이다."」

지난 생에 대한 속죄였는지, 아니면 천 번의 삶에 한 번쯤 찾아오는 변덕이었는지는 모른다.
다만 999회차의 유중혁은 진심으로 그렇게 살았다.

그는 처음으로 '결말'을 보고 싶다는 생각을 포기했다. 그 대신 바란 것은

「"나는 너희가 이 세계의 끝을 보길 바란다."」

자신이 아니라도 좋으니, 단 한 사람이라도 〈스타 스트림〉의 끝을 보는 것.

999회차의 유중혁은 그것을 위해 자신의 기억과 영혼까지 바쳤다.

일행들이 강해질 수 있다면 '이계의 언약'조차 망설이지 않았다.

그렇게 자신의 모든 것을 다 바친 끝에.

「"대장, 이제 곧 마지막 시나리오야."」

아주 작은 기적이 일어났다.

「"조금만, 조금만 더 가면 됩니다! 중혁 씨!"」

그는 이제 혼자 힘으로는 걸을 수 없었다. 검을 휘두를 손이 없고, 세계를 볼 눈도 없으며, 혈류가 모두 뒤틀려 스킬을 발동할 수도 없는 몸이었다.

하지만 그의 희생을 대가로, 일행들은 최종 시나리오의 근

처까지 갈 수 있었다.

「"정신 차리세요, 제발. 제발!"」

하지만 끝내 그는 시나리오의 끝을 볼 수 없었다. 마지막 시나리오를 앞두고 '이계의 언약'이 그의 목숨을 거둬간 까닭이었다.

[999]를 보며 '은밀한 모략가'가 말했다.

【999회차의 유중혁이여. 나는 네 삶을 존중한다. 나를 제외하고 유일하게 '결'의 근처까지 갔던 존재니까.】

조용히 흑천마도를 겨누는 [999]. 그런 [999]를 향해, '은밀한 모략가'의 전신에서 다른 유중혁들의 아우성이 터져나왔다.

—진심인가?

—정말로 위대한 모략에게 대적할 셈이냐?

—정신 차려라, [999]!

【하지만 너는 내 일부다. 네가 아무리 많은 역사를 끌어다 써도, 결코 나를 이길 수는 없다.】

"네가 나라면 잘 알 텐데. 나를 설득할 수 없다는 것도."

【네가 겪은 삶은 나의 절반에 불과하다. 그나마 기억도 온전치 않지. 그런데도 나와 대적하겠다는 것인가?】

[999]는 대답하지 않고 자신의 기세를 키웠다.

그런 그에게서 뭔가 읽었는지, '은밀한 모략가'의 태세가 변했다.

【네가 진심이라면.】

뭉게뭉게 피어오른 검은 연기가 '은밀한 모략가'의 외피를 형성하기 시작했다. 연기 속에서 한 사내의 형상이 빚어졌다.

이 우주에서 가장 고독한 왕.

하얀 코트를 입은 1,863회차의 유중혁이 그곳에 있었다.

【나 역시 하찮은 연기를 할 필요는 없겠지.】

그 말과 함께 '은밀한 모략가'가 코트를 벗어 던졌다. 흰 코트가 바람에 흩날려 통천하의 강에 떨어졌다.

새카만 어둠이 어깨에 걸쳐진다 싶더니, 어느새 검정색 코트가 그의 전신을 덮고 있었다.

처음부터 끝까지 그와 1,863번의 회귀를 함께해온 코트.

'은밀한 모략가'의 손에서 진천패도가 불길한 아우라를 뿜었다.

그와 동시에 두 유중혁의 몸이 허공에서 사라졌다.

두 개의 검이 부딪치는 무수한 파찰음만이 그곳의 격전을 알려줄 따름이었다. 흉포한 격의 충돌에 연이어 터지는 스파크가 하늘을 새파란 빛으로 물들였다.

난데없이 벌어진 대결에 줄곧 제천대성에 주목하던 관객들의 시선이 돌아오고 있었다. 그리고 유중혁 또한 통천하의 강 위에서 그 결투를 올려다보고 있었다.

999회차와 1,863회차의 대결.

불끈 쥔 주먹이 떨리며 힘이 들어갔다.

어느 쪽도, 지금의 그가 맞서기에는 벅찬 상대였다.

착실하게 생을 쌓았다면 언젠가는 도달했을 경지.

유중혁은 눈을 부릅뜬 채 시선을 고정했다. [999]와 '은밀한 모략가'의 모든 것을 흡수하려는 것처럼 그들의 설화를 읽고 또 읽었다.

[설화, '영원불멸의 지옥도'가 이야기를 시작합니다!]

아득한 설화의 지옥도. 그 지옥도의 절반을 걸어온 유중혁과 지옥도의 끝을 본 유중혁이 부딪치고 있었다.

두 개의 [파천검도]가 유성처럼 궤적을 그렸다. 하나는 진천패도. 그리고 다른 하나는 흑천마도. 두 자루의 검이 초신성처럼 환하게 불타올랐다.

【그러고 보니 넌 진천패도를 주력으로 쓰지 않았지.】

[999]회차에서 그의 진천패도를 물려받은 사람은 이지혜였다.

'은밀한 모략가'가 펼친 파천유성결이 [999]의 전신을 꿰뚫고 지나갔다.

【겨우 그런 검술로는 나를 이길 수 없다.】

"그럴지도 모르지. 하지만."

순식간에 상처투성이가 된 [999]는 물러서지 않고 검을 쥐었다.

'은밀한 모략가'의 눈동자가 흔들렸다. 아주 잠깐 사라진 [999]가 어느새 그의 코앞에 있었다.

그것은 [파천검도]가 아니었다.

순살.

"적어도 내가 살아온 역사를 보여줄 수는 있겠지."

그것은 이지혜의 기술이었다.

【겨우 이런─】

간발의 차이로 튕겨나간 흑천마도가 유연하게 [검도]의 곡선을 그렸다.

츠츠츠츠츳!

[999]의 눈에서 [귀살]의 빛이 번뜩였다.

999회차의 이지혜가 살아온 삶이 [999]의 손끝에서 펼쳐지고 있었다. 이현성처럼 단단한 발차기. 이설화처럼 날카로운 조법爪法. 신유승의 타고난 감응력과 김남운의 전투 센스까지.

[999]가 몸으로 느낀 역사가 그를 통해 이야기하고 있었다.

그 순간 [999]는 혼자가 아니었다.

그가 살려낸 모든 동료의 기술이 그의 몸을 통해 재현되고 있었다. [검도]가 [파천검도]를 부쉈고, [흑화]와 [귀살]의 콤보가 [주작신보]의 빈틈을 파고들었다.

그렇게 이설화의 [천령독]이 '은밀한 모략가'의 심장을 노리는 순간.

【잡기 따위로.】

[거대 설화, '고독한 멸망의 순례자'가 이야기를 시작합니다!]

[999]의 설화가 무너지고 있었다. 이현성의 방어가 무너지고, 이설화의 손톱이 부러졌다. 김남운과 이지혜가 쓰러졌고, 신유승이 무릎을 꿇었다.

충격을 이기지 못한 흑천마도가 그의 손을 떠나 통천하의 강으로 떨어졌다.

[999]는 언제나처럼 혼자 남았다.

【[999]. 너는 실패했다.】

한 사람이 살아낸 아득한 생 앞에, 모든 동료의 삶이 부서졌다.

[999]는 고개를 끄덕였다. 그러나 절망하지 않았다.

"하지만 어떤 우주에서는 다를지도 모르지."

[999]의 시선이 통천하의 전장을 내려다보았다.

제천대성과 〈김독자 컴퍼니〉가 만든 전장.

이제껏 한 번도 벌어지지 않았던 우주의 사건들.

【너까지 이런 곳에서 실없는 희망을 본 모양이군.】

"남 얘기처럼 말하는군, 위대한 모략."

[999]는 비틀거리면서도 말을 이었다.

"우리는 실패했다. 어떤 일행도 살리지 못했고, 혼자서 결을 보았지. 그게 정말 우리가 원하던 끝이었나?"

【헛된 감상이군.】

"이 우주는 다르다."

【애초에 있어서는 안 되는 우주였다.】

차가운 목소리와 함께 '은밀한 모략가'의 신형이 움직였다.

【결과가 원인에 간섭해 만들어진 우주다. 존재 자체로 개연성의 붕괴를 초래하는 우주다. 결코 존재해서는 안 되는, '가장 오래된 꿈'의 장난—】

"위대한 모략이여, 실은 알고 있지 않은가? 잘난 '원작'의 닫힌 우주에서, 우리가 바랐던 이야기는 불가능했다. 그래서 당신도—"

처음으로 '은밀한 모략가'의 신형이 주춤거렸다. 하지만 잠깐이었다.

가볍게 휘두른 진천패도가 [999]의 몸통에 꽂혔다.

【돌아와라, [999]. 내겐 네가 필요하다.】

푹 꽂힌 진천패도가 [999]의 기억을 빨아들이기 시작했다. 분체로 나뉘었던 그의 자아가 회수되고 있었다.

흐려지는 [999]의 눈빛이 통천하의 강 위를 향했다.

그곳에 누가 있는지 아는 '은밀한 모략가'가 조소하듯이 말했다.

【그는 이미 내게 패했다. 아무것도 기억하지 못하는 그가, 나를 막을 수 있을 거라 생각하는가?】

"유중혁, 검을 쥐어라!"

처절한 목소리가 통천하에 울려 퍼졌다. 그 목소리가 닿은 곳에는, [999]도 '은밀한 모략가'도 아닌 유중혁이 있었다.

그는 혼란스러운 표정으로 창공을 올려다보고, 강의 부유물들 위에 떨어진 두 개의 아이템을 바라보았다.

[999]의 흑천마도.

그리고 '은밀한 모략가'가 벗어 던진 흰 코트.

「"살고 싶다."」

「"만약 기회가 있다면, 내가 본 그 세계처럼……."」

머리를 찌르는 통증. 알 수 없는 기억이 스쳐 지나갔다.

[당신의 설화들이 동요하고 있습니다.]

"네가 누군지 기억해내라!"

마치 홀리기라도 한 듯 유중혁은 흑천마도를 쥐었다. 오래
전부터 자신의 것이었던 것처럼 자연스러운 감각. 그는 이어
서 바닥에 떨어진 코트를 주웠다. 그가 싫어하는 흰색이었다.

―너는 '3회차'의 유중혁이 아니다.

그날 [999]는 그렇게 말했다.

―뭔가 이상하다고 생각해본 적 없나? 아무리 김독자가 있
다고 해도, 겨우 '3회차'에 네가 이렇게 빨리 성장하는 게 정
상적으로 보이나?

익숙한 기시감 속에서, 그는 천천히 흰 코트를 입었다.
마치 언젠가 입어본 것처럼 꼭 맞는 코트.

—개소리 마라. 나는 3회차다. 나는…….

한 번도 의심해보지 않았다면 거짓말일 것이다.
그는 정말로 '3회차'의 유중혁일까.

—설령 내가 '3회차'가 아니더라도, 내가 가진 것은 고작 '3회차'의 기억뿐이다.

천천히 고개를 든 유중혁이 창공을 올려다보았다.
사라지는 [999]가 그를 응시하고 있었다.

—네겐 동료가 있지 않나?

거울에서조차 한 번도 본 적이 없는 얼굴.

—너보다도, 너의 삶을 잘 기억하는 동료가.

'은밀한 모략가'의 진천패도가 움직였다.
우주조차 갈라버리는 새카만 격이 그를 겨누는 순간, 유중혁은 누군가를 떠올렸다.

그리고.

[전용 스킬, '전지적 독자 시점' 3단계가 발동합니다!]

배후성이 강림하듯, 익숙한 별의 힘이 그에게 현현했다.

「가자.」

그리고 이야기가 시작되었다.

84

Episode

1864

Omniscient Reader's Viewpoint

✳

1

"독자 아저씨?"

멀리서 격전을 펼치는 유중혁들의 모습을 보며, 나는 망설이고 있었다.

[현재 화신체의 상태가 불안정합니다!]

지금의 몸 상태로 달려가봤자 도움이 될 턱이 만무했다.

게다가 자세히 보니 싸우고 있는 것은 [999]와 '은밀한 모략가'였다. 영문은 모르겠지만 [999]가 우리 편을 들기로 한 모양이었다.

나는 주먹을 꾹 쥐었다.

「김독자는 생각했다. 방법은 하나뿐이다.」

[전지적 독자 시점].

니르바나 전에서 그랬고, 포세이돈 전에서 그랬던 것처럼……

—막내야, 무엇을 망설이는 것이냐.

제천대성이었다. 천공의 격전을 이어가는 중에도 내 심경을 느낀 모양이다.

나는 들릴 듯 말 듯한 목소리로 중얼거렸다.

"저는 이제 읽는 것이 조금 두렵습니다."

아마도 '환생자들의 섬'에서 유중혁과 대결한 후부터였을 것이다.

더 최근으로는 [999]의 말을 들은 직후부터인지도 모른다.

「"아직도 몇 편의 글줄로 누군가를 이해할 수 있다고 생각하는가?"」

지금까지 나는 이 모든 이야기의 '독자'였다.

하지만 언제까지, 내가 그런 독자로 있어도 괜찮을까.

—그렇군. 네겐 타자를 읽는 힘이 있지.

그는 내 능력에 대해 짐작하고 있었다. '긴고아의 죄수'로 오랫동안 내 채널에 있었으니 눈치채도 이상하지는 않았다.

—나 역시 누군가를 알고 싶었던 적이 있다.

제천대성의 시선이 유상아에게 닿는 것이 느껴졌다. 정확히
는 유상아가 아닌 유상아의 '화신체'에게.

　그는 지금 저 화신체의 '전 주인'을 바라보고 있었다.

　─나는 아직도 왜 삼장이 나를 두 번이나 쫓아냈는지 모르
겠다.

　《서유기》 원전에서 손오공은 두 번이나 파면을 당한다.

　─하지만 한 번도 삼장에게 제대로 따져본 적은 없었지. 하
찮은 자존심 때문이었다. 그저 혼자서 생각하고 또 생각했다.
그때 녀석은 왜 그랬을까. 어째서 그런 선택을 했을까. 왜 그
렇게 완고해야 했을까. 내가 대체 뭘 잘못했고, 어디서부터 무
슨 문제가 있었을까. 여정이 끝난 후에도 그 질문은 내 안에서
계속 맴돌았다.

　그런 이야기를 듣는 것은 처음이었다.

　제천대성에게도 제천대성만의 해결되지 않는 질문이 있었
다.

　─마침내 용기를 냈을 때, 기회는 이미 사라진 뒤였다.

　제천대성의 목소리가 희미하게 풀 죽어 있었다.

　《서유기》 이후의 이야기에 대해 자세히 알지 못하는 나로서
는 그의 슬픔을 짐작할 수 없었다.

　확실한 것은 유상아가 '삼장'의 화신체로 환생했다는 것. 그
리고 진짜 '삼장'은 이 세상에 없다는 것이었다.

　─그 질문의 대답을 알기 위해 '서유기 리메이크'를 반복해
왔다. 내가 알지 못한, 내가 읽지 못한 것을 다른 누군가가 대

신 이야기해주길 기대했다.

그제야 나는 제천대성이 이 시나리오 이벤트에 참가한 이유를 알 것 같았다.

문득 궁금증이 솟았다. 그래서 그는 답을 얻었을까.

—답은 얻지 못했다. 다만…… 작은 위안은 받았지.

제천대성의 시선이 신유승을 향하고 있었다.

[거대 설화, '서유기'가 이야기를 계속합니다.]

〈황제〉의 쏟아지는 공격을 받아내며, 제천대성이 말하고 있었다.

—어떤 것은 영영 이해하지 못할지도 모른다. 영원히 닿지 못할 수도 있고, 이해하려는 노력이 허사로 돌아갈 수도 있다. 하지만 이해하는 것이 불가능하다는 사실을 알면서도 우리는 설화를 읽어야 한다. 그것이 이 하늘의 별이 되어 '성좌'로 존재하는 자들의 의무이자 의미다.

제천대성은 삼장을 이해하지 못했다. 아마 앞으로도 이해하지 못할 것이다. 그럼에도 제천대성은 포기하지 않았다.

—그러니 너도 읽어라.

'하지만 저 혼자서는…….'

—왜 혼자라고 생각하지?

제천대성의 말에, 나도 모르게 고개를 들었다.

—너처럼은 아니겠지만, 누구나 서로를 읽고 있다. 그러니

너도 읽기를 멈추지 마라.

정확한 조언은 아니었다. 하지만 나는 그 조언에서 무언가를 느꼈다. 아주 작은 깃털이 차곡차곡 쌓이는 듯한 느낌. 아마도 이것이 제천대성이 우리의 이야기를 지켜보며 받은 위안일지도 모르겠다는 생각이 들었다.

"유상아 씨."

나의 말에, 유상아가 기다렸다는 듯 돌아보았다.

"괜찮겠어요?"

"네. 그런데 가능하면 살살—"

고개를 끄덕인 유상아가 나를 향해 긴고주를 외웠다.

퓨즈가 타버린 듯 육체가 푹 고꾸라졌다. 그 찰나 빠져나온 내 의식은 정확히 가야 할 곳으로 향했다.

['전지적 독자 시점' 3단계가 발동합니다!]

[현재 해당 인물에 대한 이해도가 매우 높습니다!]

['1인칭 주인공 시점'이 발동합니다!]

천천히 제자리를 찾는 시야와 함께, 전신에서 강맹한 힘이 넘치기 시작했다. 유중혁의 힘이었다.

잠시 후, 눈앞에 드러난 적의 외형이 보였다. 어마어마한 격의 아우라에 둘러싸여 우리를 오시하는 존재.

'은밀한 모략가'.

제천대성 말이 맞다. 저 존재는 결코 혼자서는 이길 수 없다.

「가자.」

전신에 몰아치는 초월좌의 격.

나는 내가 가진 모든 격을 유중혁에게 보냈다.

[초월좌의 격이 마왕의 격과 조우합니다!]

그간 얻은 힘이 유중혁의 힘과 맞물리며 용솟음쳤다. 환골탈태라도 한 듯 전신의 혈류에 활력이 돌았다.

황금빛 안광과 함께 천천히 눈을 뜬 유중혁이 말했다.

'늦었군.'

유중혁은 내게 화를 내거나 타박하는 대신, 그저 그렇게 말할 뿐이었다.

내가 손오공 배역이었다는 것을 알고 있었을 텐데도.

「미안하다.」

'쓸데없는 말은 나중에 해라. 지금은 놈을 쓰러뜨리는 것이 급선무다.'

콰아아아아아아!

가볍게 휘두른 '은밀한 모략가'의 진천패도가 통천하를 갈랐고, 우리는 간발의 차이로 그 공격을 피했다.

우연히 근처에 있던 성좌들과 화신들이 한꺼번에 휩쓸려 비명으로 화했다. 말도 안 되는 공격력이었다.

【헛된 노력이다. 설령 기억을 되찾는다고 해도 너는 내게 이길 수 없다. 결국 너는 내게서 비롯되었기 때문이다.】

「지금 저 녀석이 뭐라는 거야?」

강 위를 달리던 유중혁이 귀찮다는 듯 말했다.
'저쪽의 주장에 따르면, 나는 3회차의 유중혁이 아니다.'

「뭐? 그럼?」

무심코 되물었지만, 동시에 어지러이 떠도는 가설들이 내 머릿속에서 해답을 찾고 있었다. 그것은 어쩌면 아주 오래전부터 쌓여온 의문이었다.

「3회차의 유중혁이 이런 정보를 알고 있을 리가 없는데?」

'그린 존' 시나리오에서도.

「'아무리 생각해도 너무 빠른 성장 속도다.'」

그리고 '극장 던전'에서도.

[등장인물 일람]으로 유중혁의 정보를 확인할 때마다 은연 중에 느껴온 의문들이 꼬리에 꼬리를 물고 증식하고 있었다.

[999]와 나눈 대화도 머릿속을 스쳐 갔다.

「"이 세계선의 유중혁이 자기가 '3회차'라고 했어. 그러니까 여긴 3회차야."」
「"그런 정보를 곧이곧대로 믿다니, 순진하군."」

정신을 차렸을 때, 나는 어느새 [등장인물 일람]을 가동하고 있었다.

[해당 인물의 관련 정보가 지나치게 많습니다. '등장인물 일람'이 '요약 일람'으로 변환됩니다.]
[사용자 편의에 따라 임의로 지정한 항목만 표시됩니다.]

〈등장인물 요약 일람〉

인물: 유중혁
전용 특성: 회귀자(신화) / 3회차, 유희의 지배자(전설)······.

3회차. 이 녀석은 분명 3회차다.

그렇다면 녀석들의 말은 대체…….

「김독자 *정* 말몰 *라*?」

기억의 페이지가 넘어가고 있었다.

떠올리지 않으려 애쓰던 기억들이었다.

「"네가 보여준 그 '세계'는, 정말로 존재하는 것인가?"」

「[해당 인물은 '등장인물'이 아닙니다.]」

'정신 차려라, 김독자!'

유중혁의 외침에 화들짝 정신이 깨어났다. 지금은 다른 생각을 할 때가 아니었다.

허공을 부유하는 '은밀한 모략가'의 격이 점점 더 강해지고 있었다.

【보아하니 아직 제대로 기억을 떠올리지 못한 모양이군.】

"이번엔 쉽게 지지 않을 것이다."

그의 격에 반발하듯, 유중혁도 자신의 힘을 끌어올렸다. [주작신보]와 [파천검도]가 극성으로 펼쳐졌고, 파천검뢰가 흑천마도를 덮었다.

지난번에도 유중혁은 이와 같은 방식으로 싸운 적이 있었다. 그리고 패했다.

하지만 이번에는 그것만이 전부가 아니었다.

[5번 책갈피가 활성화됐습니다!]

[전용 스킬, '전인화 Lv.23(+13)'가 활성화됐습니다.]

[전용 스킬, '바람의 길 Lv.18(+8)'을 발동합니다!]

['마왕화'를 발동합니다!]

유중혁의 [주작신보]에 [바람의 길]의 공능이 깃들었고, [파천검뢰]에 [전인화]의 전격이 깃들었으며, '초월좌'의 힘에 '마왕'의 힘이 더해졌다.

두 배, 세 배, 네 배…… 순식간에 불어난 유중혁의 격이 통천하 일대에 위협적으로 퍼졌다.

츠츠츠츠츳!

스파크가 튀는 것과 동시에, 우리는 '은밀한 모략가'를 향해 달려들었다.

흑천마도에 깃든 [전인화]와 [파천검뢰].

키리오스와 파천검성의 비전이 동시에 빛을 발하자, 그야말로 어마어마한 강기의 폭풍이 밀어닥쳤다.

콰아아아아아!

산을 가르고, 바다를 녹여버릴 정도의 힘이었다.

하지만 그런 힘 앞에서도 '은밀한 모략가'는 태연했다.

파찰음을 내며 부딪치는 두 자루의 검. 유중혁과 고스란히 감각을 공유하고 있었기에, 나는 손아귀가 찢어질 듯한 통증을 느꼈다.

이쪽은 양손이고 저쪽은 한 손이다. 그런데도

【안타까운 일이구나. 유중혁.】

우리는 '은밀한 모략가'를 벨 수 없었다.

츠츳, 츠츠츳.

그의 주변에서 튀는 스파크는 여전히 '은밀한 모략가'가 전력을 발휘하지 않았다는 사실을 말해주고 있었다.

어떻게 이렇게나 전력 차이가 큰 것일까.

[설화, '영원불멸의 지옥도'가 이야기를 계속합니다.]

주변이 그의 무대로 덮이고 있었다.

1,863번에 달하는 회귀의 지옥. 불구덩이 속에서 신음하는 이계의 신격들과 별들의 시체.

【닫힌 우주에서 벗어나 새로운 이야기를 꿈꾼 대가로 자기 자신조차 기억하지 못하게 되다니. 그것이 정말 네가 바라던 세계인가?】

지옥도 속에서 악귀처럼 들려오는 목소리.

혼란스러웠다. 그의 말이 무슨 뜻인지 알 것 같으면서도 납득하기 어려웠다.

닫힌 우주에서 벗어나 새로운 이야기를 꿈꾼 유중혁. 내가 알기로 그런 유중혁은 하나밖에 없다.

만약 그게 사실이라면.

정말로 내가 아는 유중혁이 그 '유중혁'이라면.

['제4의 벽'이 두께를 더욱 키웁니다.]

'김독자, 네놈이 묘수를 내지 않으면 안 된다.'

유중혁이 버럭 소리를 질렀다.

'지난번에 사용한 설화를 써라.'

그 지난번이 언제를 말하는 것인지는 알 수 있었다.

「영원불멸의 지옥도」

일전에 포세이돈과 맞서 싸우며 사용했던 설화.

그때 우리는 362회차 유중혁의 기억을 빌려 테세우스를 죽였다.

나는 '은밀한 모략가'의 저변을 흐르는 암흑의 설화를 보며 침음했다.

「솔직히 그걸 써도 이길 수 있을진 모르겠다.」

내가 전력을 다해 읽어낸 회차는 고작해야 362회차였다. 지금이라면 그때보다는 낫겠지만, 눈앞의 녀석을 이길 수 있을 것 같지는 않았다.

「그리고…….」

 망설여지는 것은 그뿐만이 아니었다.

 내가 362회차 이상의 유중혁의 힘을 빌리는 데 성공하면, 유중혁도 나와 함께 기억을 읽게 된다.

 성좌가 화신의 설화를 읽듯, 나는 유중혁의 멸살법을 읽어 왔다.

 여기서 「영원불멸의 지옥도」를 사용하게 되면, 유중혁은 내 오해로 얼룩진 독해를 함께 겪게 될 것이다.

 내가 살아남기 위해 읽던 멸살법. 내 멋대로 기억하는 역사. 그 역사 속에서 유중혁은 일방적으로 왜곡되거나 과장되었으며, 문제적이거나 우상화된 모습일 뿐이었다.

「……제기랄.」

 그럼에도 나는 그 폭력을 행사해야만 했다.

 [설화, '영원불멸의 지옥도'가 이야기를 시작합니다!]

 깊은 무력감 속에서 페이지를 넘긴다. 멸망 이전에도 멸망 이후에도 마찬가지다. 언제나 내가 할 수 있는 일은, 고작 책의 페이지를 넘기는 것이 전부다. 눈앞에서 무수한 유중혁의 회차가 지나갔다.

3회차, 4회차, 5회차…… 41회차…… 182회차…….

기억들이 흘러갔다.

무수한 유중혁이 우리를 보고 있었다.

362회차…… 598회차…… 724회차…….

[당신의 '독해력'이 새로운 가능성을 향해 나아갑니다!]

[당신이 독해할 수 없던 페이지들이 펼쳐집니다!]

862회차…… 999회차…….

속에서 핏물이 올라왔다. 머리가 깨질 것처럼 아팠다.

999. 내가 좋아한 회차.

유중혁의 대사들이 천천히 줄어들기 시작했다. 한계였다.

[당신이 독해할 수 있는 최대 회차에 도달했습니다.]

[당신이 독해할 수 있는 '유중혁'의 최대 회차는 '999회차'입니다.]

독후감에 매겨진 점수처럼 나타난 메시지. 나는 고개를 들수 없었다.

읽는다는 것이 이렇게나 수치스럽고 죄스러운 일이었나.

유중혁이 입을 연 것은 그때였다.

'네놈이 어떻게 읽었든 판단하는 것은 나다. 그러니 네놈은 계속해서 읽어라.'

날아드는 '은밀한 모략가'의 공격을 받아치며 상처투성이가
된 채 말하고 있었다.

'내가 무엇을 듣고 무엇을 기억할지는 내 자유다. 내가 누구
인지를 결정하는 것도 나다.'

내가 잘 아는 목소리로, 내가 모르는 이야기를 하고 있었다.

'네놈은 혼자 읽고 있는 것이 아니다.'

그 말을 듣는 순간 내 안에서 뭔가가 깨어났다. 그것은 멸살
법의 기억이 아니었다.

아주 오래전, 어머니와 나눈 대화였다.

「"이미 다 아는 이야기를 왜 다시 읽어요?"」

다시 읽어도 마찬가지인 이야기도 있다. 보는 사람이 달라
지지 않으니, 이야기도 달라지지 않는다.

내 물음에 어머니는 이렇게 대답했다.

「"그럼 같이 읽어볼까?"」

같이 읽는다.

[당신의 '독해력'이 비약적으로 향상됩니다!]

엉망진창이 되어가는 머릿속으로, 나 혼자서는 넘길 수 없

던 페이지들이 넘어가고 있었다.

1,146회차…… 1,398회차…… 1,561회차…… 1,733회차…….

내가 이 세계에서 만난 사람들이 나와 함께 그 페이지를 넘겨주고 있었다.

어떤 것은 여전히 이해할 수 없었고, 어떤 것은 그제야 납득이 되었다. 영영 이해할 수 없을 것 같은 문장들도 있었다.

【————!】

'은밀한 모략가'가 외치는 소리가 들려왔다.

의식이 자꾸만 가물거렸다. 나는 졸음을 참아내며 미친 듯이 페이지를 넘기고 또 넘겼다. 피를 쏟으며, 무지막지한 스파크를 참아내며.

나는 여전히 유중혁을 잘 모른다.

「"너는 내가 죽어야만 그 세계로 돌아갈 수 있겠지?"」

「"이곳에 있으면, 너는 그 세계를 구할 수 없다."」

하지만 내가 십 년이 넘는 세월 동안 쌓아 올린 이 오해가 기적처럼, 아주 희미한 이해에 도달할 수 있다면.

「"나는 그 세계의 ■■가 궁금해졌다."」

나는 다시 읽을 수 있을 것이다.

[당신이 독해할 수 있는 '유중혁'의 최대 회차는 '1,863회차'입니다.]

날아든 '은밀한 모략가'의 격이 흑천마도에 닿아 흐트러졌다.

나는 멍하니 눈을 깜빡였다.

덧씌운 활자들이 벗겨지듯 [등장인물 일람]이 변하고 있었다. 3이라 적혀 있던 숫자가 벗겨지고 그 자리에 새로운 숫자가 새겨지고 있었다.

눈부신 백지 위로 내가 한 번도 읽지 못한 페이지가 펼쳐지고 있었다.

〈등장인물 요약 일람〉

인물: 유중혁
전용 특성: 회귀자(신화) / 1,864회차……

완전히 새로운 이야기였다.

✳

2

1,864회차.

이곳은 3회차가 아니라, 1,864회차의 세계선이었다.

특성창을 본 순간, 지금 당장 소화하기에는 벅찰 정도의 깨
달음이 덮쳐왔다.

「이 '유중혁'이 1,863회차에서 사라졌던 그 '유중혁'이라고?」

「대체 어떻게 그런 일이 가능했지?」

「하지만 그 유중혁은 [등장인물]에서 벗어났는데?」

「1,863회차의 유중혁이 등장인물에서 벗어날 수 있었던 것은 3회
차가 있었기 때문이야. 그런데 녀석이 처음부터 3회차의 유중혁이었
다니 대체…….」

무수한 의문이 머리를 스치는 와중, 마지막으로 떠오른 것은 tls123과의 대화였다.

「독자님한텐 감사 인사로 특별한 선물을 좀 보내드릴까 합니다.」

그때 작가가 말한 '선물'이란, 어쩌면…….

콰콰콰콰콰콰!

넘치는 설화의 힘.

지옥도의 전경이 변화하고 있었다. 세계가 절규하고, 비탄에 젖은 이계의 신격들이 울부짖었다.

그 절망의 무대 위에 아주 작은, 실낱같지만 명백한 한 줄기의 빛이 있었다. 흑천마도의 검극이었다.

【기억을 되찾은 건가?】

'은밀한 모략가'가 물었다. 유중혁은 대답하지 않았다.

대답하지 않는 이유를 나 역시 잘 알고 있었다. 폭발적인 기억들이 유중혁의 머릿속을 헤집고 있었기 때문이다.

내 독해는 완전하지 않았다. 내가 아무리 열심히 읽었더라도, 유중혁이 그걸 함께 했더라도, '1,863회차의 유중혁'을 온전히 복원하는 것은 물리적으로 불가능했다.

비틀거리던 유중혁의 머릿속으로 기억의 잔재가 흘러갔다.

「"흙을 먹어라, 유중혁."」

「"행복한 기억! 행복한 기억!"」

「"유중혁, 앉아."」

"이 자식⋯⋯."

「지금 그딴 거 생각할 때 아냐, 멍청아!」

나는 황급히 유중혁을 일깨웠다. 코앞에서 지옥도의 격을 담은 진천패도가 짓쳐오고 있었기 때문이다.

까가강, 하는 소리와 함께 두 자루의 검이 다시 한번 부딪쳤다. 여전히 무거운 일격이었다. 하지만 이전만큼 무겁지는 않았다.

【너와 싸워보고 싶었다.】

시종일관 고요하던 '은밀한 모략가'의 눈동자에, 처음으로 감정의 빛이 번졌다. 내가 읽은 '원작'을 살았고, 마침내 그 끝을 본 유중혁 ― '은밀한 모략가'가 말하고 있었다.

【네놈은 아무 말도 없이 그 '너머'로 사라졌지.】

무슨 말을 하는지 알 수 없었다. 이해하지 못하기는 유중혁도 마찬가지인 듯했다. 허겁지겁 읽어낸 독해는 불안정했고, 그 때문에 유중혁의 기억에는 구멍이 많았다.

유중혁이 짓씹듯 말했다.

"이해할 수 있게 말하는 법을 가르쳐야겠군."

[거대 설화, '마계의 봄'이 이야기를 시작합니다!]

[거대 설화, '신화를 삼킨 성화'가 이야기를 시작합니다!]
[설화, '영원불멸의 지옥도'가 이야기를 계속합니다!]

우리가 가진 설화들이 동시에 흑천마도에 실렸다. 이어진 연격이 다시 한번 진천패도와 부딪쳤다.

두 개의 지옥도가 부딪치는 충돌의 순간, 그 사이에서 우주가 열렸다. 기억의 빅뱅이었다.

[지나치게 유사한 두 존재가 충돌합니다.]
['끊어진 필름 이론'이 발동합니다!]

우주의 전경을 보는 순간, 나는 무슨 현상이 벌어지려는 것인지 깨달았다.

이것은 '끊어진 필름 이론'이었다. 서로 다른 세계선의 두 신유승이 만났을 때도 이와 비슷한 일이 벌어진 적이 있었다.

「【새로운 세계선이라고?】」

한없이 유사한, 그러나 완전히 정반대의 길을 걷고 있는 두 유중혁이 부딪치며 불러낸 기억.

「【이런 세계선이 있을 리 없다.】」

그것은 '은밀한 모략가'의 기억이었다.

'은밀한 모략가'가 이 3회차를 발견했던 그날의 일.

·

·

·

【흥미롭군. 이게 3회차라고?】

눈앞에서 펼쳐지는 3회차의 이야기에, '은밀한 모략가'는 눈을 뗄 수 없었다.

그가 모르는 인물이 3회차의 자신과 함께 이야기를 이끌어 가고 있었다.

어떻게 이런 일이 가능한지 이해할 수 없었다.

【어차피 성공은 불가능하겠지만.】

어떤 것은 그가 아는 방식이었고, 어떤 것은 그조차 생각해 보지 못한 방식이었다. 가끔은 무모해 보였고, 가끔은 운이 좋았다.

한 번도 보지 못한 설화. 은밀한 모략가는 마치 빨려들 듯 그 세계선의 설화를 들여다보았다.

그렇게 얼마나 그들의 설화를 들여다보고 있었을까.

'은밀한 모략가'는 자신이 그토록 증오하는 성좌들과 똑같은 모습이 되었다는 것을 깨달았다.

그가 흡수한 유중혁들이 말하고 있었다.

─잊었는가? 위대한 모략이여.

─우리는 '죽음'을 원한다.

─어차피 저 회차의 성공은 불가능할 것이다.

죽음. 그것은 회귀라는 저주에 걸린 모든 유중혁의 소망이었다.

'은밀한 모략가'는 오직 그 사명을 완수하기 위해 존재했다.

─'가장 오래된 꿈'을 죽이는 것은 불가능하다.

─살아 있는 한, 우리는 다시 회귀하게 된다.

─죽음이 불가능하더라도 한없이 그것에 가까워진다면 어떨까.

한수영의 아바타를 1,863회차로 보낸 것은 그 때문이었다.

3회차에서 발견한 이레귤러를 이용해 자신의 죽음을 완수하는 것.

그는 '끊어진 필름 이론'을 이용한 모든 유중혁의 봉인을 계획했다.

1,863회차의 유중혁과 하나가 되어, 끝도 없는 영원한 잠에 빠져드는 것.

그러나 그 계획의 완수를 앞두고 심경의 변화가 발생했다.

「"저는 '종장終章'을 향해 가는 존재입니다."」

자신의 ■■을 찾은 한 성좌 때문이었다.

종장. 그가 그토록 원했으나 단 한 번도 얻지 못했던 ■■의 이름.

[41회차의 '유중혁'이 경악합니다.]
[416회차의 '유중혁'이 경악합니다.]
[967회차의 '유중혁'이 경악합니다.]
[1,472회차의 '유중혁'이 경악합니다.]
…….

그의 안에 있는 모든 회차의 유중혁들도 그 광경을 보았다.

어떤 유중혁은 경탄했고, 어떤 유중혁은 절망했다. 그리고 어떤 유중혁은 분노했다.

'은밀한 모략가'는 그중 마지막 유중혁이었다.

【또 다른 종장이 존재할 리 없다.】

이미 그의 세계는 끝났다.

1,863회차의 시행착오를 거쳐 도달한 '결'. 그는 모든 것을 잃었고, 시나리오의 마지막을 보았다. 벽에 도달했다.

그는 틀리지 않았다. 그것을 인정받고 싶었다.

【너의 방식으로 모든 것의 마지막에 도달해 세계를 구한다고 치자. 그러면 '다른 세계'는 어쩔 셈이지?】

【네가 구원하지 못한 그 세계들은 모두 어떻게 되는 것이냐?】

그래서 '은밀한 모략가'는 김독자를 1,863회차로 보냈다. 그곳에서 이야기의 마지막을 보게 만들었다.

이것이 진짜 '원작'이라고. 무엇으로도 바꿀 수 없는, 내가 정한 세계의 마지막이라고.

「"내가 너의 이야기를 끝내줄게."」

하지만 김독자는,

「"나는 3회차로 돌아가지 않아. 여기 남아서, 이곳의 사람들과 함께 결말을 보겠어."」

그것을 바꾸었다.

「츠츠츠츠츠츠츳!」

유중혁 봉인은 실패했고, 정해져 있던 이야기의 방향은 틀어졌다.

예정에는 없던 일이었다.

본래였다면 1,863회차의 유중혁은 봉인의 순간 '은밀한 모략가'와 하나가 되어야 했으니까.

[1,863회차의 유중혁이 당신과의 합의를 거부합니다.]

「"나는 살고 싶다."」

봉인되어야 했던 유중혁이 '회귀'를 선택했고, 새로운 세계
선으로 나아갔다.

'은밀한 모략가'는 죽은 유중혁의 기억을 수거한 뒤, 황급히
그 뒤를 따라갔다. 눈부신 세계선의 별빛을 지나, 기억을 흩뜨
리며 나아가는 백색 코트의 유중혁을 쫓았다. '등장인물'의 탈
을 벗고, 완전히 새로운 세계로 향하는 유중혁을 향해 외쳤다.

【멈춰라! 너는 다음으로 갈 수 없다!】

오직 '은밀한 모략가'만이 이 세계의 결말을 알고 있었다.

1,863회차는 이 모든 '이야기의 끝'이다. 이다음은.

「나는 '그 세계'를 보고 싶다.」

이다음은 없다.

【돌아와라. 네가 있어야 할 곳은 이곳이다! 너는ー】

은밀한 모략가는 외쳤다.

설령 '가장 오래된 꿈'이 저 회귀를 허락한다 한들, 결국 유
중혁은 악몽을 반복하게 될 뿐이다. 심지어 기억까지 잃은 채
로 시나리오를 처음부터 플레이해봤자……

「놈이 분명히 말했다. 그곳은 존재하는 우주라고.」

['가장 오래된 꿈'이 그 이야기를 궁금해합니다.]

유중혁이 손을 뻗고 있었다. 상상하고 있었다.

그곳은 아주 먼 세계. 멸살법의 우주에서는 존재하지 않았던 세상.

간발의 차이로 '은밀한 모략가'가 유중혁의 영혼체를 붙잡았다. 하지만 그가 붙든 것은 흰 코트뿐. 이미 유중혁의 몸은 사라지고 없었다.

'은밀한 모략가'는 허탈하게 중얼거렸다.

【멍청한······.】

기억을 잃은 유중혁은 결국 회귀에 성공했다.

이미 시작과 끝이 정해진 부질없는 이야기. 그곳에서 또다시 영겁의 악몽을 반복하게 된 것이다.

'은밀한 모략가'는 세계선을 탐색하기 시작했다.

그 잘난 녀석이 기억까지 잃으며 달아난 세계선의 모습을 보고 싶었다. 처참하게 망가져, 후회 속에서 시나리오를 이어 나가는 그 모습을 봐야 성이 풀릴 것 같았다.

그리고 '은밀한 모략가'는 그 세계선을 발견했다. 놀랍게도 이미 그가 알고 있는 세계선이었다.

【이럴 리가 없다.】

그제야 모든 것이 이해되었다.

그가 알지 못하는 세계선이 갑자기 나타난 이유.

3회차가 있어야 하는 자리에 전혀 다른 세계선이 존재한 이유.

그가 살아온 모든 회차를 제물 삼아 만들어진 '벽 위의 세계선'.

['가장 오래된 꿈'이 최후의 꿈을 꾸고 있습니다.]

결과가 원인에 간섭하여 만들어진 불가능한 세계선.

그의 우주가 흔들리고 있었다.

.

.

.

폭음과 함께 유중혁과 '은밀한 모략가'의 신형이 멀어졌다. 우리는 흑천마도를 고쳐 켠 채 눈앞의 적을 노려보았다.

'은밀한 모략가'가 말했다.

【이젠 알았겠지. 존재해선 안 되는 우주였다.】

'은밀한 모략가'가 말하는 것을 이해할 수 있었다.

어째서 이 세계선이 탄생하게 되었는지. 왜, 이런 일이 벌어지는지. 조금은 이해할 수 있게 되었다.

1,863회차의 유중혁이 회귀하면서 선택한 '너머'.

그곳은 바로 우리가 살아가는 이 회차였다.

【잔혹한 일이다. 간신히 악몽의 꼭두각시에서 벗어난 네가 선택한 일이, 또다시 꼭두각시가 되는 것이라니.】

짙은 비감이 어린 말투. '은밀한 모략가'의 목소리에 내가 측량할 수 없는 깊이의 원한이 담겨 있었다.

【같은 책을 수백 번 읽으면 해석은 바뀔지도 모르지. 하지만 문장이 바뀌지는 않는다. 그것은 이미 끝난 일이고, 돌이킬 수 없는 것이다.】

'은밀한 모략가'의 진천패도가 허공에 궤적을 새기고 있었다. 1,863회차의 무게가 담긴 궤적이었다.

한때 유중혁이었고, 이제 '은밀한 모략가'로 살아가는 자.

세상 모든 유중혁의 '죽음'을 꿈꾸는 존재.

그가 말하고 있었다.

【너희가 살아남을 수 있었던 것은 내 삶이 있었기 때문이다.】

그 존재가 자신의 역사를 휘두르고 있었다.

【너희는 지하철에서, 극장 던전에서 죽어야 했다. 니르바나에게 죽어야 했고, 암흑성에서 죽어야 했다.】

그의 말이 맞았다.

【마계에서 죽어야 했다. '기간토마키아'에서 죽어야 했고, '성마대전'에서, '서유기'에서 몇십 번이고 몇백 번이고 죽어야 했다.】

그의 삶이 없었다면, 그의 실패가 없었다면.

우리는 여기까지 살아남을 수 없었다.

【어째서 살아남은 것이지?】

그가 우리에게 묻고 있었다.

【어째서, 내가 아니라 너희인 것이지?】

✳

3

　처음 1,863회차에 방문한 때를 떠올렸다.

　그곳에서 1,863회차의 유중혁을 처음으로 보을 때, 내가 알던 '원작의 유중혁'이라고 생각했다.

　나의 유년을 함께한, 내 삶을 지탱한 주인공.

　그런데 아니었다. 나를 버티게 해주던 유중혁은, 이미 오래전에 자신의 이야기를 끝낸 뒤였다. 그는 1,863회차의 결말에 도달해 세계의 끝을 보았고, 끔찍한 세계선의 심연을 떠돌았다. 수천 년, 어쩌면 수만 년을.

　그가 얼마나 많은 세월을 그렇게 보냈는지는 모른다. 확실한 것은 그가 지금까지 살아남았고, 그 시절을 모두 기억하고 있으며,

　이제는 나를 적대하고 있다는 것이었다.

【너희에겐 ■■을 볼 자격이 없다.】

그 말은 맞았다.

내가 지금껏 시나리오를 헤쳐올 수 있었던 것은 모두 '은밀한 모략가'의 삶이 선행했기 때문이니까.

'은밀한 모략가'의 격이 점점 더 강해지고 있었다.

주변에서 상황을 지켜보고 있던 이계의 신격들이 일제히 무릎을 꿇었다.

【오오오오오…….】

뭉게뭉게 피어오른 아우라가 진천패도를 잠식했다.

그가 1,863회차를 살아오며, 그리고 그 이후의 세계선을 거닐며 얻은 힘이었다.

[거대 설화, '고독한 멸망의 순례자'가 이야기를 시작합니다.]

무수한 '유중혁'들이 그의 안에서 나를 바라보았다.

[41회차의 '유중혁'이 당신을 바라보고 있습니다.]

[362회차의 '유중혁'이 당신을 바라보고 있습니다.]

[666회차의 '유중혁'이 당신을 바라보고 있습니다.]

[999회차의 '유중혁'이 당신을 바라보고 있습니다.]

그들이 쌓은 역사가, 죄업이 그곳에 있었다.

요피엘의 [죄업의 눈동자]로도 끝을 알 수 없던 죄업 수치.

그는 〈스타 스트림〉이 '공포'로 규정하는 존재였다. 악의 범주를 넘어서, 이 세계에 불가해不可解 선언을 당한 존재.

이계의 신격의 왕.

하지만 그의 본질은 악도, 공포도 아니었다.

그가 〈스타 스트림〉에서 배척당할 수밖에 없었던 이유는, 그의 정의가 너무나 완고하기 때문이었다.

「"<스타 스트림>을 부수겠다."」

조금의 융통성도 없는 정의를 〈스타 스트림〉은 좋아하지 않는다. 정의는 굽혀져야 하고, 양보해야 하고, 때로는 무너져야 한다.

하지만 '은밀한 모략가'의 정의는 그렇지 않았다. 그래서 여기까지 올 수 있었고, 결국 '은밀한 모략가'가 되었다.

「"이 이야기를 시작한 존재를, 반드시 이 손으로 없애겠다."」

그것이 그가 바라는 이 세계의 '멸망'.

모든 유중혁들이 바라는 '회귀의 끝'.

[성좌, '은밀한 모략가'가 당신을 바라봅니다.]

'은밀한 모략가'는 지극히 타당했다.

그는 누구보다 이 모든 이야기의 끝을 볼 자격이 있었다.

해온 것이라곤 멸살법을 읽는 것밖에 없었던 나 따위보다, 훨씬 더—

'엉뚱한 생각 하지 마라. 멋대로 공감하지도 말고.'

유중혁이 말하고 있었다.

'여기까지 와서 다른 녀석에게 양보할 셈인가? 네놈이 쌓은 설화는 순전히 저놈의 삶을 베껴서 이루어진 것이었나?'

나는 대답하지 못했다.

'놈의 말에 순응하는 것은, 너와 함께 싸운 다른 동료들의 시간을 부정하는 것이다.'

분명 처음에는 멸살법에 의존해 위험을 피해왔지만, 그 후에는 달랐다. 원작에서 벌어지지 않던 일들이 일어났고, 원작에는 없던 위험들이 찾아왔다. 그 위험을 동료들과 함께 이겨냈다.

설화가 쌓이며 멸살법과의 괴리는 커졌고, 나는 어느 순간부터 원작을 참고하지 않게 되었다. 최종본을 끝내 읽지 않은 것도 그와 같은 이유였다.

이미 이 세계는 '은밀한 모략가'가 살던 '멸살법'의 세계가 아니었다.

유중혁이 계속해서 말했다.

'놈이 옳을 수도 있다. 놈의 정의가 타당한 것일 수도 있다. 하지만 그것이, 네놈이 양보해야 할 이유는 되지 않는다.'

[설화, '생과 사의 동료'가 이야기를 시작합니다.]

'우리도 옳기 때문이다.'

1,863회차의 비극을 견딘 유중혁이 말하고 있었다.

분명, 그 또한 '유중혁'이었다.

'아직 실감은 나지 않지만, 정말로 내가 1,863번의 회귀를 겪은 것이 맞는다면.'

흑천마도를 쥔 유중혁의 시선이 아주 잠깐 통천하의 일행들을 향했다.

이지혜의 전함이 사격을 계속했고, 신유승의 키메라 드래곤이 브레스를 흩뿌리고 있었다. 정희원, 그리고 정희원의 손에 쥐어진 이현성도 분전하고 있었다. 이길영을 업은 장하영이 달리고 있었다. 아무도 죽지 않은 채 모두가 힘을 내고 있었다.

이 빌어먹을 세계의 마지막을 보기 위해서.

'아마도 나는, 이 풍경을 보기 위해 이곳까지 왔다.'

흑천마도와 진천패도가 재차 충돌했다. 꺾이지 않는 두 자루의 검이 서로의 신념을 품은 채 울부짖었다.

'은밀한 모략가'가 외쳤다.

【아직도 이해하지 못한 건가? 네가 아무리 기억을 되찾았다 한들—】

"끈질기군. 대체 무슨 대답을 듣고 싶은 거지?"

【뭐?】

"패배를 인정하기를 원하는 건가? 아니면, 네놈의 삶을 이해해주길 원하나?"

【이해? 너희 이해 따위는—】

"필요 없겠지."

유중혁이 무심한 말투로 말했다.

오직 유중혁이기에 할 수 있는 말.

"나 또한 네게 이해받길 원하지 않는다."

이미 서로를 이해하고 있기에 할 수 있는 말이었다.

검과 검이 부딪칠 때마다 파찰음이 튀었다. 격과 격이 사납게 충돌하고 있었다.

[설화, '영원불멸의 지옥도'가 포효하고 있습니다!]

두 개의 지옥도가 뒤얽힌 전장.

분하게도 그런 상황에서 내가 할 수 있는 것은 두 유중혁을 바라보는 것뿐. 이 빌어먹을 페이지를, 어떻게든 넘기는 것뿐이었다.

[거대 설화, '빛과 어둠의 계절'이 요동치고 있습니다.]

승패는 쉽게 정해지지 않았다.

'은밀한 모략가'는 여유로웠다. 당연한 일일지도 모른다. 이쪽은 이제 막 '1,863회차'의 힘을 쓸 수 있게 된 상태에 불과

하니까. 숙련도, 적응도도 압도적으로 불리했다.

이미 승리를 확신하는 듯, '은밀한 모략가'가 물었다.

【궁금해지는군. 가장 오래된 꿈의 꼭두각시여, 네가 보고 싶은 결말은 뭐지?】

"내가 왜 네놈에게 그걸 대답해야 하지?"

【설마 저 '구원의 마왕'이 바라는 결말과 같은가? 정말로 저 녀석을 믿는 것인가?】

허공에서 충돌한 두 개의 칼이 커다란 충격파를 만들었다.

입가의 피를 닦으며 유중혁이 한 걸음을 물러났다.

【너는 알지 못한다. 네가 믿는 잘난 '동료'가 얼마나 한심한 존재인지. 너는 저놈이 바라는 이 세계의 '결말'이 무엇인지 모른다.】

파천검도를 몰아치며, '은밀한 모략가'가 희미하게 웃고 있었다.

【처음 이 세계선이 열렸을 때, 김독자의 목표는 '생존'이었다.】

「멍하니 고개를 들어 유상아를 보았다. 아마 이 사람은 죽을 것이다. 그리고 나도.」

검과 검이 맞닿은 지점에서, 내가 살아왔던 설화들이 숨 쉬고 있었다.

【그다음의 목표는 너를 이용해 강해지는 것이었지.】

「"나를 동료로 삼아. 난 당신의 부족한 부분을 채워줄 수 있어."」

「앞으로 남은 무수한 시나리오를 클리어하기 위해 유중혁은 반드시 필요한 인물이다.」

페이지가 넘어가듯, 내가 살아왔던 설화들이 눈앞에서 영사되고 있었다.

그 이야기를 멈추려는 듯 유중혁이 거칠게 검을 휘둘렀지만, '은밀한 모략가'의 진천패도 앞에 모든 시도는 좌절되고 있었다.

'은밀한 모략가'는 계속해서 말했다.

【그다음에는…… 그래. 조금 여유가 생긴 후엔 감히 '이 세계의 결말' 까지 꿈꾸게 되었다.】

「"형은 소원 안 빌어요?"

나는 그런 이길영을 잠시 내려다보다가 대답했다.

"어떤 소설의 에필로그를 보게 해달라고 빌었어."」

제천대성은 말했다. 누군가를 읽는 것은 나만이 아니라고. 내가 다른 사람들을 읽었듯, 다른 이들도 나를 읽고 있을 것이라고.

그 말이 맞았다.

내가 멸살법을 읽는 동안, '은밀한 모략가' 또한 나의 이야기를 읽고 있었다. 내가 살아온 모든 삶을 그가 지켜보고 있었다.

【김독자는 내가 한때 꿈꾸던 것들을 꿈꾸게 되었다. 하늘의 <스타 스트림>을 부수고, 내가 넘지 못한 '벽' 이후의 세계를 부수길 원하게 되었다. 모든 동료를 살리기를 원했고, 심지어는…….】

「까만 밤하늘의 중심에 성운의 무리가 보였다. <베다> <올림포스> <파피루스>…… 네놈들이 한 짓을 절대로 잊지 않는다.」
「"나는 이제껏 존재하지 않던 새로운 '설화'를 만들 겁니다."」

눈앞에서 기억들이 흘러간다. 내가 아는 그대로도 있었고, 비틀리거나 왜곡된 것도 있었다. 온전한 '설화'가 아니기 때문이었다.

이것은 '김독자'라는 이야기에 대한 '은밀한 모략가'의 독해였다.

「이것이 '은밀한 모략가'의 기분이었다.」

'은밀한 모략가'가 말했다.
【김독자는 이제 그 목표를 이룰 수 없다. 정확히 말하면 이룰 수 없게 되었지.】

나는 묻고 싶었다.

어째서 그렇게 생각하는 것이냐고.

['제4의 벽'이 희미하게 흔들립니다.]

【설화는 허구일 수는 있어도 거짓을 말하지는 않는다.】
'은밀한 모략가'의 왼손이 유중혁의 머리카락에 닿았다. 반사적으로 휘두른 흑천마도가 '은밀한 모략가'의 손을 쳐냈지만, 이미 늦은 뒤였다.

[설화, '대천사의 사랑을 받는 자'가 이야기를 시작합니다.]

막 태어난 아기처럼 내가 가진 설화들이 울고 있었다.
개중에는 내게 익숙한 설화도 있었고.

[설화, '다섯 번째 손오공'이 이야기를 시작합니다.]

얻은 지 얼마 안 된 설화도 있었으며.

[설화, '용이 인정한 적수'가 이야기를 시작합니다.]
[설화, '해신의 전우'가 이야기를 시작합니다.]
[설화, '고려제이검'이 이야기를 시작합니다.]

대체 언제 얻은 것인지 알 수 없는 설화들도 있었다. 그 모든 설화들이 한꺼번에 말하고 있었다.

【구원의 마왕이여, 너는 <스타 스트림>을 파괴할 수 없다.】

하늘의 별들이 빛나고 있었다. 내가 증오했던 별들이었다.

[성좌, '술과 황홀경의 신'이 당신을 지켜보고 있습니다.]

<스타 스트림>의 세계를 관음하는 절대자들.

화신들의 삶을 유희로 삼는 존재들.

[성좌, '양산형 제작자'가 당신을 지켜보고 있습니다.]
[성좌, '부유한 밤의 아버지'가 당신을 지켜보고 있습니다.]

내가 여기까지 올 수 있도록 줄곧 지켜본.

[성좌, '가장 어두운 봄의 여왕'이 당신을 지켜보고 있습니다.]

나의, 아주 오래된 적들.

【너는 이제 성좌들을 싫어하지 않기 때문이다.】

'은밀한 모략가'의 말을 들으면서 아무 대답도 할 수 없었다. 사실이 아니라고 말하고 싶었다. 나는 성좌들을 증오한다고 말하고 싶었다. 그들을 떨어뜨리는 것이 나의 목표 중 하나라 말하고 싶었다.

　하지만 말할 수 없었다. 왜냐하면, 빌어먹게도 나는 이제

　[성좌, '해상전신'이 당신을 지켜보고 있습니다.]

　저 하늘의 별들이 모두 똑같은 빛을 발하지 않는다는 것을
알기 때문이다.

　[성좌, '대머리 의병장'이 당신을 지켜보고 있습니다.]
　[성좌, '고려제일검'이 당신을 지켜보고 있습니다.]

　'절대왕좌' 시나리오에서도, '마계'에서도.
　그들이 모아준 개연성이 없었다면, 나는 여기까지 올 수 없
었다.

　[성좌, '악마 같은 불의 심판자'가 당신을 지켜보고 있습니다.]
　[성좌, '심연의 흑염룡'이 당신을 지켜보고 있습니다.]
　[성좌, '가장 오래된 해방자'가 당신을 지켜보고 있습니다.]

　인정할 수밖에 없었다.
　내 모든 설화는 그들이 함께 만들어준 것이었다.
　【너는 이 세계선의 어떤 '상실'도 원하지 않는다. 너
는 이 이야기를 사랑하게 되었기 때문이다. 그렇기에 너

는…….】

이야기의 마침표를 찍듯, '은밀한 모략가'가 선언했다.

【절대로 이 세계의 ■■을 볼 수 없다.】

하늘에서 천둥이 쳤다.

제천대성과 〈황제〉의 싸움이 격화되고 있었다.

[다수의 관객이 당신의 전장을 지켜보고 있습니다.]

성좌들이 나를 내려다보고 있었다. 누군가는 나를 동정했고, 누군가는 나를 대신해 분노했다. 무수한 간접 메시지가 몰아쳤다.

유중혁은 말이 없었다.

통천하를 적시는 빗물이 쏟아지는 말들을 대신했다.

나는 무슨 말이라도 하고 싶었다.

그러나 내가 채 입을 열기도 전에, 누군가 내 말을 빼앗았다.

"그래서 결국 하고 싶은 말이 뭐지?"

유중혁이었다.

"김독자에게는 자격이 없으니, 네놈이 대신해서 이 세계의 ■■을 보겠다는 건가?"

'은밀한 모략가'의 미간에 희미한 실선이 생겼다.

【정상적인 판단이 안 되는 모양이군. 네가 동료로 생각하는 저 녀석은, 네가 증오하는 성좌들과 전혀 다를 바가 없다. 저놈은―】

"한심한 놈이지."

유중혁이 말을 받았다.

"보잘것없는 게임 회사의 계약직이었고, 소설 읽는 것이 취미의 전부였던 녀석이다."

초라한 자기소개처럼 울려 퍼지는 말들.

언젠가 내가 유중혁에게 한 말들이었다.

"시건방지게 떠드는 것이 특기고, 대책 없는 상황에서는 자신의 목숨을 던져 위기를 모면하는 버릇이 있는 녀석이다."

내가 모르는 나를, 유중혁이 말하고 있었다.

"그런 녀석이 일행들을 여기까지 이끌었다."

까가가각, 하는 소리와 함께 흑천마도가 진천패도를 밀어냈다. 싸움이 시작된 후 처음으로, 유중혁이 집중 공세를 퍼붓고 있었다.

'은밀한 모략가'의 표정이 흔들렸다.

유중혁의 검격이 처음으로 '은밀한 모략가'의 방어를 파고들고 있었다.

"찾아올 결말이 무엇이든, 녀석이 없었다면 이 세계는 여기까지 올 수 없었다."

【너는 아무것도—!】

"오히려 정상적인 판단이 안 되는 건 네놈인 것 같군. 네놈은 왜 이 세계선을 방해하는 거지?"

분연한 파천검도가 어둠을 베어냈다. '은밀한 모략가'의 신형이 크게 흔들리며 뒤쪽으로 밀려났다. 그 짧은 찰나를 놓치지 않고, 유중혁의 검이 폭풍처럼 몰아쳤다.

"네놈의 목적은 대체 뭐지? 김독자가 그렇게 거슬렸다면, 왜 진즉에 죽이지 않았나? 김독자가 네 삶을 이용해 살아가는 것이 그렇게나 역겨웠다면 —"

흑천마도가 '은밀한 모략가'의 목을 겨누었다.

[성좌, '은밀한 모략가'가 화신 '유중혁'을 노려봅니다.]

두 시선이 마주치는 순간, 유중혁이 물었다.
"왜 아직도 이 이야기를 지켜보는 것이지?"

※

4

어째서 '은밀한 모략가'는 지금까지 우리의 설화를 지켜본 것인가.

"대답해라."

그는 이계의 신격의 왕이었고, 자신의 '결'을 본 존재였다.

나를 제거하고 싶었다면 막대한 개연성을 희생해서라도 죽일 수 있었다는 뜻이다.

「그런데 그는 그렇게 하지 않았다.」

'은밀한 모략가'가 나를, 유중혁을 바라보고 있었다.

그의 정신은 너무나 깊고 광활해서 내가 [전지적 독자 시점]을 쓴다 해도 이해할 수 없었다. 그럼에도 그 순간 난 '은밀한 모략가'를 이해할 것 같았다.

—내 소설이 멸살법의 표절이라면, 너는 무엇의 표절이지?

1,863회차의 한수영은 내게 그렇게 물었다.

나는 그 질문의 답을 알면서도 대답하지 않았다.

인정하고 싶지 않았기 때문이다.

1,863회차에서 한수영이 만든 세계는, 어떤 의미에서는 내가 살아온 회차보다도 완전했다. 원작의 일행들이 생존했고, 서울은 최종 시나리오에 대항할 인프라를 갖추었다.

그 그림에 유일하게 없던 것은 '유중혁'뿐이었다.

나는 그것이 불공평하다고 생각했다. 주인공을 배제하고, 원작을 베껴 만들어진 세계가 올바를 리 없다고 생각했다.

「어떤 복제는 원작을 능가한다.」

그럼에도 나는 한수영이 만든 세계에서 눈을 뗄 수 없었다. 그것이 올바르지 않다고 생각하면서도, 그녀의 이야기에 내가 목표로 하던 것들이 담겨 있었기 때문에.

[성좌, '은밀한 모략가'가 당신을 바라보고 있습니다.]

삶에도 저작권이란 것이 존재할까.

하나의 삶을 저작著作이라 표현해도 좋을까.

【구원의 마왕.】

다른 세계선의 성공을 위해 자기 삶을 내준 존재가 나를 보고 있었다.

이 세계에서 유일하게 '결말'을 볼 자격이 있는 사내.

그럼에도 원하던 결말을 볼 수 없었던 이가, 유중혁의 흑천마도를 손으로 붙잡은 채 말했다.

【제대로 된 '결'을 맺지 못한 이야기는 실패한 이야기인가?】

날에 베인 손가락에서 설화가 흘러내렸다. 내가 잘 아는 설화들이었다.

내가 십여 년에 걸쳐 읽어온 이야기.

【정말로, 세상에 '제대로 된 결말' 이라는 게 존재한다고 생각하는가?】

유중혁이 흑천마도를 재차 휘두르자, '은밀한 모략가'의 신형이 훌쩍 멀어졌다.

'정신 차려라, 김독자. 이번엔 제대로 온다.'

[특성 '마왕살해자'가 발동합니다!]

[특성 '별들의 공포'가 발동합니다!]

마왕과 성좌를 베기 위해 만들어진 검이 울부짖었다.

[설화, '영원불멸의 지옥도'가 울부짖습니다!]

[거대 설화, '고독한 멸망의 순례자'가 이야기를 계속합니다!]

오직 자기 자신의 삶으로 '거대 설화'를 완성한 존재가 눈앞에 있었다.

까가가가가각!

우리는 다가오는 설화를 감당하지 못하고 밀려났다. 물에 젖은 솜처럼 몸이 무거웠다. 통천하의 물길이 뒤집히며 강바닥이 드러났다.

우리는 강바닥을 딛고 서서, 허공을 향해 검을 휘둘렀다.

파천검도.

절기絶技.

파천유성결.

하늘을 찌르는 검뢰가 흑천마도 끝에서 솟구쳤다. 마왕의 격과 성좌의 격, 그리고 초월좌의 격이 더해진 검강의 다발이 산개하는 유성우처럼 허공을 향해 쏘아졌다.

동시에 저쪽에서도 진천패도가 움직였다.

콰콰콰콰콰!

이쪽이 가진 기술은 저쪽도 가지고 있다. 똑같은 모양의 유성우가 허공에서 부딪치며 대폭발을 일으켰다.

기술이 똑같을 때 승패를 좌우하는 것은 숙련도, 그리고 설화의 격이다.

[거대 설화, '고독한 멸망의 순례자'가 이야기를 회상합니다.]

그리고 불행하게도, 우리는 어느 면에서도 앞서지 못한 상태였다.
'김독자!'
그렇다고 여기서 물러설 수는 없었다.
나는 필사적으로 「영원불멸의 지옥도」를 운용하는 동시에, 다른 설화들을 방출했다.

[설화, '이계의 신격을 살해한 자'가 이야기를 시작합니다!]

저쪽이 격의 우세를 점한 것은 '마왕살해자'와 '별들의 공포'의 특성 때문이다. 그렇다면 이쪽도 이계의 신격에 대항할 수 있는 설화를 풀면 된다.
쿠구구구구구구구!
격과 격이 충돌했다. 유중혁의 코에서 주르륵 피가 쏟아졌다. 하지만 유중혁은 물러서지 않았다. 유중혁뿐만 아니라 설화들도 알고 있는 듯했다. 여기서 이야기를 멈추면 모든 이야기가 끝나버린다는 것을.
【소용없다.】
'은밀한 모략가'의 설화가 움직였다.

막연한 파형으로 존재하던 '거대 설화'의 기세가 변하고 있었다. 거신의 형상을 이룬 「고독한 멸망의 순례자」가 커다란 손바닥으로 우리를 내리누르기 시작했다.

유중혁이 반발하듯 으르렁거렸다.

"이쪽에도 거대 설화는 있다."

[거대 설화, '마계의 봄'이 이야기를 계속합니다!]
[거대 설화, '신화를 삼킨 성화'가 이야기를 계속합니다!]

눈앞에서 거대 설화의 정경들이 흘러갔다.

마왕 선발전, 수르야와 맞서 싸운 「마계의 봄」.

'기간토마키아'를 겪으며 얻은 「신화를 삼킨 성화」.

거대한 사자와 용의 형상을 띤 두 개의 거대 설화가, 거신의 손바닥을 물어뜯으며 저항했다.

[41회차의 '유중혁'이 당신을 바라보고 있습니다.]
[666회차의 '유중혁'이 당신을 바라보고 있습니다.]
[999회차의 '유중혁'이 당신을 바라보고 있습니다.]

'은밀한 모략가'의 안에서, 수많은 유중혁들이 이 전장을 지켜보고 있었다.

나는 [666]과 [999]를 떠올렸다. 그들도 저 안에 있을 것이다. '은밀한 모략가'와 함께, 이 세계선의 시작부터 나를 지켜봐준 녀석들.

그들이 두 유중혁의 결투를 보며 동요하고 있었다.

['무대화'가 발동합니다!]

하늘이 갈라지며, 빛과 어둠이 세를 이루기 시작했다.

[거대 설화, '빛과 어둠의 계절'이 이야기를 시작합니다.]

「빛과 어둠의 계절」은 우리의 거대 설화였다. 하지만 동시에, '은밀한 모략가'의 거대 설화이기도 했다. 그리고 그 거대 설화에서 유중혁은 '은밀한 모략가'에게 패했다.

【너희는 이길 수 없다.】

'무대화'의 영향력은 절대적이다.

패한 역사는 또다시 패한 역사를 만들 뿐이다.

「백색 코트의 사내가 창공을 올려다보고 있었다. 그러자 흑색 코트의 사내가 그 시선을 마주했다.」

'은밀한 모략가'의 동공이 흔들렸다.

분명히 그때와 같은 '유중혁'의 싸움이었음에도 뭔가가 달랐다.

'은밀한 모략가'가 자신의 코트를 내려다보았다.

흑색 코트.

그때와는 코트의 색깔이 정반대가 되었다.

「빛과 어둠이 충돌하고 있었다. 그리고 하나의 감시자만이 그 모든 이야기를 지켜보았다.」

유중혁의 오른팔에 거대한 격이 모여들고 있었다. 녀석이 사용하려는 기술은 명백했다. 지금의 유중혁이 사용할 수 있는 최강의 기술.

유성참.

묵시룡 전戰에서, 유중혁은 이 기술로 '은밀한 모략가'를 꺾지 못했다.

[화신 '정희원'이 자신의 거대 설화 지분을 일시적으로 양도합니다.]

멀지 않은 전장에서 〈김독자 컴퍼니〉 모두가 우리에게 힘을 보태고 있었다. 거대 설화에 지분을 가진 모든 존재가 이 전장에 동참하고 있었다.

[화신 '한수영'이 자신의 거대 설화 지분을 일시적으로 양도합니다.]
[화신 '신유승'이 자신의 거대 설화 지분을 일시적으로 양도합니다.]
[화신 '이길영'이 자신의 거대 설화 지분을 일시적으로 양도합니다.]

유중혁의 흑천마도에 〈김독자 컴퍼니〉의 모든 설화가 모여들었다.

점점 더 불어나는 유중혁의 설화를 보며, '은밀한 모략가'가 자신의 격을 쏟아부었다.

똑같은 유중혁이지만, 두 사람이 만든 설화는 전혀 달랐다.

「유중혁은 누구인가.」

그들이 가진 설화가 그 질문의 대답이었다.

[거대 설화, '고독한 멸망의 순례자'가 이야기를 계속합니다.]

'은밀한 모략가'의 설화는 1회차, 2회차, 다시 100회차와 1,000회차의 유중혁이었다. 오직 한 사람의 존재가 쌓이고 쌓여 만들어진 설화.

「모든 비극이 무료해지고, 오직 하나의 존재만이 비대해졌다.」

휘두르는 흑천마도의 검격이 그 설화에 대항했다.

[설화, '생과 사의 동료'가 이야기를 계속합니다.]

이것이 유중혁의 대답이었다.

[설화, '과거와 미래의 아이'가 이야기를 시작합니다.]

유중혁은 신유승이었다.

[설화, '멸망의 심판자'가 이야기를 시작합니다.]

정희원이었고.

[설화, '거짓 구원자'가 이야기를 계속합니다.]

한수영이었으며.

[설화, '구원의 마왕'이 이야기를 계속합니다!]

나였다.
콰아아아아아아.
유성참이 '은밀한 모략가'의 거대 설화와 부딪쳤다. 그야말
로 백중지세의 싸움이었다.
잠깐의 방심이 승패를 가를 수 있는 전장.
우리가 가진 모든 설화가 몰아쳤다. 그리고,

[666회차의 '유중혁'이……]

그 전장의 중심에서, 힘의 저울이 삐거덕거리며 움직였다.

[362회차의 '유중혁'이……]

귀가 멀 듯한 굉음이 터졌고, 폭발한 강물이 희뿌연 안개를
이루었다.

밀려온 강물이 비틀거리는 유중혁의 몸을 휩쓸었다.

유중혁의 정신이 흐려지고 있었다.

나는 유중혁 대신 화신체를 움직여 근처의 부유물로 몸을
끌어 올렸다. 자세히 보니 그것은 부유물이 아니라, 죽은 이계
의 신격들이 쌓여 만들어진 작은 섬이었다.

그리고 목소리가 들려왔다.

【너와 나의 차이는 하나뿐이다.】

뿌옇게 피어오른 강물의 안개가 사라지자, 시체들의 섬에
주저앉은 '은밀한 모략가'의 모습이 보였다.

【너는 운이 좋았고, 나는 운이 없었다.】

엉망으로 찢어진 흑색 코트.

그의 전신에서 스파크가 튀어 오르고 있었다.

[1,562회차의 '유중혁'이……]

[1,321회차의 '유중혁'이……]

그의 안에서 '유중혁'들이 반발하고 있었다. 그들이 '은밀한 모략가'의 뜻을 거부하고 있었다.

[999회차의 '유중혁'이 1,864회차의 끝을 보고 싶어합니다.]

'은밀한 모략가'의 격이 조금씩 줄어들고 있었다. 그의 몸이 조금씩 작아지기 시작했다. 부풀어 있던 근육이 작아지고, 키가 줄어들었다.

격을 상실한 '은밀한 모략가'는 어느새 소년의 모습으로 변했다.

나는 비틀거리며 유중혁의 몸을 일으켰다.

"너……."

무언가 말을 하고 싶은데 목소리가 나오지 않았다.

[절대다수의 관객이 당신의 결투에 전율합니다!]

[일부 관객이……]

우리가 이겼다.

머릿속으로 무수한 간접 메시지가 날아들었지만, 그중 어느 것도 귀에 들어오지 않았다.

홀로 섬에 주저앉은 '은밀한 모략가'. 바닥에 꽂힌 진천패도 만이 그를 지탱하고 있었다.

나는 흑천마도를 꾹 쥔 채 녀석에게 다가갔다.

어째서 같은 유중혁임에도 이토록 다른 생을 살아야만 했는가.

왜 저 녀석은, 홀로 이 모든 비극을 겪어내야 했는가.

[거대 설화, '고독한 멸망의 순례자'가 이야기를 더듬거립니다.]

그에게는 동료가 없었기 때문인가.

동료.

[41회차의 '유중혁'이 당신을 경계하고 있습니다.]

없지 않았다.

그에게도 동료는 있었다.

하나둘, 그의 몸에서 떨어져 나온 '꼬마 유중혁'들이 그곳에 있었다.

【안돼안돼안돼안돼안돼안돼】

그의 주변을 둘러싼 꼬마 유중혁들. 그리고 다시 그 꼬마 유중혁들의 주변을 둘러싼 이계의 신격들이 보였다.

【하나뿐하나뿐하나뿐】

'은밀한 모략가'가 살아온 역사.

그가 살아온 멸살법의 모든 것이, 그를 보호하고 있었다.

【죽이지마죽이지마죽이지마죽이지마】

'결'에 도달하지 못해 버려진 이야기들.

나는 유중혁의 몸을 움직여 그들을 향해 자세를 낮추었다. 손을 뻗자, 작은 이계의 신격 중 하나가 유중혁의 손끝을 물었다. 새빨간 피가 손가락 끝에 맺혀 떨어졌다.

이 세계선이 새로운 이야기라는 것은 거짓말이다.

여전히 유중혁의 이야기는— 멸살법은 끝나지 않았다.

'김독자.'

정신이 들었는지, 유중혁이 내게 말을 걸었다.

나는 대답하지 않은 채, 이계의 신격들을 헤치며 '은밀한 모략가'를 향해 다가갔다.

소년이 된 '은밀한 모략가'가 이계의 신격에게 둘러싸인 채 나를 올려다보고 있었다.

흑천마도를 그러쥐는 나를 보며, 유중혁이 말했다.

'후회할 거다.'

「후회 안 해.」

들어 올린 흑천마도를, 나는 천천히 칼집에 집어넣었다.

「너도 안 죽일 거잖아.」

유중혁의 대답은 조금 늦게 돌아왔다.

'……죽여봤자, 놈은 다시 회귀할 뿐이니까.'

말은 그렇게 해도, 유중혁이 무슨 생각을 하고 있는지는 명백했다.

비극은 이것으로 충분했다.

[다수의 성좌가 당신을 지켜보고 있습니다.]
[다수의 성좌가 당신의 선택을 이해하지 못합니다.]

이 선택은 설화를 쌓기 위해서가 아니었다.

이것이 1,864번에 달하는 삶의 티끌조차 위로하지 못함을
안다.

하지만.

"은밀한 모략가."

내 부름에 '은밀한 모략가'가 나를 올려다보았다.

이 세계가 원작과 달라졌다 해도, 이 세계가 더 이상 소설이
아니라 해도…… 녀석이 살아온 이야기가 없었더라면, 이 세
계는 존재하지 않는다.

「그가 없었더라면, 지금의 김독자도 이 자리에 없다.」

나는 분명 그에게 빚을 졌다.

무엇으로도 갚을 수 없는 빚이었다.

"한번 쓴 문장은 바뀌지 않는다고 했지. 난 그렇게 생각하지
않아."

문장은 바뀔 수 있다.

멸살법에도 수정본이 존재하는 것처럼.

【내 설화는 이미 끝났다.】

"그리고?"

【그다음은 없다. 끝이란 그런 거니까.】

"어떤 이야기는 끝이 나야 비로소 새롭게 시작하기도 해. 내가 살던 세계에는 매년 올해가 완결입니다, 라고 해놓고 10년 넘게 같은 이야기를 연재한 사람도 있었어."

그 이야기가, 나를 살게 만들었다.

"분명 500화 완결이라고 들은 것 같은데 어느새 1,000화를, 다시 2,000화를 넘긴 이야기였지."

【무슨 소리를 하고 싶은 거지?】

"그 이야기는 3,149화까지 쓰였고…… 3,150화는 쓰이지 않았어."

마침표를 찍어도 다음 문장을 쓰는 한 이야기는 계속된다.

'은밀한 모략가'도 잘 알고 있을 것이다. 그는 누구보다도 오랫동안 이야기를 계속해온 존재이기 때문이다.

"지금도 난 그 이야기가 계속되고 있는 기분이 들어. 그리고 어쩌면, 정말 계속되고 있었는지도 모르지. 정말 다행이라고 생각해."

【네놈은―】

"왜냐하면 난 성좌니까."

굳어진 '은밀한 모략가'의 표정을 보며, 나는 서늘한 목소리로 덧붙였다.

"성좌는 그런 존재거든."

이것이 내가 선택한 대답이었다. 놈을 상처 입혀도, 놈을 기만하지 않을 방법이었다.

'은밀한 모략가'의 두 눈이 나를 노려보고 있었다.

【네놈이 본 그 이야기가.】

이글거리는 목소리가, 나를 향해 말하고 있었다.

【결국 너를 죽이게 될 것이다. 네게 최악의 결말을 보여줄 것이다. 그리고 너의 성운을 ─】

"상관없어."

이것이 무책임한 말이 될 수도 있다는 걸 안다. 내 알량한 속죄가, 다른 모든 이에게 커다란 불행을 가져올 수 있다는 걸 안다.

그럼에도 이것만이, 내가 할 수 있는 최선이었다.

"그때마다 나도 최선을 다해 맞서 싸울 테니까."

'은밀한 모략가'의 표정이 변하고 있었다. 나는 지을 수 없는 표정이었다. 먼 우주의 끝을 가늠하는 표정. 그런 얼굴로 '은밀한 모략가'는 전장을 돌아보았다.

비가 그치고, 제천대성이 불러온 먹구름들이 물러가고 있었다.

'천계대전'이 끝나가고 있었다.

쓰러진 〈황제〉의 성좌들이 제천대성과 요괴들을 올려다보았다. 그들의 얼굴에 드리워진 짙은 패배감이 이 전장의 승패를 방증했다.

[현재 《은퇴한 SSSSS급 손오공이 되었다》 설화방이 '경전'을 획득한 상황입니다.]
[경전을 1시간 동안 수호하면 시나리오는 자동 종료됩니다.]
[현재 시나리오 종료까지 10초 남았습니다.]

마침내 길었던 시나리오가 끝나가고 있었다.

나는 하늘을 올려다보았다. 눈부신 〈스타 스트림〉의 창공. 그곳에서 마지막 시나리오를 관장할 '대도깨비'들이 나를 노려보고 있었다.

[시나리오가 종료됐습니다!]
[《은퇴한 SSSSS급 손오공이 되었다》 설화방이 시나리오에서 승리했습니다!]

눈부신 메시지와 함께, 어마어마한 보상과 성좌들의 축하 메시지가 하늘을 뒤덮기 시작했다.

멀리서 비유를 머리에 얹고 경전을 흔들며 달려오는 신유승이 보였다.

신유승이 쥔 경전의 제목은 다음과 같았다.

《은퇴한 SSSSS급 손오공이 되었다》.

"아저씨!"

[해당 시나리오에 '이계의 신격'의 지분이 막대합니다!]
[<스타 스트림>이 '이계의 신격'의 존재를 인정합니다.]
['이계의 신격'들이 정식으로 시나리오에 참여할 수 있게 됐습니다!]

(눈부신 빛살과 함께, 요괴들의 몸이 허공으로 떠올랐다.)
(손오공을 중심으로 모여든 요괴들은 마치 하나의 군체처럼 하늘을 향해 포효했다.)

나는 그들의 울음을 들었다.

(그것은 낯선 나라의 노래처럼 들렸다.)

내 화신체를 업고 손을 흔드는 정희원의 모습이 보였다. 잘못 들었는지는 모르겠지만 "드디어 붙잡았다"느니 어쩌느니 하는 소리도 들렸다. 석존의 후예가 된 유상아와, 탈진한 이길영을 업은 장하영도 보였다.
곁을 돌아보자 '은밀한 모략가'가 나와 같은 풍경을 바라보고 있었다.

('서유기'를 여기서 끝마친다.)

하나의 시나리오가 끝나도 여전히 이야기는 계속된다.
하지만 그 이야기에도 반드시 결말은 있다.

[새로운 '거대 설화'를 획득했습니다!]
[히든 시나리오 - '단 하나의 설화'의 네 번째 조건이 일부 완수됐습니다!]

그렇게 아주 조용히.

[당신의 거대 설화가 '결'의 전반부를 완성했습니다!]

이 세계의 끝을 예고하는 메시지가 들려왔다.

[당신의 성운이 '마지막 시나리오'의 자격을 획득했습니다.]

85

Episode

최후의 벽

Omniscient Reader's Viewpoint

*

1

[95번 메인 시나리오가 종료됐습니다!]

 시나리오가 종료된 후, 제천대성과 이계의 신격들은 통천하
의 중심에 모여 축연을 벌였다.

[거대 설화, '서유기'가 엑스트라의 신분을 해방합니다.]

 〈관리국〉과 〈황제〉의 억압 아래 시나리오의 노예가 되었던
이계의 신격들이 풀려나고 있었다.
【오오오오오오오오】
【원숭이왕원숭이왕원숭이왕】
 그들 중 일부는 '은밀한 모략가'를 따르다가 뒤늦게 시나리

오에 참전한 쪽이었다. '은밀한 모략가'의 격이 약해지며, 새로운 외신으로 등극한 제천대성 쪽으로 자연히 넘어온 이들.

[보상 분배가 시작됩니다!]

　허공에서 내려오는 95번 시나리오의 보상품을 보며 화신들의 입이 찢어질 듯 벌어졌다.
　하지만 기쁨도 잠시.
　그들의 시선은 더 어마어마한 보상품을 받는 화신 무리를 향했다.
　"와, 저건⋯⋯."
　"젠장, 나도 저 설화방에 들어갔어야 하는데."
　〈김독자 컴퍼니〉 일행들이었다.
　인당 무려 100만 코인에 달하는 개별 보상에 이어, 〈황제〉의 성유물을 획득한 이도 보였다.
　모두 절차에 맞게 분배되기에 항의할 수 있는 이는 없었다.

[성운, <황제>가 관리국에 시나리오의 공정성을 항의합니다!]

　아니, 있기는 했다. 바로 주최 측인 〈황제〉였다.
　기껏 꾸린 대형 시나리오의 보상이 통째로 소성운에게 넘어가버렸으니, 그들로서는 억울할 수밖에 없었다.

[<스타 스트림>이 성운, <황제>의 항의를 묵살합니다.]

분기를 이기지 못한 〈황제〉의 일부 성좌가 신의 격을 발출하려는 순간, 뜻밖의 존재들이 그들을 막았다.

"그만들 하십시오. 우리가 졌습니다."

〈황제〉 최강의 화신, 페이후.

"신화급 성좌들께서 지금의 우리를 본다면 뭐라고 생각하시겠습니까?"

이번 '서유기' 시나리오에 〈황제〉의 신화급 성좌들은 참여하지 않았다. 아마 마지막 시나리오에서 이 모든 것을 관망하고 있을 것이다.

"각자의 명예에 부끄럽지 않게 행동하십시오."

화신의 단호한 목소리에 〈황제〉의 성좌들도 뒤늦게 얼굴을 붉히며 고개를 숙였다.

멀찍이 떨어진 곳에서, 정희원과 이지혜가 그 광경을 지켜보고 있었다.

"의외네요."

"그러네."

지금껏 만난 거대 성운의 실세는 대부분 자신들의 패배를 인정하지 않았다. 그런데 이번에는 달랐다.

이쪽의 시선을 깨달았는지, 페이후가 머쓱한 웃음을 지으며 다가왔다.

"화신 정희원."

정희원은 긴장하며 강철검을 쥐었다.

페이후는 지금껏 그녀가 상대한 적 가운데 손에 꼽을 강자였다.

페이후는 온화한 목소리로 말했다.

"이번 승부는 아주 인상적이었소."

"아, 네."

"기회가 된다면, 꼭 그대를 중국으로 초청하여 식사를 함께하고 싶소."

자세히 보니 페이후의 귀가 은은하게 붉었다.

그 모습을 보던 이지혜가 [전음]으로 감탄했다.

─와, 세상이 멸망하는데도 이런 사람이 남아 있네.

정희원은 멍한 얼굴로 페이후를 마주 보았다. 자신과 눈을 마주 보지 못하고 머뭇거리는 페이후.

이지혜가 정희원의 옆구리를 쿡쿡 찔렀다.

─언니, 뭐 해요? 그래도 지금까지 우리가 본 남자들 중엔 제일 낫다고요. 얼굴이야 우리 사부보다 한참 못하지만…….

"죄송하지만."

정희원은 무림 고수처럼 공손한 목소리로 응대했다.

"전 검과 평생을 함께하기로 한 몸이라."

"나도 마찬가지요."

"네?"

"내 꼭 그대를 중국으로 초대하여 밤새도록 깊은 검무를 나눠보고 싶소."

뜨거운 눈빛을 불태우며 장광설을 늘어놓는 페이후를 보며, 정희원은 살짝 질리는 느낌이었다. 곁을 돌아보니 눈을 빛내며 응원하던 이지혜도 고개를 설레설레 젓고 있었다.

혹시나 이 모든 게 기우면 다행이겠지만, 아니라면 귀찮은 일이 생길지도 모른다.

츠츠츠츳…….

보다 못한 그녀의 배후성이 움직이는 소리가 들렸다.

[성좌, '악마 같은 불의 심판자'가…….]

'됐어요, 우리엘. 가만히 계세요.'

괜히 여기서 우리엘까지 나서면 꺼져가던 전쟁의 불씨가 다시 활활 타오를지도 모른다. 맘 같아서야 당장 일대일로 붙어서 꺾어버리고 싶지만, 주변 성좌들 시선도 있고…….

"죄송하지만, 저는 이미 —"

거기까지 말하는데 이번에는 그녀가 쥔 강철검이 파르르 떨렸다. 이현성이 변신한 강철검.

정희원은 괜스레 원망스러운 기분이었다.

왜 이 검은 말도 못 하는 검이란 말인가.

"뭐야 이건, 비켜!"

그런 정희원을 도와준 것은 한수영이었다. 대체 언제 시나리오에 진입했는지, 페이후를 밀치고 나타난 한수영이 주변을 두리번거리며 물었다.

"김독자 어딨어?"

김독자?

정희원은 지금껏 자신이 업고 있던 사내의 화신체를 돌아보았다.

도중에 끼어든 한수영을 불만스럽게 바라보는 페이후.

그런 페이후와 김독자의 화신체를 번갈아 보던 정희원의 머릿속에 기가 막힌 생각이 떠올랐다.

"주군!"

'깃발 쟁탈전'을 회고하듯, 김독자를 품에 안은 정희원이 정열적인 목소리로 외쳤다.

"주군! 괜찮으십니까?"

허여멀건 김독자의 화신체가 정희원의 품에서 흐느적거리며 흔들렸다.

"왕이시여!"

모두가 정희원을 보고 있었다.

이지혜는 입을 딱 벌린 채, 그리고 한수영은 어이없다는 표정으로, 그리고 페이후는.

"아……."

그제야 모든 것을 이해했다는 듯한 얼굴이었다.

"그렇군요, 화신 정희원. 그런 것이었습니까?"

페이후의 시선은 정희원을, 한수영을, 그리고 이지혜를 훑더니 마지막으로 김독자의 얼굴을 향했다.

슬그머니 깨무는 입술.

선택받은 주인공을 부러워하는 비운의 엑스트라처럼 천천히 고개를 숙인 페이후가 천천히 돌아섰다.

　그 모습을 지켜보고 있던 이지혜가 정희원을 향해 [전음]을 날렸다.

　—됐어요, 언니. 이제 갔어요. 뭔가 재수 없는 오해를 한 것 같지만.

　하지만 정희원은 그만두지 않았다.

　"주군! 일어나보십시오! 주군! 일어나지 않으시면 죽이겠습니다!"

　찰싹! 찰싹! 찰싹! 찰싹!

　정희원의 손바닥에 맞은 김독자의 왼쪽 뺨이 탱탱 붓기 시작했다.

　한수영은 그런 정희원을 한심하다는 얼굴로 내려다보더니 물었다.

　"너 지금 뭐 하냐?"

　"복수."

　한수영이 납득했다는 듯 고개를 주억거리더니, 정희원을 대신해서 김독자의 멱살을 붙잡고 흔들었다.

　"야."

　"……."

　"내가 수식언 지어준다고 했잖아. 근데 그새를 못 참고 새 수식언을 얻어?"

　"……."

"내가 쓴 내레이션은 들었냐? 마지막 지문 들었어? 어땠어? 솔직히 말해도 돼 인마. 감동했잖아. 그치?"

하지만 김독자는 여전히 대답이 없었다.

인상을 찌푸린 한수영이 아직 붓지 않은 다른 쪽 뺨을 찰싹 찰싹 때렸다.

그 꼴을 보다 못한 신유승이 사색이 되어 달려왔다.

"다들 대체 뭐 하는 거예요!"

"걱정 마. 숨은 붙어 있어. 안 죽었다고."

소란에도 불구하고 김독자는 일어나지 않았다.

그러자 일행들 사이에서도 의견이 갈리기 시작했다.

"분명 일부러 안 일어나는 거야. 지은 죄가 있으니까."

"하긴. 그럼 참지 못할 정도의 고통을 줘보는 게……."

"다들 너무하는 거 아니에요?"

그런 상황에서 오 분이 지나고, 십 분이 지나도 의식의 기미는 보이지 않았다. 일행들 표정도 심각해지기 시작했다.

"뭐지?"

결국 일행들은 이 사태를 대신 설명해줄 인물을 찾아냈다. 김독자 바로 옆에서 기절해 있던 유중혁이었다.

"야, 유중혁! 정신 좀 차려봐! 김독자 이 자식 왜 안 깨어나는데?"

찰싹! 찰싹! 찰싹! 찰싹!

단단한 유중혁의 뺨은 김독자처럼 쉽게 부풀지 않았다.

그렇게 얼마나 지났을까.

유중혁이 희미하게 실눈을 떴다.

"나는 유중혁이다······."

"빌어먹을, 이 자식은 또 왜 이래."

유중혁은 정신 나간 사람처럼 같은 말만 반복했다.

뒤늦게 나타난 유상아가 한수영을 말렸다.

"중혁 씨 채근하는 건 그만두세요. 설화 때문에 기억 혼선이 와서 제정신이 아닐 테니까."

"상아 언니!"

뒤늦게 재회의 기쁨을 누리게 된 일행들이 유상아를 향해 모여들었다.

무사히 환생한 유상아의 전신에서 예전과는 또 다른 기품이 느껴졌다.

그 광경을 보던 한수영이 피식 웃으며 물었다.

"석존의 후예라더니, 빡빡머리가 아니네?"

"요즘 종교는 제법 트렌디하거든요."

"잘 돌아왔어. 좀 늦었지만."

"당신이 말썽부릴 참에 맞춰 오느라 힘들었어요."

"말썽부리는 건 내가 아니라 얘야."

어깨를 으쓱한 유상아는 기절해 있는 김독자를 향해 손을 내밀었다. 그러자 김독자의 머리에 씌워진 '긴고아'가 환한 금빛을 발했다.

정희원이 만족한 듯 고개를 주억거렸다.

"잘 씌워놨네요. 이제 어디 도망은 못 가겠다."

"안타깝게도, 이미 도망간 것 같네요."

"네?"

"영혼체가 돌아오지 않았어요."

김독자에게 채워진 긴고아에서 창공을 향해 희미한 실선이 뻗어나갔다. 어디론가 이어진 실선.

유상아가 그 실선의 끝을 가늠하며 말했다.

"걱정 마요. 멀리는 못 갔으니까. 자의로 떠난 것 같지도 않고요."

자의로 떠난 것이 아니다. 그 말의 의미는 명료했다.

주변을 황급히 돌아보던 한수영이 물었다.

"'은밀한 모략가' 어디 갔어?"

⌘ ⌘ ⌘

차원 통로의 전경이 빠르게 주변을 흘러가고 있었다.

모든 것은 찰나에 벌어진 일이었다.

[전지적 독자 시점]을 해제하는 순간 무언가가 내 영혼체를 붙잡았고, 정신을 차렸을 때는 '은밀한 모략가'와 함께 포털을 넘어가고 있었다. 보통이었다면 불가능한 일이지만, 이번에는 좀 경우가 특별했다.

[당신은 '존재 맹세'를 지키지 못했습니다.]

[당신의 영혼체가 일시적으로 존재 맹세의 계약에 묶입니다.]

[당신의 계약자가 24시간 동안 당신의 영혼체에 대한 소유권을 가집니다.]

허공에 떠오르는 메시지를 보며 난 허탈한 웃음을 흘렸다.

―[존재맹세]에 이런 활용법이 있는 줄은 몰랐네.

시나리오가 진행되는 동안 〈김독자 컴퍼니〉에게 접촉하여 정체를 밝히지 말 것.

이 시나리오에서 내가 유일하게 제대로 지키지 못한 맹세였다.

도중에 시나리오 내용이 변경된 만큼 이견의 여지가 있다고 생각했는데, 아무래도 〈스타 스트림〉은 맹세를 어겼다고 판정을 내린 모양이었다.

―날 죽일 거냐?

소년의 모습이 된 '은밀한 모략가'의 전신에서 여전히 강렬한 스파크가 튀고 있었다.

그의 설화 속에서 수많은 유중혁들이 나를 보는 것이 느껴졌다. 적의가 느껴지는 설화는 아니었다. 나를 죽일 생각이 아니라는 건 명백했다. 앞서 유중혁이 말했듯, 그럴 생각이었다면 기회는 이미 몇 번이나 있었으니까.

얼마 지나지 않아 포털은 닫혔다. 우리가 도착한 곳은 내게 익숙한 장소였다. 무성한 어둠으로 뒤덮인 숲.

'은밀한 모략가'의 거처인 '은가이의 숲'이었다.

【들어가라.】

그 말과 함께, 내 영혼체가 어딘가로 빨려 들어갔다.

눈을 끔뻑이자 눈이 움직였다. 하지만 팔도 다리도 없는 상태. 대체 뭐로 변한 건가 싶어 근처를 돌아보자, 벽면 유리에 내 모습이 비쳤다.

나는 작은 무림 만두가 되어 있었다.

아무래도 [999]가 사용하던 상징체인 것 같았다.

"만두가 되니 기분이 어떠냐!"

대체 언제 튀어나왔는지, 달려온 꼬마 유중혁들이 나를 걸어차며 린치를 가했다. 겨우 꼬마 유중혁이라서 그다지 아프지는 않았다.

나는 만두피가 터지지 않도록 몸을 웅크리며 외쳤다.

—무슨 짓을 하려는 건진 모르겠지만, 너는 나를 막을 수 없어. 어차피 스물네 시간만 지나면 나는 다시 화신체로 돌아가게 되어 있다고. 날 죽이고 싶다면 지금 죽여버리는 게 좋을걸?

물론 정말 죽이기를 바라고 한 말은 아니었다.

나는 옥좌에 앉은 '은밀한 모략가'에게 물었다.

—'은밀한 모략가'. 네 목적은 뭐지? 대체 왜 날 살려두는 거냐?

내 질문에 꼬마 유중혁들도 움직임을 멈췄다.

'은밀한 모략가'가 나를 내려다보고 있었다.

내가 아는 가장 강한 외신이자 성좌. 모든 유중혁 중 가장 강한 유중혁.

―네가 전력을 다했다면, 우릴 이길 수 있었다는 걸 알아.

아무리 1,864회차의 기억을 되찾은 유중혁과 내가 힘을 합쳤다 해도, 순수한 설화의 격으로 '은밀한 모략가'를 넘어서기는 불가능했다. 그는 0회차부터 1,863회차까지 모든 역사의 총합이고, 심지어는 그 이후로도 아득한 세월을 견딘 유중혁이니까.

그런데도 '은밀한 모략가'는 우리를 죽이는 대신 패배를 택했다.

"네놈이 필요하기 때문이다."

그 말을 한 것은 이야기를 듣던 [41]이었다.

"네놈이, '최후의 벽'의 마지막 파편을 가진 인간이니까."

2

비형은 몹시 들떠 있었다. 눈앞 화면에서 펼쳐진 시나리오를 직접 목격한 도깨비라면 그럴 수밖에 없었다.

─그때마다 나도 최선을 다해 맞서 싸울 테니까.

김독자의 목소리와 함께 흘러나오는 시나리오 종료 메시지. 성좌들의 간접 메시지가 폭발하고, 〈스타 스트림〉 전체가 진동하고 있었다.

거대 설화 「서유기」의 새로운 주인이 가려졌다.

'해냈다. 김독자 그 녀석이 해냈어.'

이야기꾼은 공정성을 지켜야 한다. 하지만 어떤 심판이든 속으로는 응원하는 팀이 있기 마련이고, 비형 또한 마찬가지였다. 장성한 자식을 보는 부모처럼, 비형은 감동한 얼굴로 화면의 얼굴들을 쓸었다.

[축하드립니다, 비형 국장님.]

주변의 부하 도깨비들이 비형에게 축하 인사를 건넸다. 그들 역시 비형이 오랫동안 〈김독자 컴퍼니〉를 지켜봐왔다는 사실을 알고 있었다.

[저도 그들이 해낼 줄 알았습니다.]

[저, 저도. 저도요……!]

심지어 그와 함께 〈김독자 컴퍼니〉를 응원해온 도깨비도 있었다. 실제로 몇몇 도깨비의 표정은 비형만큼이나 상기되어 있었다.

오직 자극만을 소재로 좇는 도깨비들이 무언가에 이토록 진심이 되는 것은 정말 드문 일이었다.

[얘들 내 거다. 넘보지 마라.]

[하핫! 그야 당연히…….]

긴급 소식이 들어온 것은 그때였다.

[국장님, 대도깨비 '바람'께서…….]

[승격입니다!]

승격?

[비형 국장님, 정말 축하드립니다!]

[관리국이 모처럼 제대로 일을 하려나 봅니다!]

쏟아지는 메시지 속에서 비형은 정신을 차릴 수가 없었다.

자신은 '상급 도깨비'인 데다 서울 지부 국장이었다. 이미 노력으로 올라올 수 있는 최대치까지 올라온 상황. 그런데 여기서 또 승격을 한다는 것은…….

[국장님?]

분명, 이것은 좋은 일이리라. 그런데 왜 이렇게 불길한 예감이 드는 것일까?

[대도깨비께서 기다리십니다.]

비형은 하급 도깨비들의 안내를 받아 포털을 탔다.

뿌연 안개가 걷히며, 회색빛 통로에서 그를 기다리는 대도깨비 바람의 모습이 보였다.

[왔는가, 비형.]

[바람 님.]

그는 수고했다는 듯 비형의 어깨를 두드리며 말했다.

[축하하네. 자네의 승격이 결정됐네.]

[예?]

[얼빠진 표정 좀 어떻게 해보게. 실감이 안 나는 건가? 자네를 마지막 '대도깨비'로 뽑자는 결정이 났단 말일세.]

대도깨비. 모든 이야기꾼이 갈망하는 궁극의 명예.

막연하게 꿈꿔오던 상상이 실재가 되자 비형은 얼떨떨했다.

[대도깨비? 제가 말입니까?]

[그렇다네. 〈스타 스트림〉의 역사 어디에도 없는 전무후무한 승격이지.]

바람은 흘흘 웃으며 앞장서 걷기 시작했다. 비형은 어디로 향하는지 영문도 모르는 채 그를 따라갔다.

묻고 싶은 것이 한두 개가 아니었다. 이곳은 도대체 어디고, 또⋯⋯.

[곧 대도깨비가 될 테니, 이제 그분을 만나야 하지 않겠는가.]

그 마음을 안다는 듯 바람이 웃었다.

[그분이라 하심은⋯⋯.]

되물으면서도, 비형은 그게 누구일지 예상하고 있었다.

주변 공기가 뒤틀리고, 대기 중에 들끓는 희미한 스파크가 보였다. 자세히 보니 스파크는 모두 활자의 형태였다. 이 앞에 무언가가 있었다. 지금껏 그가 한 번도 보지 못한 존재가.

[다 왔네.]

회랑을 돌아 안개의 통로를 지나자 커다란 전당이 나타났다.

아니, 그것을 전당이라 부를 수 있을까.

그 크기를 측량할 수조차 없는 거대한 장소였다.

눈앞으로는 널따란 벽이 펼쳐져 있었다. 그 벽 또한 처음과 끝을 잴 수 없는 너비였다. 벽 표면에는 활자들이 들끓었고, 곳곳에 금이 가거나 크고 작은 손상이 있었다.

순간, 비형은 저 벽을 어디선가 본 적이 있다는 사실을 깨달았다.

[계시의 판?]

틀림없었다. 그 모양은 다르지만, 성좌들이 '계시'를 얻는 벽 또한 저런 형태를 하고 있었다.

하지만 '계시의 판'이 왜 이곳에 있단 말인가? 게다가 저 크기는⋯⋯.

[모두 모였군.]

목소리를 듣는 순간, 비형은 자기도 모르게 바닥에 주저앉
았다. 그동안 무수한 성좌와 마주했지만, 이번만큼은 긴장감
을 감출 수 없었다.

목소리에서 느껴지는 격의 끝을 헤아릴 수가 없었다.

곁을 돌아보자, 바람을 비롯한 모든 대도깨비가 앞을 향해
부복하고 있었다.

누군가가 '계시의 판' 앞에 서 있었다.

비형은 떨림을 감추며 천천히 고개를 들었다. 그리고 그제
야 깨달았다.

그런가…… 그렇구나.

저 존재가 바로 이 〈관리국〉을 지배하고 〈스타 스트림〉을
통제하는 단 하나의 절대자.

'이야기의 왕'.

길고 흰 손으로 부서진 벽면을 어루만지던 왕이, 천천히 입
을 열었다.

[다음 세계를 결정할 '단 하나의 설화'를 뽑겠다.]

❇ ❇ ❇

"내가 '최후의 벽'의 마지막 파편을 가졌다고?"

"그렇다."

[41]의 대답에 나는 인상을 찌푸렸다.

대충 무슨 말인지는 짐작이 갔다. '최후의 벽'. 이번 회차를 진행하는 내내, 나는 그것에 관한 정보를 수집해왔다. 멸살법 원작에서는 끝까지 풀리지 않은 소재. 아마 그 '벽'이, 이번 회차의 마지막을 결정할 단서일 것이라 나는 확신하고 있었다.

그리고 이 녀석들이 말하는 '마지막 파편'이란…….

[전용 스킬, '제4의 벽'이 강하게 발동합니다!]

「김 독 자」

걱정 마. 녀석에게 절대 너를 넘기지는 않을 테니까.

천천히 눈을 깜빡이며 정신을 집중했다.

'은밀한 모략가'가 나를 바라보고 있었다. 비록 격을 많이 상실했다곤 해도, 여전히 눈앞의 존재는 내가 아는 최강의 성좌이자 이계의 신격이었다.

나는 처음으로 '은가이의 숲'에 왔던 날을 떠올리며 입을 열었다.

"일전에 그런 이야길 했지. '신성한 삼문답'이 끝났을 때, 나는 내가 이곳에 오게 된 이유를 알아내야 한다고."

【그렇다.】

"너는 사실 이 세계의 끝을 보고 싶은 거야. 그렇지? 말은 이러니저러니 해도, 너 역시 이 세계선에 희망을 걸고 있는 거라고."

'은밀한 모략가'의 눈썹이 희미하게 흔들렸다. 그가 아무리 자신이 유중혁임을 부정해도, 유중혁의 버릇까지 버리진 못했다.

"그걸 위해 내가 가진 [제4의 벽]이 필요한 거고. 너는 그래서 나를 지금까지 살려둔 거다. 맞나?"

'은밀한 모략가'는 대답하지 않았다.

그렇게 나오겠다면 내게도 생각은 있다.

츠츠츠츠츳.

"그때 마지막 '삼문답'을 듣지 못했어."

['신성한 삼문답'이 재개됩니다!]

[당신에게 하나의 질문권이 남아 있습니다.]

그때, 나는 '은밀한 모략가'에게 물었다.

《멸망한 세계에서 살아남는 세 가지 방법》.

—은밀한 모략가. 당신은 그 소설의 에필로그를 아는 존재인가?

"은밀한 모략가. 당신이 본 '결말'은 대체 뭐였지?"

내가 본 멸살법은 3,149화가 끝이었다. 하지만 내가 보지 못했음에도 '은밀한 모략가'는 그 이후를 살았다. 기록되지 않은 시간을 살아남아 자신만의 결말에 도달했다.

그는 그곳에서 대체 무엇을 봤을까.

무엇을 보았기에, 이계의 신격이 되어 이 세계선에 나타나게 됐을까.

내 질문에 앞으로 나선 것은 [41]이었다. 그는 약간 화난 얼굴로 나를 향해 외쳤다.

"그 질문은—"

【41.】

'은밀한 모략가'의 제지에, 다른 꼬마 유중혁들이 모두 입을 다물었다.

소년의 모습을 한 유중혁. '은밀한 모략가'가 나를 보고 있었다.

문득 이상한 기분이 들었다. 멸살법 어디에도, 유중혁의 소년 시절은 제대로 그려지지 않는다. 회상 형태로만 간간이 묘사될 뿐이다.

하지만 그려지지 않았다고 해서, 없었다는 말은 아니리라.

그것은 마치 멸살법 3,150화와 같았다. 내가 모르는 곳에서 유중혁은 태어났고, 살아남았다. 그리고 멸살법의 주인공이 되었다.

【네가 읽은 소설에서는 내 행적이 어디까지 묘사되지?】

내가 모르는 얼굴의 주인공이 묻고 있었다.

나는 잠시 망설이다가 대답했다.

"네가 도깨비 왕에게 가는 순간까지."

나는 멸살법의 마지막 장면을 떠올렸다.

도깨비 왕을 죽이기 위한 여정. '최후의 안개'를 헤쳐나가며, 유중혁의 이야기는 마지막 페이즈로 돌입한다. 그 뒤가 어떻게 되었는지, 그가 그 후 무엇을 보았는지에 대해서는 전혀 설명이 없었다.

　당시 연재분을 읽다가 당황한 이유도 그 때문이었다. 열린 결말인가 싶어 두려웠기 때문이다.

【마지막 순간의 나는 어떤 모습이었지?】

　뜻밖의 질문에 나는 당황했다.

　설마 이런 것들을 물을 거라곤 생각지 못했다.

"그건 왜……."

【성공한 것처럼 보였나? 그 끝에서 목표를 이룰 수 있을 것 같았나?】

　그 말을 듣는 순간, 알 수 없는 갑갑함이 찾아왔다.

　어째서 '은밀한 모략가'가 그런 걸 묻는지 알 수 없었다.

　내가 어떻게 대답하든, '은밀한 모략가'에게 그 일은 모두 이미 일어난 것이었다. 내 감상은 조금도 중요치 않았다. 조금도.

　정말, 중요치 않을까?

"너는……."

　나는 간신히 입술을 달싹거렸다.

　이 질문에 대답할 준비가 되어 있지 않았다. 하지만, 준비가 되어 있지 않아도 대답해야만 했다.

「그 순간, 그녀는 그 세계가 완전히 자신의 손을 떠났음을 깨달았다.」

'피스 랜드'의 기억이 떠올랐다. 자기 세계를 떠나보내던 만화가 아스카 렌의 표정. 하나의 세계를 만든 사람의 책무.

나는 그녀와 달리 멸살법을 만든 작가는 아니었다. 하지만 나는.

「이 이야기가 세상에 나올 수 있었던 것은 모두 독자님 덕분이니까요.」

그 이야기를 끝까지 지켜본 사람이었다.

"넌 성공했어. 최선을 다했으니까."

이 대답은 그 이야기를 끝까지 지켜본 사람의 의무였다.

내가 기억하는 모든 문장을 찬찬히, 성실하게 떠올렸다.

"어느 회차였든 마찬가지야. 너는 항상 최선의 선택을 했어. 네가 도달한 결말이 무엇인진 모르지만, 그건 틀리지 않았어."

유중혁의 모든 회차가 머릿속을 스쳐 지나갔다.

그가 얻은 것들, 그리고 잃은 것들.

"네 동료들도 그렇게 생각할 거야."

홀로 남아 최종장에 도달한 그 뒷모습까지.

"하지만……."

내가 이 말을 할 자격이 있을까. 모르겠다.

"네 마지막 모습은, 그다지 행복해 보이지는 않았어."

지금도 내가 읽은 장면이 머릿속에 생생했다.

「마침내 모든 것을 잃은 유중혁이 안개를 바라보았다. 그가 찾아온 공허한 해답이, 저 안개의 너머에 있었다.」

그 장면에 드러난 묘사와 정확히 같은 얼굴의 '은밀한 모략가'가, 나를 마주하고 있었다.

【그렇군.】

"갑자기 그건 왜 물은 거지?"

【궁금했다. 너만이 그것을 처음부터 끝까지 본 존재니까.】

나는 아무 말도 할 수 없었다.

【나 아닌 다른 누군가가 부여한 내 삶의 의미가 궁금했다. 그것뿐이다.】

*

3

'은밀한 모략가'의 말은 모든 의미를 상실한 존재의 그것처럼 공허했다.

그 공허감에 반발하듯, 나는 말했다.

"네 삶은 누군가를 살렸어."

너무 많은 것을 잃어버린 녀석에게, 이름도 모르는 소년을 살렸다는 사실은 아무런 위안도 주지 못할 것이다. 심지어 그 소년은 그와 아무런 관계도 없는 존재였다. 그의 동료도 아니고, 가족도 아니었다.

몇 번이나 입술을 달싹였지만 나는 아무 말도 할 수 없었다.

내가 살아온 생은 녀석을 구하는 데 아무런 도움도 되지 않았다.

그런 나를 보던 '은밀한 모략가'가 말했다.

【처음 네놈을 보았을 때, 나는 너를 거둬야 한다고 생각했다.】

문득 녀석을 처음 만난 순간이 떠올랐다.

〈배후 선택〉

― 당신의 배후를 선택하세요.

― 선택한 배후는 당신의 든든한 후원자가 되어줄 것입니다.

1. 심연의 흑염룡

2. 악마 같은 불의 심판자

3. 은밀한 모략가

4. 긴고아의 죄수

생각난다.

분명 그랬다. '은밀한 모략가'는 내 첫 배후 선택의 세 번째 선택지에 있었다. 그때 녀석은 나의 배후성이 되려 했다.

【그 후로도 쭉 이 세계선을 지켜보았다. 놀랄 때도 있었다. 그 놀라움이 놀라웠지. 나는 오랫동안 놀란 적이 없었으니까.】

나도 알고 있었다. 이 세계선의 이야기가 진행되는 동안,

'은밀한 모략가'는 다양한 간접 메시지를 보내며 우리를 지켜 보았다. 지금도 메시지 로그를 뒤지면 그가 보낸 간접 메시지 를 읽을 수 있었다.

[성좌, '은밀한 모략가'가 당신의 선택에 흥미로워합니다.]
[성좌, '은밀한 모략가'가 당신의 호구력에 감탄합니다.]
[성좌, '은밀한 모략가'가 당신의 경솔한 발언을 듣고 실망합니다.]
[성좌, '은밀한 모략가'가 당신의 계획에 눈을 반짝입니다.]
[성좌, '은밀한 모략가'가 당신의 계책을 궁금해합니다.]
……

이것 때문에 처음 녀석과 마주했을 때는 몹시 낯설었다.

지금이야 [666]을 비롯한 다른 유중혁들이 대신 쓴 메시지 라는 걸 알지만……

【결정해야 했다. 이 뒤틀린 세계를 지켜봐야 할지, 아니면 부숴야 할지.】

"그래서 날 1,863회차에 보냈던 거냐?"

'은밀한 모략가'가 고개를 끄덕였다.

그의 선택은 다시 이 '세계선'의 시작이 되었다.

【이 회차의 유중혁에게 1,863회차의 정보를 준 것도 비슷한 이유였다. 시험할 필요가 있었다. 네놈과 이 회 차의 유중혁 중, 어느 쪽이 결말을 보기에 적합한 쪽인 지.】

"그래서 판단은?"

'은밀한 모략가'의 대답 없이 나를 내려다보았다.

【이 세계의 끝에는 아주 거대한 벽이 있다. 모든 열쇠를 모아야만 열 수 있는 '최후의 벽'이.】

— 모든 질문과 대답이 온전히 교환되었습니다.

— 신성한 삼문답이 종료됩니다.

순간 깨달았다. 방금 녀석의 대답은 내 '삼문'에 대한 대답이었다.

'은밀한 모략가'의 곁을 맴도는 스파크가 거세졌다. 어떤 정보는 말하는 것만으로도 큰 개연성을 소모한다. 그것이 이 세계의 끝과 관련된 정보라면 개연성의 값도 당연히 클 것이다.

최후의 벽.

그것이 바로, '은밀한 모략가'가 자신의 에필로그에서 마주한 결말이었다.

【네가 가진 '파편'이 내가 찾던 마지막 열쇠다.】

나는 긴장하며 물러섰다. 무림 만두 상태이기 때문에 뒷걸음치는 것이 어려웠지만, 어떻게든 거리를 확보해야 했다.

만약 내가 가진 [제4의 벽]이 '은밀한 모략가'의 목적이라면, 녀석은…….

천천히 쥐었다 폈다를 반복하는 '은밀한 모략가'의 손이 묘하게 공포스러웠다.

　다른 꼬마 유중혁들도 긴장한 눈으로 '은밀한 모략가'를 올려다보고 있었다.

　【이 세계선은 너무 많은 것을 뒤틀며 태어났다. 너를 내버려두는 것이 올바른 일일지 아닐지, 나는 판단할 수가 없다.】

　뒤틀린 세계선. 망가진 개연성.

　이미 수없이 들은 말이었다.

　"그래서, 뭘 어떻게 하겠다는 거냐?"

　나는 아무 말이나 던졌다. 중요한 건 시간을 끄는 것이다. 어떻게든 시간을 끌어서, 본래의 몸으로 돌아가는 것이 중요했다.

　"네 말이 무슨 뜻인지 잘 모르겠어. 결과가 원인을 잡아먹었느니 어쩌니 하는 어려운 이야기는 잘 모르겠다고. 다만 나와 동료들은 죽을힘을 다해 여기까지 왔어. 이제 결말이 코앞이야."

　이제 볼 수 있다.

　적혀 있지 않았던 이야기의 결말을.

　【결말을 보는 것만이 전부가 아니다. 중요한 것은 올바른 결말을 만드는 것이니까.】

　"올바른 결말? 그걸 결정하는 건……."

　【개연성이 뒤틀린 이야기는 결국 재앙을 만든다.】

도깨비들이나 할 법한 그 말에, 나는 잠시 멍해졌다.

"너답지 않은 말이네. 아직 본 적도 없는 걸 두고—"

지진이 발생한 것은 그때였다. 쿵, 하고 뭔가 쓰러지는 소리.

원형 테이블에 놓여 있던 와인잔이 넘어져 술이 쏟아졌다.

숲 전체가 흔들렸다. 자연적인 지진이 아니었다.

'은밀한 모략가'는 천천히 옥좌에서 일어나 나를 지나쳤다.

그의 텅 빈 눈동자가 숲의 풍경을 바라보고 있었다.

거친 화마에 휩싸인 '은가이의 숲'.

그의 숲이 불타고 있었다.

【아아아아아아아아아】

【살려줘살려줘살려줘살려줘살려줘】

하늘을 찌를 듯 솟아 있던 나무들이 재를 날리며 타올랐다.

숲속에 숨어 있던 이계의 신격들이 비명을 질러댔다. 어마어

마한 화력에 전당의 온도가 급격하게 올라가고 있었다.

단순한 방화가 아니었다.

만두 상태인 나조차 느낄 수 있었다. 누군가, 어마어마한 격

을 지닌 존재가 이곳을 공격하고 있다.

하지만 대체 누가?

있을 수 없는 일이었다. 이곳은 다른 누구도 아닌 '은밀한

모략가'의 성역이다. 대체 누가 감히 이곳을 침공한단 말인가.

거대 성운의 짓인가?

〈베다〉? 〈올림포스〉? 아니면…… 〈아스가르드〉?

나는 '불'과 관련된 성좌들을 머릿속으로 떠올려보았다. 하

지만 쉬이 떠오르는 수식언은 없었다.

광활한 숲 전체를 불태우는 열기.

멸살법 원작에, 이만한 힘을 가진 존재가 또 있었다고?

【왕이시여왕이시여왕이시여】

【피해피해피해피해피해피해피해】

조그마한 이계의 신격들이 '은밀한 모략가'의 주변으로 몰려들었다. 많은 이계의 신격이 그를 떠났지만, 남은 존재도 많았다. 왕국의 몰락을 예감하는 백성들처럼 왕을 지키는 이들.

백성들을 내려다보던 '은밀한 모략가'가 나를 향해 말했다.

【구원의 마왕. 나 역시, 너와 같은 실수를 한 적이 있다.】

숲이 불타는 급박한 상황에도 그의 목소리는 태연했다. 마치 이 모든 것을 예상했다는 듯이.

【어리석게도, 정해진 과거를 바꾸려 했지.】

"갑자기 무슨 소리지? 41회차의 이야기냐?"

만약 그렇다면, 나도 아는 이야기였다.

41회차의 유중혁은 '지평선의 악마'와 계약하여 신유승을 3회차로 보냈다. 그 대가로 신유승은 3회차의 재앙이 되었다.

만약 '은밀한 모략가'가 걱정하는 '재앙'이 그런 것이라면, 걱정하지 말라고 말하고 싶었다.

그런데 곁의 [41]이 고개를 저었다.

"내 회차의 이야기가 아니다."

"뭐? 그럼……."

[41]은 대답하지 않고 '은밀한 모략가'를 바라볼 뿐이었다.

머릿속이 혼란스러웠다. 내가 알기로 '멸살법'에서 정해진 과거에 간섭했던 회차는 41회차뿐이다.

그런데, 그런 회차가 또 있었다고?

대체 언제지? 원작 밖의 이야기인가?

뻥 뚫린 전당의 하늘에, 불꽃에 휩싸인 태양이 떠오르고 있었다. 하지만 그 태양은 수르야의 것도, 아폴론의 것도 아니었다. 작열하는 태양의 중심부에 불길한 모양의 흑점들이 커지고 있었다.

내가 아는 그 어떤 성좌도, 저런 끔찍한 태양을 가지고 있지는 않다. 저것은 내가 모르는 존재의 힘이었다.

[999회차의 '유중혁'이 태양을 향해 탄식합니다.]

999회차?

순간, 떠오르는 말이 있었다.

「999회차의 유중혁이여. 나는 너의 삶을 존중한다. 나를 제외하고 유일하게 '결'의 근처까지 갔던 존재니까.」

하나는 '은밀한 모략가'의 말이었고.

「"내가 회귀해도 이 세계는 사라지지 않는다. 내가 죽는다고 해서 세계가 리셋되거나 하는 일은 없다는 소리다."」

　다른 하나는 유중혁의 말이었다.
　유중혁이 죽어도 세계는 사라지지 않는다.
　그가 회귀한 후에도 여전히 세계는 남아 있다.

「만약, '결'을 본 것이 '은밀한 모략가' 하나가 아니라면 어떨까.」
「원작에는 등장하지 않았던 이야기가 또 있다면.」
「유중혁이 죽은 후에도 여전히 그 세계에 남아 시나리오를 계속한
존재가 있다면. 그렇게 싸우고 또 싸워서.」

　검게 타오르는 태양이 알껍데기처럼 갈라지며 눈부신 섬광
이 뻗어 나왔다.

「이 세계의 끝에 도달해 자신의 '결'을 본 존재가 또 있다면?」

　섬광의 중심에 숲을 불태운 방화범이 있었다. 그저 방화범
이라 이름 붙이기에 안타까울 정도로 아름다운 실루엣이 흔
들렸다.
　'은밀한 모략가'에 준하는 힘을 가진 존재. 그 존재가 내 눈
앞에서 새하얀 날개를 펼치고 있었다.
　'은밀한 모략가'가 그 존재를 올려다보며 말했다.
　【 '살아 있는 불꽃' .】

살아 있는 불꽃.

'공포의 기록자'의 기록에 분명 그런 이름이 있었다.

「동쪽에서 떠오르는 '살아 있는 불꽃'.」

'은밀한 모략가'와 더불어 이계의 신격을 다스리는 왕 중 하나.

하지만 그 왕이 누구인지, 어디에서 온 존재인지는 생각해 본 적이 없었다.

멍청했다.

모든 이계의 신격은 멸살법의 버려진 회차에서 온 존재들. 그렇다면 다른 왕들 또한, 당연히 멸살법에서 온 존재라는 것을 알아야 했다.

쿠구구구구.

손끝이 미친 듯이 떨렸다.

인과를 상상하고 싶지 않았다. 인정하고 싶지 않았다. 이처럼 끔찍한 세계가 존재한다는 사실을 납득하고 싶지 않았다.

특유의 무심한 목소리로 '은밀한 모략가'가 말했다.

【이제 알았겠지. 이것이 세계선을 뒤튼 대가다.】

'은밀한 모략가'의 목소리와 함께, 불타는 광휘에 휩싸인 검이 이쪽을 겨누었다.

그것은 내가 아주 잘 아는 대천사의 검이었다.

왜 알지 못했을까. 실은 알고 싶지 않았던 것은 아닐까.

이 불길이 이토록 뜨겁고 잔인할 수 있다는 것을. 악마를 태운 불길은 다른 것도 태울 수 있다는 것을.

[지옥염화]에 둘러싸인 '업화의 불꽃'이 새하얗게 빛나고 있었다.

검의 주인이 웃고 있었다. 내가 지금껏, 한 번도 본 적 없는 두려운 표정으로 입을 열었다.

【너를 찾는 데 아주 오랜 세월이 걸렸다. 1,863회차의 유중혁.】

모든 것을 심판해온 대천사의 눈이 새카맣게 타올랐다.

【나의 세계를 망친 외신이여.】

우리엘.

‑✳‑

4

그 눈빛, 그 살기.

내가 아는 대천사의 그것과 같으면서도 달랐다.

저것이 진짜 '우리엘'의 모습이었다.

냉혹하고 잔인한 심판자.

정의를 위해 '업화의 불꽃'에 걸리는 모든 적을 태워버리는
존재.

「그런 우리엘이 자신의 '결'에 도달했고.」

[<스타 스트림>이 새로운 '이계의 신격'의 출현을 응시합니다.]

[<스타 스트림>이 대상의 개연성 여부를 판별합니다!]

「'은밀한 모략가'를 죽이기 위해, 이곳까지 왔다.」

【오오오오오오오오】
【왕이둘왕이둘왕이둘왕이둘】
 '은밀한 모략가'에 준하는 격을 가진 외신의 출현에, 이계의
신격들이 당황하고 있었다.

[성좌, '고려제일검'이 '이계의 신격'의 존재에 경악합니다!]
[성좌, '대머리 의병장'이 머리를 닦는 것도 잊은 채 전장을 응시합니
다.]
[성좌, '물병자리에 핀 백합'이 눈을 부릅뜹니다!]

 놀란 것은 성좌들도 마찬가지인 듯했다.
 본래라면 이곳은 방송 불가 지역일 텐데.
 아무래도 숲이 불타면서 채널 방벽이 제거된 모양이었다.

[관리국이 '은가이의 숲'을 주시하고 있습니다.]

 우리엘의 손에서 '업화의 불꽃'이 움직였다. 숲 전체를 녹여
버린 일검이 창공에서 날아드는 순간, '은밀한 모략가'가 가볍
게 고개를 틀었다. 그를 스친 일검이 전당의 절반을 날려버리
며 불타올랐다.
 【가아아아아아아아】

흉포한 파괴에 놀란 이계의 신격들이 비명을 질렀다.

다시 한번 '업화의 불꽃'이 움직였다. 이번에는 전당 전체를 충분히 날려버릴 수 있는 위력.

전신의 솜털이 비죽 솟았다. 원작에서 지구를 날려버린 265회차의 수르야도 저 정도는 아니었다.

콰아아아아아!

'업화의 불꽃'의 끝에서, 거대한 유성이 낙하하고 있었다. 이 숲 전체를 날려버리고, 어쩌면 이 공간 자체를 지워버릴 수도 있는 힘.

나는 영혼체에 깃든 힘을 끌어올렸다. 하지만 제대로 된 화신체도 없는 마당에 저런 공격을 막을 수 있을 턱이 없다. 애초에 저런 것을 막아내기 위해서는—

[거대 설화, '고독한 멸망의 순례자'가 이야기를 시작합니다!]

결국 '은밀한 모략가'가 나섰다. 휘두른 진천패도의 끝에서 새카만 강기가 쏟아졌다. 거대 설화의 힘. 장벽처럼 펼쳐진 새카만 격이 유성의 충격을 받아냈다. 숲의 저변에 광풍이 몰아쳤고, 뿌리가 뽑힌 나무들이 허공에 비산했다. 불꽃의 소용돌이가 주변 모든 것을 궤멸시키고 있었다.

이만한 대결을 보는 것은 정말 오랜만의 일이었다. 〈기간토마키아〉에서 하데스와 포세이돈이 붙었을 때도 이 정도는 아니었다.

[거대 성운들이 두 존재의 대결에 주목합니다.]

격과 격이 부딪치는 중심에서 스파크가 점점 짙어졌다.

'은밀한 모략가'가 쥔 진천패도가 떨렸다. '은밀한 모략가'가 밀리고 있었다. 나와 유중혁과의 대결로 인해 격이 줄어든 탓이었다.

이것이 '결'을 본 우리엘의 힘.

이대로라면, 나와 '은밀한 모략가'는 '은가이의 숲'과 함께 〈스타 스트림〉에서 소멸하게 될 것이다.

[현재 당신의 영혼체는 '은밀한 모략가'에게 일시적으로 귀속된 상태입니다.]

[영혼체 귀환까지 20시간 31분 20초 남았습니다.]

영혼체가 귀환하기까지는 아직 스무 시간도 넘게 남았다. 단순히 시간을 끈다고 해결될 상황이 아니었다. '은밀한 모략가'가 버틸 수 있는 시간이 그리 길어 보이지는 않았으니까.

[전용 스킬, '제4의 벽'이 발동합니다!]

이럴 때일수록 침착해야 한다. 나는 일단 상황부터 파악하기로 했다.

"이봐! 저 우리엘이 왜 널 공격하는 건데?"

애초에 저 '우리엘'은 도대체 어떤 세계선에서 온 존재란 말인가.

그리고 왜 '은밀한 모략가'를 공격하는가.

[999회차의 '유중혁'이 안타까운 시선으로 '살아 있는 불꽃'을 응시합니다.]

순간 머릿속이 멍해지는 느낌이었다.

설마?

내가 가장 좋아했던 회차.

단 한 가지를 제외하고는 가장 완벽했던 회차이자, 역시나 '결'의 코앞까지 다가갔던 회차.

우리엘이 말하고 있었다.

【외신이여, 999회차의 일을 잊은 것은 아니겠지.】

【기억하고 있다.】

【다행이군.】

분노한 우리엘의 검격에 그녀가 쌓아온 설화가 담겨 있었다.

[거대 설화, '영겁의 불꽃'이 이야기를 시작합니다!]

활활 타오르는 우리엘의 거대 설화.

내가 한 번도 보지 못한 이야기가 그곳에 있었다.

「"사부, 이제 거의 다 왔어. 조금만 더 가면 된다고."」

이지혜의 목소리. 활자들이 이야기하고 있었다.

「"중혁 씨. 조금만 버티십시오. 거의 다 왔습니다!"」

왼팔을 잃고, 오른쪽 다리를 잃고, 자신의 두 눈을 잃은 999
회차의 유중혁이 그곳에 있었다. 오직 일행들을 위해 살았던
유중혁.
어둠에 물든 그의 세계에, 한 줄기 빛살 같은 목소리가 있었
다.

「[패왕, 정신 차려라.]」

맞다. 999회차에는 우리엘이 있었다.
그녀는 유중혁의 동료였다. 자신의 모든 것을 내던져 싸우
는 유중혁을 위해, 기꺼이 그의 편이 되어준 대천사.

「[이 세계의 결말이 눈앞에 있다.]」

다시 돌이켜 보아도 999회차는 기적이었다.

아무리 운이 좋았다고 해도 고작 999회차에 결말의 근처까지 가다니.

그러나 그것은 순전히 '운'만은 아니었다.

「999회차의 유중혁은 '이계의 신격'과 계약했다.」

내가 '절대왕좌'를 얻지 않은 것, 그리고 가능하면 '이계의 언약'을 맺지 않으려 한 것은 모두 '999회차'의 결말을 알기 때문이었다.

「이름조차 모를 미지의 신격. 그리고 그 신격과 맺은 '이계의 언약'이, 결국 유중혁의 목숨을 앗아갔다.」

원작에서는 그 '이계의 신격'이 누구인지 서술되지 않았다.

개연성을 희생하면서까지 999회차의 유중혁에게 가공할 힘과 기연을 내준 존재.

목덜미에 소름이 돋았다.

―구원의 마왕. 나 역시, 너와 같은 실수를 한 적이 있다.

―어리석게도 정해진 과거를 바꾸려 했지.

그 '이계의 신격'이 바로, '은밀한 모략가'였다.

─이제 알았겠지. 이것이 세계선을 뒤튼 대가다.

  그는 이미 원작에서 과거의 세계선에 개입해 개연성을 뒤튼 적이 있었다. 그 결과로 999회차의 결말을 본 우리엘은 이곳으로 온 것이다.

【내 세계선의 원한을 이곳에서 갚겠다.】

  그때의 외신에게, 동료의 원한을 갚기 위해서.

【네가 나의 소중한 것을 빼앗았듯, 나 또한 그럴 것이다.】

  한없이 정당한 분노가 새겨진 그 진언에, 힘이 쭉 빠졌다.

  우리엘의 마음을 이해할 수 있었다. 999회차의 유중혁이 죽던 순간을 나 역시 또렷이 기억하고 있었다.

─작가님. 설마 이제 완결인가요? 이대로는 중혁이가 너무 불쌍하잖아요.

  999회차의 유중혁은 자신의 생명을 바쳐서 동료들을 결말로 이끌었다. 하지만 그 대가로, 그 자신은 세계의 결말을 볼 수 없었다.

  빌어먹을 '이계의 언약' 때문이었다. 폭주한 개연성이 그의 목숨을 앗아갔다.

─그냥 되살리면 안 되나요? 명계라든가, 환생이라든가. 방

법은 많잖아요. 아니, 이계의 신격이 대체 뭐길래…….

나는 작가를 원망했고, 이계의 신격을 원망했다.

결말을 눈앞에 두고 죽어가는 유중혁을 보며 절망했다.

그 충격이 너무 커서 다음 날 연재분을 읽기를 망설였을 정
도였다.

궁금했다.

왜 '은밀한 모략가'는, 999회차에서 그런 짓을 했는가.

【바꾸고 싶었다.】

뭐?

【제대로 된 결말을 보고 싶었다. 설령 그것이 다른 세
계선이라 해도.】

'은밀한 모략가'는 말했다.

개연성을 조심해야 한다고. 올바른 결말을 만들어야 한다
고.

그런데 그렇게 말을 하는 '은밀한 모략가'조차, 사실은 과거
를 바꾸려 했다. 내가 이 회차를 바꾸고 싶었듯, '은밀한 모략
가' 또한 마찬가지였다.

결과가 원인을 삼키든, 〈스타 스트림〉의 개연성이 무너지
든. 한번은 제대로 된 결말에 도달하고 싶었던 것이다. 모든
동료와 함께 도달한 결말의 모습을 보고 싶었던 것이다.

하지만 잘되지 않았다.

【한심하다고 생각하겠지. 내가 네놈과 같은 실수를 했

다는 것이.】

'은밀한 모략가'의 격이 무너지고 있었다. 그의 몸이 점점 더 작아지고 있었다. 그의 안에 잠재되어 있던 무수한 유중혁들이 비명을 질렀다.

그리고 그 비명을 대변하듯

【이 모든 비극을 만든 존재를 찾고 싶었다.】

'은밀한 모략가'가 말하고 있었다.

【이 세계를 만든 존재. 나를 회귀하게 하고, 시나리오를 반복시킨 존재. 내 목적은 '벽'의 너머에 있을 그 존재를 죽이는 것이다.】

그것이 '은밀한 모략가'의 진짜 목적이었다.

회귀를 멈추는 것도.

이계의 신격들을 구하는 것도.

'최후의 벽'을 여는 것도.

모두 그 목적을 중심으로 존재하는 것이었다.

녀석의 손짓과 동시에 무림 만두에서 내 영혼체가 빠져나왔다.

나는 긴장했다. 녀석의 속셈을 알 수 없었다. 나는 재빨리 말했다.

—지금의 넌 저 우리엘조차 막지 못해. 하지만 내가, 우리 일행이 돕는다면…….

'은밀한 모략가'가 나를 바라보았다.

【네가 무슨 말을 하는지 알고 있는가?】

―알아.

임기응변으로 던진 말이었지만, 진심이었다.

저쪽의 목적을 들었으니, 이제 내가 답할 차례였다.

―애초에 누군가의 삶을 멋대로 관음하고 탐식하는 세계는
잘못된 거야.

〈스타 스트림〉은 잘못되었다. 유중혁의 회귀는 잘못되었고,
시나리오가 만든 이야기는 부조리했다.

―그러니 이대로 두지 않을 거야. 결말을 보겠어. 너는 안
된다고 했지만, 나는 결말을 볼 거야. 동료들과 함께 네가 넘
지 못했던 벽을 넘고, 그 너머에 있는 존재를 반드시······.

'은밀한 모략가'가 나의 마지막 말을 기다리고 있었다.

―죽이겠어. 너의 '가장 오래된 꿈'을 끝내겠다.

우리엘의 격이 점점 더 강해지고 있었다. 전당이 무너지기
시작했다. 하나의 세계가 무너지듯 은가이의 숲이 사라지고
있었다.

이계의 신격들이 최후를 예감한 듯 '은밀한 모략가'의 곁에
더욱 달라붙었다.

'은밀한 모략가'의 입이 열렸다.

【너는 내 이야기로 살아남았다 했지.】

―······.

【그렇다면 빚을 갚아라.】

그게 무슨 말이냐고 묻는 순간, 유중혁의 설화들이 흘러나
왔다.

[거대 설화, '고독한 멸망의 순례자'가 울부짖습니다!]

[거대 설화, '영원불멸의 지옥도'가 이야기를 시작합니다!]

'은밀한 모략가'의 기억들이, 설화들이 내게 깃들고 있었다.

내가 알지 못했던 기억들.

그가 1,863회차를 산 이후 알아낸 정보들이, 내게 흘러오고 있었다.

—너……!

내 뒤쪽으로 포털이 발생했다. 이계의 신격의 힘으로 열어 젖힌 포털. 그 포털이 조금씩 나를 빨아들였다.

—아니, 잠깐만. 기다려! 너 대체 무슨 짓을……!

【네게 이 세계의 결말을 맡기겠다는 의미가 아니다.】

그 순간, '은밀한 모략가'는 더 이상 '은밀한 모략가'처럼 보이지 않았다.

【나는 회귀할 것이다.】

그는 '유중혁'처럼 보였다.

【나의 1,864회차를, 1,865회차를 살 것이다. 그 회차를 살아서 다시 결을 보고, 또다시 이계의 신격이 되어서.】

마침내 전당이 무너졌다. 환한 빛살 속에서 모든 것이 녹아 내렸다.

1,863회차에 달하는 두터운 역사를 베어낸 우리엘의 검이, '은밀한 모략가'를 향해 쇄도했다.

【이 세계선의 결말을 보기 위해 되돌아올 것이다.】

힘없이 꿰뚫리는 '은밀한 모략가'.

나는 그 광경을 무력하게 지켜보았다.

업화의 불꽃에 베인 '은밀한 모략가'의 설화가 흩어지고 있었다.

[성좌, '은밀한 모략가'가 성흔 '회귀 Lv.???'를 발동합니다!]

이계의 신격이 되었음에도, 그는 여전히 회귀자다.

오랫동안 사용하지 않던 그의 회귀가 다시 시작될 것이다. 그는 1,864회차의 지하철에서 다시 깨어나, 또다시 끔찍한 세계선을 만들어낼 것이다.

「김독자는 생각했다. '그렇게 둘 수는 없다.'」

내가 영혼체에 깃든 설화들을 발출하려는 그 순간, 우리엘이 나보다 먼저 움직였다.

【너는 다음 회차로 달아날 수 없다.】

우리엘의 하얀 손아귀가 '은밀한 모략가'의 목줄을 틀어쥐었다. 손에서 뻗어나온 검은 빛이 설화의 붕괴를 막고 있었다.

서서히 퍼져나간 빛은 이내 '은밀한 모략가'의 전신을 덮기 시작했다. 이윽고 그 빛은 작은 구球의 형태를 이루었다.

나는 저 구를 알고 있었다.

1,863회차에서 '묵시룡'을 봉인한 '봉인구'였다.

왜 생각하지 못했을까. 이계의 신격이 된 우리엘이라면, 유중혁이나 '은밀한 모략가'의 능력에 대해서도 당연히 알 것이다. 그가 영원의 회귀를 거듭하며, 결코 죽지 않는 존재라는 것도.

점점 더 죄어드는 손아귀. 새카만 봉인구가 이내 창백한 빛을 띠었다.

【너는 영원히 봉인될 것이다.】

'묵시룡의 봉인구'를 이용한 봉인.

1,863회차에서 한수영이 계획한 것과 같은 방법이었다.

「"이곳의 시간은 멈추고, 지구는 묵시룡과 함께 봉인되겠지. 영원히 95번 시나리오에 고정된 채 말이야."」

「"그리고 그것이, 네가 유중혁을 죽이는 방법이다."」

유중혁을 영원의 시간 속에 봉인하여 회귀를 멈추는 것.

나는 반사적으로 '은밀한 모략가'를 바라보았다. 지금이라도 괜찮으니 도망치라고 말하고 싶었다. 저기에 봉인되면 아무리 '은밀한 모략가'라도 탈출하는 것은 불가능하다.

그런데 너는, 어째서 웃고 있는 것인가.

[성좌, '은밀한 모략가'가 자신의 ■■ ■■을 바라봅니다.]

그는 1,863번의 생애를 모두 살아낼 만큼이나 강했다. 하지만 그렇기에 언제든 무너질 수 있을 만큼이나 지쳐 있었다.

영원한 잠.

어떤 의미에서 이것은 그가 평생에 걸쳐 바라던 일이었다.

―잠깐! 우리엘! 멈춰!

내 말에, 처음으로 우리엘이 내 쪽을 돌아보았다.

하찮은 것이 자신의 진명을 불렀다는 사실에 놀란 듯, 우리엘이 입을 열었다.

【이 영혼체는 뭐지? 이 세계선의 존재?】

나는 무슨 말을 해야 할지 알 수 없었다.

그러자 '은밀한 모략가'가 선수를 쳤다.

【그놈은 아무것도 아니다. 그냥 보내라.】

순간 '은밀한 모략가'의 눈이 나를 바라보았다. 그답지 않게 명료한 감정이 새겨진 눈이었다. 녀석은 정말로 내가 탈출하기를 바라고 있었다.

하지만 상황이 나빴다. 포털은 우리엘의 힘으로 강제로 닫히고 있었다.

나와 '은밀한 모략가'를 번갈아 보며 기묘한 시선을 보내던 우리엘이 말했다.

【너의 회차를 그르치고 다른 이의 세계선조차 망쳐버린 후에도, 지키고 싶은 것이 남았는가.】

순식간에 뻗어나온 우리엘의 힘이 나를 포박했다. 최악의 상황이었다.

【좋다. 이 녀석을 네놈과 함께 봉인해주마. 영원의 꿈 속에서 네 동료와 함께 잠들어라.】

　—아니 잠깐만! 내 얘기도 들어봐야 하는 거 아냐?

　무슨 당치않은 소리냐는 듯 우리엘이 나를 노려보았다.

　나는 지지 않고 외쳤다.

　—당신 마음은 알겠어. 당신의 세계선이 뒤틀려서 억울하다는 것도 알겠고, 화가 났다는 것도 알겠어. 하지만 이건 아니잖아. 여긴 당신 세계선이 아니라고. 지금 당신이 하는 짓은 당신이 증오하는 '은밀한 모략가'와 똑같은 행동이야.

　말을 내뱉으며, 이마에 따끔거리는 통증이 느껴졌다. 아무것도 채워져 있지 않은 머리가 아팠다. 긴고아의 감각이 강해지고 있었다.

　—우리 이러지 말자고. 다 같이 힘을 모아서 〈스타 스트림〉을 부숴도 모자랄 판에, 대체 왜 서로 싸워야 하는 건데. 진짜 적이 누군지 몰라서 그래? 이 비극을 초래한 원인이 어디에 있는지 몰라서 그러는…….

【<스타 스트림>을 부숴? 왜 그런 짓을 하지?】

　뜻밖의 물음이었다.

　—그야 당연히, 〈스타 스트림〉의 세계는…….

【<스타 스트림>이 사라지면 우주는 혼돈으로 변한다.】

　순간 가슴 한쪽이 서늘해졌다.

　나는 은연중 모든 일행이 보고 싶은 결말이 같다고 생각해왔다.

하지만…… 실은 그렇지 않다면?

유중혁이 죽고 난 뒤, 999회차의 일행들은 마지막 시나리오에 도착했고, 그것을 클리어했을 것이다.

그 후 그들이 도달한 세계의 끝은 무엇이었을까.

【그런 세계선을 만들어서는 안 된다. 그것은 악이다.】

우리엘의 선언과 함께 그녀의 격이 나를 옥죄기 시작했다.

―그럼 별수 없네. 싸우는 수밖에.

【싸워? 화신체도 없는 존재가―】

―싸우는 건 내가 아니고.

허공을 올려다본 내가 씩 웃으며 말했다.

―내 동료들이야.

눈앞에서 강렬한 스파크가 튀어 올랐다. 깨질 것처럼 머리가 죄어들더니 시야가 뭉그러졌다. 뭔가 가까워지고 있었다.

「마하반야…… 독자…… 헛짓거리…… 가만히있심경…….」

왔다.

[바아아앗!]

비유의 울음소리와 함께, 창공에서 포털이 열렸다.

새카만 흑염룡의 브레스가 쏟아졌다. 그 거친 격류에 나를 내던진 우리엘이 뒤로 훌쩍 빠졌다.

거의 동시에 누군가가 내 영혼체를 낚아채며 날아올랐다.

"도대체 가는 곳마다 이게 뭔…… 넌 또 왜 이 꼴이냐?"

한수영.

"긴고아 하나로는 부족한 모양이네요."

그리고 유상아. 그녀의 등에는 족쇄처럼 긴고아가 채워진 내 화신체가 있었다. 유상아는 내 상태를 이미 짐작하고 있었던 모양이다.

[현재 '존재 맹세'의 구속력이 약해진 상태입니다.]

나는 망설이지 않고 내 화신체 속으로 뛰어들었다. 그러자 시야가 한바탕 뭉그러지며, 신체 감각이 돌아왔다. 화신체는 정상이 아니었지만, 그래도 없는 것보다는 나았다.

어렴풋한 시야 속에서 [지옥염화]를 발동하는 우리엘의 모습이 보였다.

곁에서 한수영이 눈을 휘둥그레 뜨고 있었다.

"야, 저거 무슨—"

"설명할 시간 없어. 빨리 탈출해야 돼!"

한수영, 그리고 '석존의 후계'가 된 유상아는 강하다. 하지만 적도 너무 강하다. 이들만으로는…….

콰아아아아아.

기다렸다는 듯, [지옥염화]의 불길이 일행들을 덮쳐왔다.

"미친!"

어디로도 피할 길 없는 강력한 염열의 파도. 한수영의 [흑염]만으로는 막아내기 버거운 격이었다.

그때, 한수영이 타고 온 포털 너머에서 강력한 홍염의 격이 흘러들어왔다. 저쪽의 파도와 정확히 같은 색깔의 염화. 불과 불이 부딪치며, 격렬한 불꽃의 폭풍이 발생했다.

[■발, 뭐야? 어떤 새■야?]

매캐한 불꽃 속에서, 콜록콜록 기침을 하며 나타난 존재가 있었다.

한 손으로 밀려드는 연기를 걷어내는 대천사.

검은색 드레스에 금빛 발찌.

내가 너무나 잘 아는 대천사가, 뺨에 검댕을 묻힌 채 그곳에 있었다.

[응? 감히 어떤 새■가 내 김독자를…….]

[지옥염화]의 반대쪽을 바라본 우리엘의 눈빛이 멍하게 변했다. 입이 딱 벌어진 우리엘이 중얼거리고 있었다.

[나…… ■끼?]

설마 지원군으로 우리엘이 올 줄은 몰랐다. 이러면 상황이 복잡해진다. 하필 지금 여기서 두 우리엘이 만날 줄이야.

【너는?】

놀란 것은 저쪽 우리엘도 마찬가지인 모양이었다.

【그렇군, 네가 바로 이 세계선의─】

두 우리엘이 서로를 응시하는 순간, 허공에서 거친 스파크가 튀었다.

당연한 이야기지만 이쪽이 압도적으로 불리했다. 이쪽 우리엘도 강하긴 하지만, 저쪽 우리엘은 무려 한 세계선의 끝을 본 존재였다. 기회를 봐서 재빨리 도망치지 않으면—

[<스타 스트림>이 두 존재의 조우에 흥미로워합니다.]

그리고 뜻밖의 사태가 벌어졌다.

['끊어진 필름 이론'이 발동합니다!]

허공에서 만난 두 개의 설화가 얽혀들며, 거대한 기억의 환류還流가 발생했다.

「[일어나라, 유중혁. 어서!]」

999회차의 기억이 넘어오고 있었다. 갑작스러운 기억의 침범에 우리엘이 눈을 커다랗게 떴다.

[뭐야, 뭔데 이거?]

낯선 기억의 파도가 범람하고 있었다. 유중혁과 등을 맞대고 싸우는 999회차의 우리엘이 그곳에 있었다. 누구보다 서로에게 의지하고, 서로를 위해 검을 휘두르는 두 사람. 그야말로 진짜 전우애였다.

흘러드는 기억 속에 정신을 차리지 못하는 우리엘이 비틀거렸다.

저 빌어먹을 이론이 또…… 라고 생각했는데, 예상외로 상황은 그리 나쁘지 않았다. 왜냐하면 저 이론을 통한 설화 교환은 쌍방향으로 이루어지는 까닭이었다.

그 증거로, 비틀거리다 못해 바닥에 주저앉은 999회차의 우리엘이 보였다.

「[김독자! 여기야! 내 옆에 앉아!]」

확실히.

「9158FOREVER」
「[아이디가 너무 튀면 안 되니까…… 그렇지. 적당히 uri9158로…… 좋아, 전혀 티 안 나.]」
「[트, 특전으로 '오징어 김독자 다리'를 준다고?]」

충격을 받을 만도 한 설화들이었다.
【이게 대체, 대체, 무슨…….】
999회차의 우리엘이 고통스러운 듯 얼굴을 찌푸리고 있었다. 그 틈을 놓치지 않고 우리엘을 부축한 한수영이 말했다.
"뭔진 모르겠지만 잘됐다. 빨리 튀자. 저거 척 봐도 엄청 세 보이는데."
확실히 그 판단이 옳다.
그런데 하나 빠뜨린 것이 있었다.

"잠깐만. 쟤도 데려가자."

나는 바닥에 늘어져 있는 '은밀한 모략가'를 가리켰다.

이 세계선의 기억이 어지간히 충격적이었던 모양인지, 우리엘이 만든 봉인구가 상당 부분 망가져 있었다.

한수영이 뭔 헛소리냐는 듯 말했다.

"돌았어? 쟤 왜 데려가?"

"저 녀석도 데려가야 해. 그래야 올바른 '결말'에 도달할 수 있어."

"그건 또 뭔 개똥 같은—"

실제로 개똥 같은 소리였다. 내 아집이었고, 말도 안 되는 행동이었다. 그럼에도 나는 계속해서 말했다.

"저 녀석은 여기서 죽어선 안 돼. 저 녀석은 결말을 볼 자격이 있어."

「이 모든 세계가 오직 '유중혁'만을 탓하고 있었다.」

999회차의 우리엘도, 이 세계선의 모두도. 평생에 걸쳐 자신의 '결'에 도달한 유중혁은 그 대가로 모든 세계선의 적이 되었다.

「1,863번의 회귀 중, 한 번이라도 녀석에게 행복한 회차가 있었던가.」

정신을 차렸을 때 나는 달리고 있었다.

조금씩 의식을 회복하는 999회차 우리엘이 [지옥염화]를 재차 끌어올리는 것이 보였다.

한수영이 외쳤다.

"미친놈아! 그럴 시간 없다고!"

나는 전력을 다해 [바람의 길]을 발동했다. [지옥염화]의 불길이 다시금 밀려들기 시작했다.

허공에 튀는 불꽃들이, 내게는 오래된 활자처럼 보였다.

　─작가님. 한 번 정도는 괜찮잖아요.

그게 언제의 기억인지, 생각나지 않았다.

　─그렇게 많은 회차가 있는데, 한 번 정도는······.

내가 그런 말도 했던가. 기억이 명료하지 않았다. 다만 내가 할 수 있는 일은 키보드를 두들기고 스페이스 바를 누르듯, 바닥을 박차고 달리는 것이었다.

　─행복해도 괜찮잖아요.

어쩌면 그것은, 이런 세계를 만든 신에 대한 투정이었을까.

―제가 쓴 게 마음에 들지 않으신 모양이군요.

그러자 신이 대답했다.

―그럼 독자님은 어떤 결말을 보고 싶으신가요? 어떤 결말이 주인공에게 행복한 결말인가요?

그때 내가 뭐라고 대답했더라. 도무지 기억이 나질 않았다. 그리고 지금도 대답은 확실하지 않다. 내게는 타인의 행복에 대해 말할 자격이 없으니까.
하지만 자격이 없는 나라도, 한 가지는 알 수 있었다.

「저건 행복한 결말이 아니다.」

밀려드는 [지옥염화]의 열기에 '은밀한 모략가'의 몸이 끌려 들어가고 있었다.
나는 간발의 차이로 녀석의 손목을 붙잡았다. 그리고 반대 방향으로 달리기 시작했다.
안색이 창백해진 한수영이 'X급 페라르기니'를 소환하고 있었다.
유상아가 외쳤다.
"독자 씨! 더 빨리!"
【안 돼.】

나는 밀려드는 염열을 피해내며 바닥의 '은밀한 모략가'를 업었다. 발이 미친 듯이 뜨거웠다. 그 열기에서 벗어나기 위해, 온 힘을 다해 달렸다.

"망할…… 모르겠다. 빨리 타!"

한수영이 내게 손을 뻗었고, 나는 간신히 차에 올라탔다.

뒷좌석에서 몸을 부르르 떠는 우리엘이 보였다.

홍염의 해일이 덮쳐들고 있었다.

【멈춰!】

속으로 '양산형 제작자'를 향해 기도했다.

제발 이 차의 성능은, 양산형이 아니기를.

[성좌, '양산형 제작자'가 빙긋 웃습니다.]

폭발적인 가속으로 'X급 페라르기니'가 발진했다. 거의 동시에 비유가 포털을 열었고, 우리는 곧장 차원 통로로 뛰어들었다.

뒤쪽에서 999회차 우리엘이 내지른 끔찍한 포효가 들려왔다. 혹시나 쫓아오면 어쩌나 싶었다. 이대로 지구로 무사히 도망친다 해도, 저 우리엘이 쫓아와 깽판을 친다면…….

츠츠츠츠츠츳!

몰아치는 스파크 속에서, 쫓아오던 999회차 우리엘의 움직임이 멈췄다.

무시무시한 눈으로 나를 노려보면서.

[<스타 스트림>이 '살아 있는 불꽃'을 주시합니다.]

아무래도 그녀는 이 포털을 사용할 수 없는 모양이었다. 강력한 개연성의 후폭풍이 그녀를 구속하고 있었다. 어쩌면 당연한 일이었다. 저렇게 강력한 힘을 지닌 존재는 〈스타 스트림〉에서 오히려 자유롭지 않으니까.

그렇다면 걸리는 것은 한 가지다.

그토록 자유롭지 않은 그녀가 어떻게 이 타이밍에 '은가이의 숲'에 나타날 수 있었는가. 마치 누군가 사주하기라도 한 것처럼.

사주?

[대도깨비 '허주'가 당신의 행적에 주목하고 있습니다.]

순간, 아주 어렴풋한 가설이 머릿속을 스쳐 지나갔다.

만약 저 '우리엘'이 나타난 것이 우연이 아니라면?

[대도깨비 '허체'가 당신의 행적에 주목하고 있습니다.]
[대도깨비 '바람'이 당신의 행적에 주목하고 있습니다.]

이 〈스타 스트림〉의 누군가가 그걸 원했고, 그래서 그들을 이 세계선으로 불러낸 것이라면?

이 세계에서 그만한 개연성을 움직일 수 있는 집단은 거의
없다.

[관리국이 당신의 행적을 주목하고 있습니다.]

창문 너머로 불타는 '은가이의 숲'이 비치고 있었다. 멸망한
세계선에서 온 이계의 신격들이 소멸하고 있었다. 작은 왕국
의 백성들이 그들의 왕과 작별하고 있었다.
【살아살아살아살아살아살아…….】
이계의 신격의 왕은 하나가 아니다.
999회차의 우리엘이 이 세계선에 나타났듯, 다른 왕들도
나타나겠지.
내가 원하는 결말을 방해하려는 존재들이 그들을 부를 것
이다.

[<스타 스트림>이 당신을 바라보고 있습니다.]

고개를 들자 내가 맞서 싸워야 할 세계가 나를 보고 있었다.
아주 힘들고 험난한 싸움일 것이다.
인사이드 미러로 나를 본 한수영이 뭐라고 투덜거렸다. 조
수석에 앉은 유상아가 나를 돌아보고 있었다. 나는 가볍게 고
개를 끄덕이며 혼절한 '은밀한 모략가'와 망연한 우리엘을 바
라보았다.

어쩌면 이 우주의 누구도, 우리 편을 들어주지 않을 것이다.

멀리서 포털의 끝이 보였다.

[당신의 선택이 ■■에 지대한 영향을 끼쳤습니다.]
[당신의 ■■이 「영원」으로 기울어집니다.]

마침내 이 세계의 최종장을 준비해야 할 때가 왔다.

86
Episode

네모난 원

*

1

차원로를 달리는 내내, 한수영과 유상아는 거의 말이 없었다. 덕분에 나는 창밖을 보며 여러 가지 생각을 정리할 수 있었다.

앞으로 해야 할 일들, 그리고 하고 싶은 것들.

곁에는 시종일관 심각한 얼굴로 뭔가 중얼거리던 우리엘이 코를 골며 잠들어 있었다. 봉인당한 은밀한 모략가는 그런 우리엘 쪽으로 반쯤 몸을 기댄 채 혼절해 있었다. 내 채널에서 가장 오래된 두 존재가 이처럼 무방비하게 잠들어 있는 꼴을 보니 기분이 무척 이상했다.

인사이드 미러로 나를 살피던 한수영이 말했다.

"뭘 쪼개? 돌아가서 제대로 설명할 준비나 해."

설명. 뭘 설명해야 할 것인지는 분명했다.

"기회는 한 번뿐이에요."

빙긋 웃는 유상아의 모습이 무서웠다.

"도착했어."

얼마 지나지 않아 페라르기니의 움직임이 멈췄다.

서울이었다.

✖ ✖ ✖

그로부터 잠시 후, 나는 일행들 앞에 앉아 있었다.

그리운 얼굴들. 보고 싶던 얼굴들이 그곳에 있었다.

함께 시나리오를 겪은 이길영, 신유승, 정희원, 이지혜를 포함한 〈김독자 컴퍼니〉. 그리고 내가 없는 동안 서울을 지켜준 이설화와 공필두.

그보다 조금 더 멀찍이 떨어진 응접실 끝에는 어머니와 방랑자들의 모습도 보였다.

일행들 얼굴을 한 번씩 훑어본 나는 일단 고개를 90도로 숙이며 입을 열었다.

"죄송합니다."

"뭐가요?"

"제가 벌인 일들, 모두 죄송합니다."

"흐음…… 뭐, 그래요."

뭐지? 나한테 화가 난 게 아닌가?

뭔지는 모르겠지만 일단 잘됐다는 생각이 들었다. 설명해야 할 것이 한두 개가 아니었기 때문이다.

"지금부터 여러분께 몇 가지 설명을……."

"일단 저게 누구 애인지부터 말해라."

쏘아붙인 것은 공필두였다.

시선을 따라가자, 투명한 구에 감싸인 '은밀한 모략가'가 내 곁에 둥둥 떠 있었다.

[현재 대상의 설화가 불안정합니다.]

아직도 정신을 못 차리는 걸 보니, 과도한 개연성의 사용으로 인해 문제가 생긴 것 같았다. 즉, 본인이 직접 해명하기는 불가능하다는 뜻.

내가 대답이 없자 공필두의 눈빛이 분노로 물들었다.

"나서서 시나리오를 깬다기에 서울을 지켜줬더니, 감히 애를 만들어서 돌아온 거냐?"

태생을 기러기 아빠로 살아온 자의 한이 느껴지는 목소리였다.

"그게, 무슨 오해를 하시는지 알겠지만."

"어느 쪽이냐?"

공필두가 두려운 눈빛으로 유상아 쪽을 흘끗거렸다.

"설마?"

빙긋 웃는 유상아와 눈이 마주친 공필두가 고개를 절레절레 흔들었다.

"그래, 그럴 리 없지. 역시 저쪽인가?"

"뒈지고 싶어?"

한수영이 으르렁거리자 공필두가 주춤했다.

나는 그 틈을 놓치지 않고 끼어들었다.

"아니, 애초에 누가 낳은 애라고 생각하는 게 무리 아닙니까? 이 녀석이 어딜 봐서 아기처럼 보입니까?"

"한명오가 낳은 애도 순식간에 자랐다."

그 말을 들은 한명오의 안색이 창백해졌다.

"그 얘긴 좀 불편하네만."

"그보다 더 신경 쓰이는 것은 저 꼬맹이 얼굴이 저 재수탱이와 똑같다는 것이다."

공필두는 그 말을 하며 응접실 가장자리를 돌아보았다. 전신에 붕대를 칭칭 감고 다리를 꼰 채 눈을 부릅뜬 유중혁이 있었다.

녀석은 특유의 무시무시한 눈길로 나를 노려보았다.

나는 한숨을 푹 내쉬었다.

"저 재수탱이와 똑같이 생긴 것은 당연합니다. 이 녀석이 바로 저 재수탱이니까요."

순간 응접실에 정적이 흘렀다. 그게 무슨 헛소리냐는 눈빛으로 공필두가 나를 바라보았다. 아무래도, 이야기가 좀 길어질 것 같았다.

"이 세계의 유중혁은 여러 명입니다. 거기서부터 이야기를 시작해야 할 것 같군요."

✿ ✿ ✿

나는 '성마대전'의 마지막에 있었던 일부터 차근차근 이야기를 시작했다.

묵시룡을 막기 위해 마계를 멸망시킨 이계의 신격, '더 네임리스 미스트'를 부른 일(공필두, "미친놈인가.").

그 와중에 '은밀한 모략가'와 조우하고 녀석에게 납치당한 일(이설화, "어머.").

알고 보니 그 '은밀한 모략가'가 1,863회차를 살아온 유중혁이었던 일(장하영, "그게 무슨 소리야?").

녀석과 이계의 신격에 관한 계약을 맺었던 일(신유승, "그럴 거 같았어요, 아저씨.").

일행들 몰래 거대 설화 「서유기」에 참전한 일(이지혜, "아저씬 배우 체질은 아니더라.").

1,863회차의 유중혁과 999회차의 유중혁이 싸운 일(정희원, "대체 유중혁 씨는 총 몇 명인 거죠?").

인생 3회차인 줄 알았던 이 세계선의 유중혁이 사실은 인생 1,864회차인 일(한명오, "자네 혹시 설명할 수 없어서 대충 둘러대는 건가?").

일행들 도움으로 간신히 「서유기」를 클리어했으나 또 '은밀한 모략가'에게 납치당한 일(유상아, 말없이 한숨).

그리고 그곳에서 '이계의 신격'이 된 999회차의 우리엘과 만난 일까지.

　거기까지 말하고 보니 대체 내가 뭔 소리를 하고 있나 싶었다. 고개를 들자, 일행들이 다들 비슷한 표정으로 서 있었다.
　가장 먼저 반응한 것은 한명오였다.
　"험험, 그렇게 된 거군. 모두 이해했네."
　이해했다고? 그럴 리가 없는데?
　일행들 모두 한명오를 보고 있었다. 그러자 한명오가 덧붙였다.
　"자네는 죽거나 납치당하는 것을 좋아하는군."
　"저, 나만 이해 못 한 거 아니죠? 이게 대체 무슨 소리예요? 사부가 세 명이나 있고, 1,864회차란 건 또 뭐고……."
　역시 이지혜. 이해 못 하는 게 당연했다. 딱히 이지혜라서 그렇다는 건 아니고, 저게 정상이라는 뜻이다.
　애초에 1,863회차가 둘로 갈라졌다는 것부터 복잡했다.
　멸살법의 1,863회차를 살았던 유중혁이 '은밀한 모략가'가 되었고.
　나로 인해 뒤바뀐 1,863회차를 살아간 유중혁이 회귀하여 우리가 아는 유중혁이 되었다.
　나야 멸살법을 다 읽었으니 이해할 수 있지만, 일행들에게는 불가해한 것이 당연했다.
　머리를 싸매던 정희원이 물었다.

"대체 뭔 소리예요? 그래서 지금 중혁 씨는 3회차예요, 1,864회차예요?"

그러자 침대차에 걸터앉아 있던 유중혁이 퉁명스레 답했다.

"나도 모른다."

"네?"

"기억이 나지 않으니까."

나는 [등장인물 일람]을 가동해 유중혁의 정보를 확인했다.

〈등장인물 요약 일람〉

인물: 유중혁

전용 특성: 회귀자(신화) / 3회차……

놀랍게도, 유중혁의 특성은 다시 '3회차'로 표기돼 있었다.

"기억은 김독자의 설화를 잠깐 빌려올 때만 떠오를 뿐이다. 마치 타인의 역사를 보는 것처럼."

설마 그런 것이었을 줄은 몰랐다.

유중혁은 계속해서 말했다.

"내 생각은 이렇다. 본래 이 세계선은 3회차가 맞고, 나 또한 3회차의 유중혁이다. 다만 세계선의 어느 지점에서 1,864회차를 살았던 내 기억이 덮어씌워진 것이다."

잠자코 듣던 이설화가 한마디를 거들었다.

"그게 말이 되는 이야기인가요? 3회차가 1,863회차에 영향을 끼치고, 동시에 1,863회차가 3회차에 영향을 끼쳤다는 건데…… 논리적으로 말이 안 되잖아요."

"논리적으로는 말이 안 되지."

결국 한수영이 나섰다.

"이건 오직 문장의 형태로만 성립하는 거야. 이 세계가 본래 '소설'이기 때문에 가능한 거라고."

한수영은 투명한 구에 둘러싸인 '은밀한 모략가'를 바라보았다.

"'네모난 원'이라든가 '내각의 합이 720도인 삼각형'과 똑같은 거야."

이설화가 고개를 갸웃하며 되물었다.

"그런 건 존재할 수 없잖아요?"

"상상할 수 없다고 표현하는 게 맞는 거지. 하지만 문장으로는 존재할 수 있어. 지금 일어나는 일들도 마찬가지야. 우리한테야 타임 패러독스지만, 소설 속 문장으로는 가능한 이야기라고. 그냥 그렇다고 치면 되는 거니까. 이해가 아니라 납득의 문제인 거지. 그냥 쉽게 생각해. 우린 지금 망한 소설 속에 들어온 거야. 원작부터가 개판이었으니 결국 이렇게 된 거고."

이 와중에도 반박하고 싶었지만, 사실이라 할 말이 없었다.

"내가 작가였으면 세계선 꼬기는 한두 번만 하고 말았을 거야. 독자들은 이렇게 복잡한 이야기 안 좋아한다고. 성좌들도 지금 뭐가 어떻게 된 건지 잘 모를걸?"

[성좌, '심연의 흑염룡'이 자신의 화신은 똑똑하다고 말합니다.]

"개연성이 망가진 세계는 스스로를 망가뜨려. 나는 그런 식으로 끝난 이야기를 많이 알아. 작가마저 포기해버린 세계."

작가였던 한수영이기에 할 수 있는 말이었다. 어쩌면 한수영 역시도 그런 식으로 포기해본 세계가 있을지도 모른다. 그리고 그 사실을 지금까지도 후회하고 있는 것이다.

그렇게 생각하니 문득 이상한 기분이 들었다.

멸살법의 작가인 tls123이 만든 세계가 현실이 되었다.

─그럼 독자님은 어떤 결말을 보고 싶으신가요? 어떤 결말이 주인공에게 행복한 결말인가요?

어쩌면, 작가는 정말로 자신이 완성하지 못한 이야기를 우리에게 맡겨버린 것은 아닐까.

정희원이 뺨을 긁으며 물었다.

"그래서 한수영 네 결론은 뭔데?"

"우릴 이딴 세계에서 굴러먹게 만든 놈들이랑 싸워야지. 작가든, 이계의 신격이든, 도깨비든."

"결국 평소랑 같네."

"원작이야 어떻게 됐든 개나 주라고 하고, 우린 우리끼리 결말을 봐야 하니까. 언제까지 빌어 처먹을 시나리오 똥통에 있을 수는 없어."

맞다. 모두 맞는 말이었다.

이계의 신격의 왕이든, 관리국이든 상관없다.

[성운, <김독자 컴퍼니>의 모든 별자리가 빛을 발합니다.]

적이 누가 됐든 우리에게 남은 선택지는 하나뿐이다.

싸워서 이기고, 우리의 해답에 도달하는 것.

"독자 씨?"

언제부턴가, 일행들이 나를 바라보고 있었다.

뭔가 말해주기 바라는 눈빛들이었다.

앞으로 무엇을 어떻게 해야 할지, 어떤 것들을 준비해야 할지 기다리는 표정들. 물론 생각해둔 바는 있었다.

하지만 쉽사리 첫 마디가 떨어지지 않았다.

마지막을 앞두고 있다는 긴장감 때문이었을지도 모른다.

힘들게 여기까지 왔는데, 자칫 내 오판으로 인해 모든 일을 그르칠지도 모른다는 두려움. 멸살법에는 없는 길을 걸어가야 한다는 부담감.

나는 몇 번이나 입술을 달싹이다가 간신히 입을 열었다.

"그러니까……."

"여기까지."

그런 내 말을 막은 것은 유상아였다.

"오늘은 조금 쉬고, 내일 다시 이야기해요. 다들, 시나리오에서 막 돌아왔잖아요."

❀ ❀ ❀

그날, 나는 밤새도록 계획을 짰다.

몇 번인가 멸살법의 최종본을 읽으면 어떨까 하는 유혹이 들었지만, 끝내 읽지는 않았다. 이유는 잘 알 수 없지만, 어떤 예감이 들었다.

읽는 순간, 저 이야기의 족쇄에서 벗어나지 못할 것 같다는 예감.

……

언제 잠들었는지 알 수도 없게 나는 깊은 잠에 빠졌다. 마지막 기억은 흐릿했다. 책을 읽다가 잠든 것 같기도 하고, 도중에 이길영이 가져다준 따뜻한 차를 마신 것 같기도 했다. 아무튼 모처럼 달콤한 잠이었다.

잠깐 행복한 꿈을 꾼 것 같기도 했다. 언젠가 유상아와 나눈 이야기 같은 꿈. 모든 시나리오가 종료된 세계.

일행들이 일상적인 이야기를 떠들고 있었다. 평화로웠다. 너무 평화로워서 그것이 평화처럼 느껴지지 않았다. 해맑게 웃는 신유승과 이길영을 보는 순간, 나는 기이하게도 깨닫고 말았다.

「이것은 꿈이구나.」

입술을 꾹 깨물자 꿈의 정경이 지진이라도 난 듯 흔들렸다. 몽롱한 의식 속에 나는 천천히 눈을 뜨고 몸을 일으키려 했다.

뭐지?

몸이 움직이지 않았다.

게다가 꿈에서 느낀 희미한 지진도 계속되고 있었다.

간신히 눈을 뜨자, 침침한 어둠 속에서 주변 정경이 드러났다. 등과 뒤통수를 감싸는 푹신한 가죽의 촉감.

"야, 김독자 일어나려고 하는데?"

"다시 재워."

누군가가 내 머리통을 후려치는 느낌과 함께, 다시 의식이 희미해졌다.

흐려지는 의식 사이로 장난기 어린 목소리가 들려왔다.

"노동자 혁명이다, 이 자식아."

그리고 다시 눈을 떴을 때.

나는 외딴 산속에 있었다.

✳

2

이게 어떻게 된 영문인지 생각했다.

하나, 나는 꽁꽁 묶여 있고.
둘, 내가 모르는 산속에 내던져져 있다.

아무리 생각해봐도 결론은 납치인데, 대체 누가 감히 〈김독
자 컴퍼니〉에 침투해 나를 납치하겠는가.
　그렇다면 역시…….
　"……는……."
　"……독자…… 풀어줬……?"
　"……앗?"
　희미하게 들려오는 대화 소리.

나는 낑낑대며 포승줄을 푼 뒤 비척대며 소리가 들려오는 곳으로 갔다. 짙은 산세를 헤치고 삼십 초쯤 나아가자, 널따란 야영지와 일행들의 모습이 보였다.

　"아, 저기 알아서 오네."

　실실 웃는 한수영이 나를 향해 손을 흔들고 있었다.

　"뭘 봐? 노동자 파업 처음 보냐?"

　"아니, 지금……."

　"공기 조오타. 독자 씨도 여기 좀 누워봐요."

　한수영의 옆으로 하늘을 향해 대 자로 드러누운 정희원이 있었다. 정희원이 날갯짓하듯 팔을 움직이자, 싱그러운 풀들이 드러누웠다 일어나기를 반복했다. 한수영이 경건한 목소리로 중얼거렸다.

　"풀이 눕는다. 바람보다도 더 빨리 눕는다."

　"오."

　"정희원도 눕는다. 바람보다도 더 빨리 눕고, 바람보다 먼저 일어난다."

　"잘하는데?"

　갑작스러운 시 낭송 대회와 그에 맞장구를 치는 정희원을 보며, 나는 얼떨떨한 심경으로 물었다.

　"지금 대체 뭐 하는……."

　"노동자 혁명의 시다, 자식아."

　"그러니까 아까부터 노동자 혁명이니 뭐니……."

　"아, 좀 쉬자고. 넌 그걸 꼭 말로 해야 알아듣냐?"

한수영의 핀잔에 나는 인상을 구겼다.

쉬러 왔다고?

"뭔 소리야? 지금 때가 어느 땐데."

"어느 땐데?"

그렇게 되물으니 할 말이 없었다. 지금이 어떤 시기냐고?

[현재 성운, <김독자 컴퍼니>는 마지막 시나리오의 자격을 획득한 상태입니다.]

[시나리오 입장 잔여 시간은 28일 12시간 15분 7초입니다.]

나는 한수영의 페이스에 휘말리지 않도록 침착하게 대구를 했다.

"이럴 시간 없어. 마지막 시나리오가 코앞에 있다고."

"그러니까 지금 쉬어야지. 언제 또 이렇게 쉬겠냐?"

한수영이 한숨을 푹푹 쉬며 말했다.

"주변을 좀 둘러봐라. 스마트폰에만 코 박고 살지 말고. 넌 이런 곳까지 와서 일하고 싶냐?"

그 말에 나는 처음으로 주변 산세를 살폈다.

풍요로운 녹음이 우거진 산속. 어느 산인지는 모르겠다. 지리산인지, 설악산인지, 한라산인지…… 아무튼 아름다운 산이었다. 햇볕은 강하지 않고, 바람은 서늘하다. 한마디로 캠핑하기 좋은 날씨였다.

나는 머뭇거리며 말했다.

"쉬지 말란 게 아니라…… 쉬는 건 좋은데 할 건 하고 쉬자는 거지. 우린 지금…….'

"우와, 독자 씨 진짜 꼰대 마인드다. 대표이사는 다 저런가?"

정희원이 내 정강이를 툭툭 치며 말했다.

"쉴 땐 그냥 쉬는 거예요, 대표님."

머릿속이 복잡했다. 내가 계속 대답하지 않자, 나를 노려보던 한수영이 시큰둥한 목소리를 냈다.

"그래, 네 말도 맞다. 모두 쉬면 안 되니까 한 사람은 시나리오 해야지. 그럼 네가 일해."

"뭐?"

"네가 좋아하는 시나리오나 하라고."

한수영의 말에 문득 허공을 보자, 진짜로 시나리오 창이 떠있었다.

[서브 시나리오 - '노동자의 휴일'이 발생했습니다!]

들도 보도 못한 시나리오였다.

나는 시나리오 창을 열어보았다.

〈서브 시나리오 - 노동자의 휴일〉

분류: 서브

난이도: ???

클리어 조건: 당신은 성운 〈김독자 컴퍼니〉의 대표입니다. 당신의 오랜 착취와 가혹행위로 인해, 〈김독자 컴퍼니〉의 직원들은 몹시 지친 상태입니다. 그들은 성운 대표인 당신에게 큰 불만이 쌓여 노동쟁의를 벌이는 중입니다. 성운 대표로서 그들의 불만을 들어주고 달래시오. 당신의 빈약한 커뮤니케이션 능력을 고려해, 불만 해결 목표치는 5명입니다.

제한 시간: 12시간

보상: 〈김독자 컴퍼니〉 직원들의 신뢰

실패 시: 사망(?)

사망? 아니, 무슨 이딴 시나리오가…….

허공을 올려다보자, 비유가 "바앗" 하며 울었다.

한수영이 나를 향해 투덜거렸다.

"하여간 저 자식은 시나리오로 알려줘야 이해한다니까."

※ ※ ※

나는 초조한 마음에 주변을 둘러보았다.

일행들은 즐거워 보였다. 패러디 시를 줄줄이 읊던 한수영과 정희원은 동산에 누워 잠들었고, 이길영과 신유승은 코를 맞댄 채 으르렁거리고 있었다.

"야, 신유승. 내기하자. 누가 저녁밥 더 큰 걸로 잡아 오나."

"이기면 뭐 주는데?"

"지는 사람이 소원 들어주기, 어때?"

"콜."

부리나케 숲속으로 뛰어가는 아이들에게, 유상아가 "조심
해"라고 당부했다.

야영장 한쪽에는 작은 계곡도 보였는데, 낚시 의자를 가져
온 공필두가 하품하며 찌를 드리우고 있었다. 그 옆에 앉은 한
명오도 뭐라 뭐라 중얼거렸다.

"내가 왕년에 이만한 감성돔을……."

시원한 계곡 물소리와, 산새 지저귀는 소리가 들렸다. 무성
한 산의 녹음이 한꺼번에 뭉그러지는 듯했다.

아직도 꿈을 꾸는 것 같았다.

맞지 않는 옷을 입은 것처럼 불편한 애틋함이, 발끝부터 천
천히 퍼진다. 이래도 되는 것일까. 벌써 이런 순간을 겪어도
좋은 것일까.

나는 유중혁을 찾았다.

역시 이래서는 안 된다. 놈이라면 내 생각에 동의할 것이다.
보나 마나 어디선가 일행들을 노려보고 있겠지. 무시무시한
눈빛으로, "지금 네놈들은"으로 시작하는 꼬장꼬장한 소리를
늘어놓고 있을 것이다.

나는 금방 유중혁을 찾았다.

손을 들어 녀석을 부르려는데, 뭔가가 이상했다.

치이이익.

유중혁은 요리를 하고 있었다. 커다란 불판 앞에서, 현란하게 손을 움직이며 고기를 굽고 있었다. 야채들이 프라이팬 위에서 파르르 날아올랐다. 하늘을 부수는 [파천검도]가 야채와 고기를 조각내고 있었다.

나는 녀석을 부르는 것조차 잊고, 홀린 듯이 그 광경을 바라보았다.

이게 대체 어떻게 된 일이란 말인가.

다음 순간, 유중혁의 눈이 나를 향했다. 역시나 특유의 무시무시한 눈빛으로 내게 말하고 있었다. [전지적 독자 시점]을 쓰지 않아도 알겠다. 저 눈빛은 분명

「그렇게 봐도 네놈에게 줄 건 없다.」

라는 뜻이다.

녀석 옆에는 유미아와 이지혜가 호기심 어린 눈을 빛내며 서 있었다.

"지금이야."

유미아가 입을 벌리자, 유중혁이 무심한 얼굴로 젓가락을 움직였다. 어미 새처럼 고기를 한 점씩 집어 입에 넣어주는 유중혁.

유미아가 방긋 웃었다.

"역시 맛있어."

그러자 멀뚱멀뚱 옆에 서 있던 이지혜도 입을 벌렸다. 유중혁은 그쪽을 잠깐 보더니 다시 유미아의 입에 고기를 넣어주었다.

그러기를 너덧 번. 이지혜가 입을 앙다물었다.

"사부, 진짜 너무한다."

참다못한 이지혜가 직접 젓가락을 움직이자, 유중혁의 프라이팬이 [주작신보]의 신묘한 궤적을 따라 움직이며 그녀의 손을 피해 갔다.

울상을 짓던 이지혜가 결국 뿔이 났다.

"지금 해보자 이거지?"

내가 정말 멸살법의 세계에 들어온 것인지, 아니면 《냉혹미남 회귀자 유중혁이 이럴 리가 없어》에 들어온 것인지 알 수가 없었다.

이지혜의 젓가락을 피해내며 유미아에게 고기를 먹이는 유중혁은, 여전히 눈썹 하나 깜짝하지 않는 무표정이었다. 하지만 무표정에서 읽을 수 있는 것도 있었다.

그제야 나는 깨달았다. 유중혁은 진심으로 이 자리에 임하고 있다.

「왜 이런 시기에, 유중혁은 이런 걸 허락했을까.」

〈김독자 컴퍼니〉의 대표이사는 나만이 아니었다. 여러 가지

의미로 유중혁은 나보다 훨씬 더 완고한 인간이었고, 심지어 이런 집단을 운용해본 경험도 풍부한 녀석이었다.

그런데 그런 녀석이 이 캠핑에 순순히 동참했다.

「정 *말* **몰라 김독** *자*」

[제4의 벽]의 목소리와 함께, 눈앞에 문장들이 펼쳐졌다.

「작가님, 이번 회차에선 바다에 한번 가면 어떨까요?」

언젠가 내가 단 댓글이었다.

멸살법은 그토록 잘 기억하면서, 내가 단 댓글은 까맣게 잊고 있었다. 생각해보면, 그토록 많은 회귀를 반복하면서도 유중혁이 좀처럼 빠뜨리지 않던 이벤트가 있었다.

「"오늘은 휴식이다."」

그것은 휴식이었다.

멸살법 원작에는 있지만, 이 세계에는 없던 것.

그는 중요한 고비를 넘길 때마다 일행들을 데리고 다른 행성의 관광 지역에 방문했다. 물론 본인은 시나리오에 필요한 구성품을 구한다는 명목이었지만, 다른 일행들에게까지 그걸 강요하지는 않았다.

「"사부도 이리 와서 같이 놀아요!"」

「"여어, 이지혜. 큭큭. 내 복근을 좀 보라고. 흑염룡도 극찬한……."」

「"오늘 중혁 씨 요리 먹는 거야?"」

그 유중혁조차 그랬는데, 나는 어땠을까.

「다음 시나리오를 준비해야 합니다.」

항상 쫓기듯 움직였고, 여유는 없었다. 시나리오 후반부로 갈수록 그런 경향은 더욱 짙어졌다. 늘 코앞의 목표가 있었다. 그걸 해결하지 않으면 시나리오 전체가 망가질 것처럼 굴었다. 하지만 곰곰이 생각해보면, 그걸 당장 하지 않더라도 시나리오가 망하지는 않았을 것이다.

"야, 이길영! 여기선 스킬 안 쓰기로 했잖아!"

"내가 언제? 항상 최선을 다해야지!"

멀리서 사냥감을 가지고 돌아오는 아이들의 목소리.

뒤이어 계곡을 쩌렁쩌렁 울리는 한수영의 목소리도 들렸다.

"자, 보물찾기 이벤트 시작한다! 상품은 흑염룡의 성유물이야!"

"뭐야, 진짜? 그 '흑염룡'의?"

"계곡에 숨겨놨으니까 먼저 찾는 사람이 임자야. 아, 스킬 사용은 금지인 거 알지? 그 외에도 자잘한 상품들―"

"성유물은 내 거다!"

낚싯대를 내던진 한명오 부장이 계곡으로 뛰어들었고, 잠시 후 정희원에게 머리채가 잡혀 하늘을 날았다. 어느새 이지혜도, 사냥을 마치고 돌아온 아이들도 계곡에 뛰어들었다.

"잠깐만, 지혜 누나! 그거 [유령함대]잖아! 작게 소환하면 모를 줄 알아?"

"이길영! 치사하게 물방개 길들이기냐?"

"둘 다 실격!"

일행들이 다 같이 웃는 모습을 보는 게 얼마 만인지 알 수 없었다. 어쩌면 처음인지도 모른다. 시나리오의 끝이 오지 않아도 그들은 웃을 수 있었다. 저렇게 즐겁게 떠들 수 있었고, 이야기할 수 있었다.

「그리고 그 광경을 보며, 김독자는 이상하게 외로워졌다.」

어쩌면 나는 지금껏 멸살법에 대해 ― 아니, 우리 일행들에 대해 하나도 이해하지 못하고 있었던 것은 아닐까.

결말을 보겠다는 집념에 취해서, 정작 결말로 가기 위해 읽어야 할 무수한 문장을 모조리 놓치고 있었던 것은 아닐까.

[현재 당신이 해결한 불만은 0건입니다.]

별거 아닌 듯하던 시나리오가, 갑자기 '거대 설화'만큼이나 어렵게 느껴졌다. 파라솔에 걸터앉은 채 쭈뼛거리고 있는데, 누군가가 내 어깨를 톡톡 쳤다.

"시나리오 해결은 잘돼가요?"

싱긋 웃는 유상아가 그곳에 있었다.

내가 힘없이 웃자, 유상아가 말을 이었다.

"독자 씨는 커뮤니케이션 능력이 뛰어난 사람은 아니니까요. 회사 다닐 때부터 그랬잖아요."

"그랬습니까?"

"아예 다른 사람들이랑 말을 잘 안 했으니까요."

무자비한 팩트 폭격에 대답할 말이 없었다.

생각해보면 당연한 일이었다. 어릴 적부터 친구 하나 없는 인생이었다. 사람들과 어울리는 법도 잘 모르고, 회식 자리도 도망칠 궁리만 했다. 차라리 그 시간이 있으면 '멸살법'을 정주행하는 게 낫다고 생각했다.

「김 독자 이 제친 구있 *다*」

그리고 자기가 친구라고 주장하는, 약 오르는 무생물 하나.

파라솔에 걸터앉은 유상아가 느긋한 시선으로 일행들을 바라보았다. 캠핑 분위기를 내기 위함인지 오늘은 유상아도 법복 대신 캐주얼한 원피스에 챙이 긴 밀짚모자를 썼다.

어디서든 분위기를 잘 맞추는 유상아. 한심한 리더가 운영

하는 〈김독자 컴퍼니〉에 있기는 아까운 사람이었다.

"상아 씨는 혹시, 그날 지하철에 탄 걸 후회하십니까?"

왜 그런 질문을 했는지는 모르겠다.

지금도 생생한 첫 번째 시나리오의 정경.

「그날, 유상아의 자전거가 도둑맞지 않았더라면.」

만약 다른 곳에서 시작했다면, 그녀는 〈올림포스〉의 화신이 되지 않아도 되었을 것이다. 죽지 않아도 되었을 것이다. 환생의 고통을 겪지 않아도 되었을⋯⋯.

"아뇨."

그토록 단호한 얼굴의 유상아는 처음이었다.

"그러니까 독자 씨도 후회하지 마세요."

"예? 어떤 걸⋯⋯."

"그냥. 전부 다요."

무슨 말을 해야 할지 알 수 없었다. 고맙다고, 감사하다고 말하는 것만으로도 폐가 될 것 같은 기분. 멸살법은 내게 이런 상황에서 어떻게 말해야 하는지 알려주지 않았다.

그런 내 마음을 안다는 듯 유상아는 생긋 웃고는 누군가를 가리켰다.

"먼저 저 사람한테 말을 걸어보는 게 좋겠네요."

※

3

"고민이요?"

"예, 그러니까…… 회사 생활에 무언가 불만이 있으시다거나……."

내가 제일 먼저 찾아간 사람은 이설화였다. 수색용 연구복을 입고, 작은 돋보기를 낀 그녀는 정체불명의 약초라도 발견한 듯 내 얼굴을 요모조모 뜯어보더니 말했다.

"음, 딱히 없는데요."

말은 그렇게 해도, 불만이 없을 턱이 없다.

"대표로서 늘 죄송한 마음입니다. 제가 없는 동안 서울을 잘 보살펴주신 것 잘 알고 있습니다."

"흐음."

"무척 힘드셨을 거라는 것도……."

"진짜로 그렇게 생각해요? 사실은 서울에 있는 게 더 편했을 거라고 생각하는 건 아니고?"

뾰족한 말투에 나도 모르게 입을 다물었다.

"역시 그렇게 생각하고 있었네. 은근히 비꼰 거죠?"

"아닙니다. 절대로!"

"다른 일행들이 위험한 시나리오에 뛰어들었다는 건 알고 있어요. 하지만 그렇다고 서울이 편했던 건 결코 아니에요."

이설화는 고개를 숙인 채 다시 수풀 속에서 뭔가를 찾기 시작했다.

"이쯤에 있을 텐데⋯⋯."

「이설화는 단 하루도 편히 쉬어본 적이 없었다.」

그녀의 설화가 그녀를 대신해 이야기하고 있었다.

「일행들이 사라진 [공단]에서, 이설화는 홀로 병동을 관리하며 환자를 받았다. 매일같이 다친 화신들이 밀려왔다. 그들의 죽음을 보았고, 그들의 죽음을 보며 일행들을 생각했다.」

"나는 후반부 시나리오에서 큰 도움이 못 될 거예요. 내 잠재력은 내가 잘 알고 있고, 내 성좌도 위인급에 불과하니까. 하지만 나는 최선을 다했어요."

확실히 이설화의 주변을 떠도는 격의 레벨이 달라져 있었다. 다른 일행들처럼 전투력이 강해지지는 않았지만…… 뭐랄까, 스킬의 조예 같은 것이 훨씬 깊어진 느낌이었다.

"〈김독자 컴퍼니〉의 누구든, 숨만 붙어 있다면 난 반드시 살려낼 거예요. 누구도 죽지 않도록 만들 수 있다고요."

실제로 이설화의 성장세는 원작의 그 어떤 회차에도 뒤지지 않았다. 내 짐작이 맞는다면, 이설화는 곧 생사신의生死神醫의 경지에 오를 것이다. 실제로 그녀는 내가 꿈꾸는 엔딩을 위해 반드시 필요한 사람이었다.

"독자 씨가 읽은 책에서, 나는 어떤 인물이었어요?"

훅 들어온 질문에 나는 잠깐 당황하고 말았다.

"중요한 인물이었습니다."

"그러니까, 어느 정도로?"

이설화는 멸살법의 히로인이었다. 하지만 유중혁의 과거 연인이었다고 실토할 수는 없는 노릇이었다. 애초에 유중혁도 그것을 원하지 않는 것 같았고…… 무엇보다, 그것이 정말 '이설화'에 대한 온당한 설명인지 알 수가 없었다.

그녀는 정말로 어떤 인물이었나.

"그건……."

말을 이으려는 순간, 이설화가 반색하며 외쳤다.

"앗, 찾았다!"

그녀의 손에 작은 꽃이 쥐어져 있었다. 찾던 약초인 모양이었다. 나는 그것이 무엇인지 바로 알아보았다.

「백린화白燐華. 생사환生死丸의 마지막 재료.」

 겉보기에는 아무것도 아닌 들풀인 데다, 그냥 먹어서는 아무런 효과도 없는 약초. 하지만 그 약초가 없으면 기적의 묘약인 생사환은 결코 만들 수 없었다.
 어린애처럼 환히 웃는 이설화. 멸살법의 어떤 문장도 가지지 못한 생동감이 눈앞에 있었다.

「이것이 이설화다.」

 그래서 나는 멸살법의 문장을 떠올리는 것을 그만두었다. 그리고 나의 허접한 언어로 말했다.
 "당신은 내가 아는 최고의 의사입니다."
 어린애가 만들어낸 칭찬도 이것보단 낫겠다 싶었다. 그럼에도 이설화는 빙긋 웃었다.
 "고마워요, 빈말이라도."
 "빈말 아닙니다."
 "기다려요. 그 빈말, 내가 진짜로 만들 거니까."
 또 다른 약초를 찾아 자리를 뜨는 이설화를 보며, 나는 깨달았다. 애초에 그녀가 정말 궁금했던 것은 멸살법이 아니었다는 것을. 나와 달리, 그녀는 그런 소설이 필요하지 않은 사람인 것이다.

[현재 당신이 해결한 불만은 0건입니다.]

시나리오에는 별 진척이 없지만, 그래도 기분이 나쁘지 않았다.

"쉽지 않죠?"

돌아보자, 이번에도 유상아가 있었다.

"예. 쉽지 않습니다."

"당연한 거예요. 지금껏 미뤄온 대화를 무슨 이벤트 처리하듯 타파하면 그게 소설이지 현실이겠어요."

"그렇죠."

"그래도 계속하셔야 해요."

나는 고개를 끄덕였다.

"다음은 누가 좋을까요?"

"이번엔 직접 찾았으면 싶지만, 딱 한 번만 더 도와줄게요."

짐짓 손으로 차양막을 친 유상아가 일행들을 살폈다.

그 순간, 메시지가 들려왔다.

[현재 <김독자 컴퍼니> 계약직 직원들의 불만이 쌓여 있습니다.]

계약직 직원? 우리 성운에 그런 게 있었나?

그리고 유상아가 어딘가를 가리켰다.

"이번엔 저쪽으로 가봐요."

그곳을 본 순간, 나는 '계약직 직원'이 누구인지 깨달았다.

✿ ✿ ✿

잠시 후, 나는 내 앞에 도열한 세 사람을 향해 말했다.

"여러분께 드릴 말씀이 있습니다."

"뭔가? 바쁘니까 빨리 말하게. 난 지금 '흑염룡의 성유물'을 구하러 가야 한단 말일세!"

한명오가 재촉하듯 소리쳤다. 그 옆으로는 시큰둥한 얼굴의 공필두와 입술을 실룩이는 장하영이 서 있었다. 함께 불려온 것이 영 못마땅한 눈치였다.

우리와 함께 시나리오를 계속해왔으나, 아직 〈김독자 컴퍼니〉에는 정식으로 가입하지 않은 이들.

"먼저, 여러분이 아셔야 할 게 있습니다."

나는 일단 이들이 모르는 이야기부터 꺼내기로 했다.

〈김독자 컴퍼니〉의 일행들은 알고 있지만 이들은 모르는 정보. 바로 멸살법에 관한 것이었다.

내 딴에는 큰맘 먹고 꺼낸 이야기였는데, 공필두의 반응은 미적지근했다.

"나도 한때는 증권가 찌라시를 믿을 때가 있었지. 네놈은 아직 순진하구만."

"예?"

"젊은것들이란……."

아무래도 공필두는 내 말을 제대로 듣지도 않은 것 같았다.

반면 한명오는 나름대로 충격을 받은 눈치였다.

"자, 자네 설마 그 모든 걸 알고도 내가 그 꼴이 되도록 방치한 건가?"

장하영도, 역시나 다른 의미로 놀란 표정이었다.

"그랬구나. 그래서 마계에서도 그렇게 잘 알았던 거야……."

다행히 일행들 반응은 그리 심각하지 않았다. 하긴 이미 회귀자에 환생자까지 나온 마당에 내 이야기는 그렇게 대단하게 들리지 않을지도 모른다.

나는 속으로 안도의 한숨을 내쉬며 말을 이었다.

"이 이야기를 한 이유는 하납니다. 여러분을 〈김독자 컴퍼니〉에 가입시키고 싶습니다."

내 말에 세 사람이 서로 돌아보았다.

공필두가 말했다.

"누구 맘대로?"

[화신 '공필두'가 <김독자 컴퍼니>에 가입했습니다.]

혹시 새침데기란 말은 이 아저씨를 두고 존재하는 건가?

이어서 한명오가 질문했다.

"부장직은 보전해주는 건가?"

"뭐. 그런 직급이 없긴 한데 원하면 만들어드리죠."

"급여 처리도 확실하게 해주게. 육아 휴직이랑 야근 수당은……."

[화신 '한명오'가 <김독자 컴퍼니>에 가입했습니다.]

나는 마지막으로 장하영을 바라보았다.

[화신 '장하영'이 <김독자 컴퍼니>에 가입했습니다.]

"……그러니까 염룡아, 방금 무슨 일이 있었냐면……."

장하영은 자신의 '벽'을 활용해 여기저기 취업 소식을 전하고 있었다.

녀석의 <스타 스트림> 친구들이 보낸 축하 메시지가 연이어 들려왔다.

순수하게 기뻐하는 모습을 보며, 새삼 기분이 복잡해졌다.

저렇게 기뻐할 줄 알았다면 진즉에 가입시켰을 텐데.

"근데 김독자. 왜 갑자기 날 가입시켜준 거야?"

장하영이 반짝반짝 눈을 빛내며 대답을 기다리고 있었다.

장하영을 <김독자 컴퍼니>에 가입시키지 않은 데는 여러 가지 이유가 있었다. 하지만 오늘만큼은 그냥 그런 이유를 미뤄두고 싶었다.

나는 장하영이 필요하다. 하지만 녀석을 <김독자 컴퍼니>에 영입한 것은 단순히 녀석이 결말에 필요하기 때문만은 아니었다.

"너랑 같이 시나리오의 끝을 보고 싶어서야."

내 말을 들은 장하영이 눈을 크게 떴다. 처연한 뺨이 덜덜 떨리는 것을 보니 내 마음이 다 안타까웠다. 역시 유중혁의 뺨을 두 대 갈기는 외모의 소유자다웠다.

커다란 눈망울을 끔뻑이며 장하영이 힘껏 고개를 끄덕였다.

"나, 진짜로 열심히 할게!"

주먹을 불끈 쥔 장하영은 다시 타이핑을 시작했다.

[축하합니다! 당신은 계약직 직원의 불만을 해결했습니다!]
[현재 당신이 해결한 불만은 1건입니다.]

드디어 한 건 성공했다.

대표이사란 정말 힘든 자리구나.

[성좌, '심연의 흑염룡'이 소문이 사실이냐고 묻습니다.]

뭔 소문?

[성좌, '악마 같은 불의 심판자'가 정말로 장하영에게 고백했냐고 묻습니다.]
[성좌, '가장 오래된 해방자'가 막내 손오공에게……]

대체 뭔 소문이 퍼지고 있는 거지?

뭘 그렇게 열심히 쓰는지, 열심히 가상 키보드를 두드려대는 장하영이 보였다.

"야, 저녁밥들 먹어!"

멀리서 한수영의 외침이 들려왔다.

어디선가 풍겨오는 맛있는 냄새에 하나둘 모여들자, 한수영이 당연하다는 듯 유중혁을 보았다.

"자, 그 잘나신 요리 맛 좀 볼까?"

"내가 왜 내 요리를 나눠줘야 하지?"

험악한 눈길로 일행들을 노려본 유중혁은, 돌아서며 툭 던지듯 말을 남겼다.

"……저기에 먹다 남긴 것들이 있으니, 저거라도 먹든지."

우리는 유중혁이 가리킨 곳을 바라보았다. 그리고 일행들은 모두 말을 잃었다.

「그들은 요리의 정수를 보고 있었다.」

일행들은 피리 소리에 홀린 생쥐처럼 얌전히 식탁에 앉아, 믿을 수 없다는 듯 눈을 비볐다.

이길영과 신유승이 잡아 온 괴수들과, 이설화가 뽑아온 약초들로 만든 요리.

아니…… 어떻게 그걸로 이런 진수성찬을 만들지?

장담컨대, '불사를 꿈꾼 시황제'의 식탁도 이것보단 덜 화려했을 것이다.

"내 장례식 때 꼭 요리해줘, 사부."

"왜 장례식이야? 불길한 소리 한다, 진짜."

일행들은 요리를 허겁지겁 삼키기 시작했다. 정희원도, 이지혜도, 한명오도, 공필두도, 장하영도…… 모두 정신없이 음식을 먹고 있었다.

심지어 한수영과 유상아조차,

"잠깐, 그건 내 거야."

"양은 충분하잖아요? 왜 그렇게 욕심을 부리죠?"

요리를 두고 싸우고 있었다.

"아저씨, 이것도 먹어봐요!"

"형, 이것도!"

내 양옆에 앉은 이길영과 신유승이 내 입으로 허겁지겁 숟가락을 쑤셔 넣었다. 나는 햄스터처럼 볼을 부풀린 채 밥을 씹으며 아이들에게도 반찬을 먹여주었다.

맛있다. 진짜로 맛있다. 너무 맛있어서, 순간 멸살법이 현실이 된 것이 감사할 지경이었다.

눈망울을 굴리며 고기를 먹던 신유승이 작은 목소리로 중얼거렸다.

"수학여행 온 기분이에요……."

그 말을 듣는 순간 멸살법이 현실이 되어서 감사하다고 생각한 나를 쳐 죽이고 싶었다.

수학여행. 이 세계에서, 아이들이 잃어버린 것 중 하나.

나는 두 아이의 머리에 손을 얹은 채 말했다.

"맞아, 수학여행."

물론 이 여행으로 뭔가를 수학修學하고 있는 것은, 아이들이 아니라 나였지만.

"아저씨는 시나리오 다 끝나면 뭐 하고 싶어요?"

"형은 나랑 같이 살 거야."

"너한테 안 물었거든?"

시나리오가 다 끝나면 하고 싶은 것. 보통이라면 그냥 웃고 넘어갔겠지만, 왜일까. 나는 무심결에 한마디를 하고 말았다.

"아주 커다란 집을 사서, 다 같이 살면 좋겠네."

그리고 고개를 들었을 때, 떠들썩하던 주변이 조용해져 있었다. 이지혜도, 정희원도, 공필두도…… 심지어는 한수영까지 입을 벌린 채 나를 바라보고 있었다.

정희원이 먼저 포문을 열었다.

"그럼 집은 당연히 독자 씨가 사는 거죠?"

응?

"아저씨 부자니까 강남에 집 살 수 있겠다."

"내 땅을 팔지."

"기왕이면 애들 학교랑 가까운 쪽으로……."

무심코 던진 한마디가 이렇게 커다란 파장을 불러올 줄은 몰랐다.

그렇게 저녁식사 내내, 일행들은 내가 돈을 낼 집에 대해 떠들었다. 인테리어는 어떻게 한다는 둥, 방은 몇 개가 필요하다는 둥…….

설거지는 가위바위보에서 진 나와 정희원 담당이었다.

[전지적 독자 시점]을 사용하면 무조건 이길 수 있지만, 이런 여행에서까지 그런 짓을 할 수는 없었다.

　[새로운 설화를 획득했습니다!]
　[설화, '양심에 난 털을 뽑은 자'를 획득했습니다.]

　그래, 설화도 얻고 좋구만.
　뽀득거리며 그릇을 닦는데, 먼 하늘에서 뭔가 떨어지는 것이 보였다. 유성우였다. 긴 꼬리를 남기며 스러지는 별들.
　아마 저것은, 정말로 추락하고 있는 별들일 것이다.
　〈스타 스트림〉이 멸망하고 있는 것이다.
　곁에서 나와 함께 하늘을 올려다보던 정희원이 말했다.
　"'극장 던전' 때 생각나네요."
　나는 고개를 끄덕였다. 확실히 그때와 비슷하긴 하다.
　그때도 우리는 던전 옥상에서 함께 있었다. 떨어지는 유성우를 보며, 소원을 빌었다.
　"독자 씨는 저한테 검이 되어달라 했죠."
　그곳에서 나는 정희원에게 동료가 되어달라고 말했다. 그리고 정희원은 더할 나위 없이 최고의 동료가 되어주었다. 그녀가 없었다면 나는 여기까지 오지 못했을 것이다.
　"근데 진짜로 검이 되어버린 건 다른 사람이네요."
　그 말에, 나는 바닥에 고이 놓인 강철검을 보았다. 모두가 쉬는 와중에도, 유일하게 이 행사에 참가하지 못한 일행이 그곳에 있었다.

심장이 뛰지 않는 이현성. 잠깐씩 의식이 돌아오는 듯한 순간도 있었지만, 여전히 그는 겁이 된 채 움직이지 않았다.

"걱정 마세요. 다음 시나리오로 가기 전에 반드시 현성 씨를 깨울 겁니다."

"방법이 있어요?"

나는 고개를 끄덕였다.

비단 이현성만의 문제가 아니었다.

이제 우리는 더 커다란 세력이 필요했다. 우리의 목표는 단순히 시나리오를 클리어하는 것에서 끝나지 않기 때문이다.

관리국, 그리고 〈스타 스트림〉 전체와 맞서기 위해서는 슬슬 우리 편을 들어줄 성좌를 모을 필요가 있었다.

[성좌, '강철의 주인'이 당신을 바라보고 있습니다.]

그리고 이현성의 배후성은 그 첫 번째가 될 것이다.

의기양양한 내 표정이 무척 인상 깊었는지, 정희원이 내게 말했다.

"근데 독자 씨."

"네."

"여기서 그렇게 폼 잡고 있어도 돼요? 독자 씨 지금 시나리오 중이잖아요. 진짜 납치당하는 거랑 죽는 걸 좋아하는 건 아니죠?"

"어……."

정희원의 말과 함께, 눈앞에 시나리오 창이 떠올랐다.

[하루가 저물고 있습니다.]

[현재 당신이 해결한 불만은 1건입니다.]

나는 서브 시나리오의 실패 대가를 다시 한번 확인했다.

실패 시: 사망(?)

나는 하늘의 유성우를 올려다보았다.

"어쩌면, 여기가 제 마지막 시나리오가 될지도 모르겠군요."

＊

4

시나리오 제한 시간은 금일 자정까지였다.

벌써 9시니까 이제 세 시간 남짓 남은 셈.

대체 시간이 왜 이렇게 빨리 가지?

행복한 시간은 빨리 지나간다더니, 진짜였던 건가.

「앞으로 해결해야 할 불만은 4개. 그리고 남은 시간은 3시간.」

아무리 생각해도 빠듯했다. 애초에 하루 안에 저 힘든 일을 다섯 개나 해결하라는 것부터가 무리였다.

결국 내가 선택한 해답은 다음과 같았다.

"비유야."

서브 시나리오는 도깨비의 관할로 통제가 가능하다.

게다가 실패 대가도 '사망'이 아니라 '사망(?)'이기 때문에, 설마 날 죽이지는 않을 거라 생각하고 싶지만…… 비유가 대답이 없었다.

"우리 비유 어디 있니."

[성좌, '심연의 흑염룡'이 당신의 불행에 킬킬 웃습니다.]
[성좌, '가장 어두운 봄의 여왕'이 시나리오에 정직하게 임할 것을 권합니다.]

채널이 열려 있는 걸 보면 근처에 있는 건 확실한데.

나는 비장의 수법을 쓰기로 했다.

"바앗."

그러자 허공이 꿈틀, 하고 움직이더니 작은 뿔과 솜뭉치 같은 것이 솟아났다.

[아바앗.]

뿅, 하고 머리 위에 나타난 비유가 까르륵 웃었다. 나는 웃지 않았다.

"비유야, 미안한데 시나리오 취소 좀……."

[에오바앗.]

'에바'라는 건지 '오바'라는 건지 모르겠다.

[해당 시나리오의 개연성에 동의한 성좌들이 시나리오 취소를 거부

합니다.]

이거 혹시 현상금 시나리오였나?

[성좌, '악마 같은 불의 심판자'가 당신에게 꼭 필요한 시나리오라 주
장합니다.]
[성좌, '심연의 흑염룡'이 비겁한 수 쓰지 말라며 당신을 타박합니다.]
[성좌, '대머리 의병장'이 당신이 진정한 동료라면 의기와 근성으로
이겨내라고 말합니다.]
[성좌, '고려제일검'이 그냥 취소를 거부합니다.]

이럴 때는 아주 죽이 잘들 맞으시는군.
"예에. 알겠습니다."

[성좌, '가장 오래된 해방자'가 막내를 응원합니다.]

제천대성은 수식언이 바뀌고 나서부터 뭔가 적응이 안 된
다. '서유기' 시나리오가 끝나고 곧장 헤어졌는데, 아마 조만
간 다시 만날 수 있겠지.
아무튼…… 누구냐. 누구한테 먼저 말을 걸어야 하지? 당연
히 나한테 불만이 많아 보이는 사람이 먼저겠지?
나는 저녁을 다 먹고 한가롭게 모여 있는 일행들을 하나하
나 살폈다.

그러자 곧장 '한낮의 밀회'가 날아왔다.

─뭘 봐?

일단 한수영은 제끼고.

어차피 쟤 고민은 내가 해결 가능한 게 아닐 거야.

─썹냐?

나는 다음 후보를 계속 물색했다. 그다음으로 눈에 띈 것은 유승이와 길영이었다. 볼록 솟은 배를 두들기며 나란히 누워 있는 아이들을 보고 있자니, 마음속 깊은 곳에서 '선악과'가 속삭이는 것 같았다.

「애들 고민이라면 편하게 해결할 수 있지 않을까?」

비겁한 이유를 제외하고라도, 사실 길영이와는 이야기를 좀 나눌 필요가 있었다.

[화신 '이길영'의 배후성이 당신을 응시하고 있습니다.]

겉보기에는 평소와 같은 모습이지만, 이길영의 격에 희미한 마기가 스며들어 있었다.

지금 이야기하는 게 좋을까? 너무 개방된 곳이긴 한데.

[성좌, '하늘 걸음의 주인'이 당신의 행동을 관찰합니다.]
[성좌, '물병자리에 핀 백합'이 당신에게 주목하고 있습니다.]

게다가 성좌들도 보고 있고. 지금 섣불리 저쪽과 접선했다가, 채널의 성좌들이 어떤 반응을 보일지 짐작되지 않았다.

그래도 일단 말을 걸어보긴 해야…….

[현재 '전지적 독자 시점' 2단계가 발동 중입니다.]

찌릿, 하고 머리가 울리더니 또 강제로 스킬이 발동되었다.

최근 들어 이런 일이 잦았다. 멸살법을 자주 읽어서 그런 건지, 아니면 다른 이유 때문인지는 모르겠지만…….

「두근두근두근두근두근두근두근.」

그리고 아이들의 목소리가 들려오기 시작했다.

「독자 형이 와서 말 걸어주겠지?」
「지금 오시려나?」

응?

「어마어마한 고민을 말해야지.」
「진짜 엄청난 걸 말해야겠다.」
「신유승이 나보다 심각한 거 말하면 어쩌지?」

「무조건 이길영보단 더 엄청난 거 말해야지.」

나는 걸음을 멈췄다. 결코 아이들이 두려워서는 아니었다.
아무튼, 그 옆에 웅크리고 있는 사람에게 시선을 돌렸다.

「보고 싶네.」

처연한 얼굴로 먼 하늘을 보는 이지혜가 슬픈 눈을 하고 있
었다. 늘 재잘대며 떠들던 녀석이 그런 표정을 지은 것은 오랜
만이었다.

그녀가 '보고 싶다'라고 말할 법한 사람이 누구인지 안다.

모두에게 첫 번째 시나리오는 악몽이지만, 그녀에게는 특히
그럴 것이다.

아무리 〈김독자 컴퍼니〉가 있다고 해도, 인간은 다른 인간
을 대체할 수 없다.

말없이 다가가 어깨를 콕 찌르자, 이지혜가 돌아봤다.

"엇, 뭐야, 아저씨. 설거지 다 했어?"

"그래."

"흐음…… 혹시 시나리오 때문에 온 거야?"

"딱히 그런 건 아니고."

"난 고민 없으니까 안 들어줘도 돼. 다른 사람한테 가봐."

이 와중에도 다른 사람을 배려한다. 아무리 아파도, 다른 사
람의 고통을 먼저 생각한다.

충무로의 이지혜는 그렇게 자랐다. 그렇게 어른이 되었다.

"언제든 말해도 돼. 나한테 말하고 싶지 않으면 다른 사람이라도 좋아. 그래도 웅크려놓고 혼자 썩히지는 마."

그런 말을 할 줄은 몰랐다는 듯, 이지혜가 눈을 깜빡였다.

"아저씨, 잘난 척하지 마."

피식 웃은 이지혜가 주먹으로 내 정강이를 갈겼다.

아무래도 부러진 것 같았다.

[현재 당신이 해결한 불만은 1건입니다.]

겨우 이런 대화로 이지혜의 고민은 해결되지 않는다. 하지만 그래도 해야만 하는 말이었다.

맥주잔을 흔들던 이지혜가 몸을 일으키며 말했다.

"으쌰. 그럼 배도 부르겠다 몸 좀 풀러 가볼까."

"술 먹고 운동하는 거 아니다."

"난 괜찮거든?"

휘휘 검을 휘두르는 꼴이, 그 사부에 그 제자다.

잠깐만. 그러고 보니 나한테 제일 불만이 많을 인간이 하나 있었지.

나는 재빨리 야영장 주변을 돌아보았다. 그런데 아무리 살펴봐도 그놈이 보이질 않았다.

"야, 귀먹었냐? 사람이 부르면 말을……."

딱, 하는 소리와 함께 누군가가 내 뒤통수를 갈겼다.

나는 뒤를 돌아보며 말했다.

"한수영."

"왜."

"유중혁 어디 갔어?"

"유중혁? 방금 전까지…… 어?"

한수영도 그제야 눈치챈 모양이었다. 사실 유중혁이야 본래 혼자서 행동하는 놈이고, 시도 때도 없이 사라지는 녀석이니 딱히 이상한 일은 아니었다. 문제는 그놈 혼자 없어진 게 아니라는 사실이었다.

활짝 열린 'X급 페라르기니' 뒷좌석을 바라본 한수영이 말했다.

"'은밀한 모략가'도 없어."

✳ ✳ ✳

투명한 봉인구에 휩싸인 '은밀한 모략가'가 거친 흙바닥을 나뒹굴었다. 여전히 의식은 없는 상태였다.

유중혁은 '은밀한 모략가'를 잠시 내려다보더니, 조용히 흑천마도를 뽑으며 말했다.

"깨어 있다는 거 알고 있다."

그러자 '은밀한 모략가'가 천천히 눈을 떴다. 희미한 스파크와 함께 '은밀한 모략가'의 전신에 설화의 기운이 넘실거렸다. 일시적으로 설화들이 되돌아오고 있었다.

【짧은 평화를 즐길 줄 모르는 녀석이군.】

"적과 함께 평화를 즐기는 취미는 없다."

【나를 죽일 셈인가? 그것도 좋겠지. 하지만 그런 짓을 해도 진짜로 나를 죽일 수 없다는 것도 알 텐데.】

사실이었다.

'은밀한 모략가' 또한 유중혁. 그를 죽이는 것은 그저 또 다른 세계선을 만들어내는 행위일 뿐이었다.

그럼에도 유중혁은 흑천마도를 놓지 않았다.

"네가 이 세계선을 망치는 걸 두고 보는 것보단 낫겠지."

'은밀한 모략가'가 웃었다.

그들은 유중혁이었다. 서로 다른 삶을 살지만 분명 같은 본질의 유중혁이고, 그렇기에 누구보다 서로의 생각을 잘 이해할 수 있었다.

【네 힘만으로 나를 죽일 수 있을 거라 생각하나? 지금 너는 김독자의 설화 없이 이계의 신격과 싸울 수 없다.】

"그럴지도 모르지. 하지만 네놈을 죽이는 건 간단하다. 그 '봉인구'만 부수면 되니까."

그 말에 '은밀한 모략가'의 표정에 희미한 동요가 스쳤다.

지금 '은밀한 모략가'는 999회차의 우리엘이 시전한 불완전한 '묵시록의 봉인구'에 갇혀 있는 상태였다.

"네놈은 일부러 '봉인구'를 해제하지 않고 있겠지. 그걸 부수면 시공간의 틈새에서 '심연을 좇는 사냥개'들이 나타날 테니까."

잠깐이지만 「영원불멸의 지옥도」에 새겨진 1,863회차의 기억을 훔쳐보게 되면서, 유중혁은 이계의 신격에 대한 일부 정보를 알게 되었다.

'심연을 좇는 사냥개'— 틴달로스의 사냥개에 관한 것도 그때 알았다.

세계선의 뒤틀림을 감지하는 청소부들.

"녀석들은 90도 이하의 각도가 존재하는 곳에서만 출몰할 수 있지. 보통의 네놈이라면 사냥개 따위 문제가 안 되겠지만, 지금처럼 약해진 상태라면 이야기가 다를 것이다."

흑천마도에 실린 격의 흐름이 짙어졌다.

유중혁 또한 부상에서 완전히 회복하지 못한 상태이기 때문에, '은밀한 모략가'와의 전면전은 무리였다. 하지만 저 봉인구를 깨는 것 정도라면 문제없었다.

유중혁의 진심을 읽었는지 '은밀한 모략가'의 표정도 바뀌었다.

뭔가를 받아들인 듯한 얼굴.

그렇게 유중혁의 흑천마도가 움직이려는 순간,

"오빠."

수풀 사이로 누군가가 고개를 내밀었다.

"지금 뭐 하는 거야?"

놀란 유중혁이 그쪽을 돌아보며 외쳤다.

"유미아! 이쪽으로 오지 마라!"

유중혁의 얼굴에 낭패감이 스쳤다. '은밀한 모략가'에게 모든 기감을 집중한 까닭에, 어처구니없는 실수를 저질렀다.

"일행들에게 돌아가 있어! 여긴 위험하다!"

"싫어."

지금껏 한 번도 내지 않던 뾰로퉁한 목소리.

유중혁이 얼빠진 목소리로 되물었다.

"뭐?"

"지구에 잘 오지도 않으면서 잔소리하지 마. 요 며칠 동안은 같이 있어주기로 했잖아? 수경 아줌마랑 영란 아줌마는 항상 바쁘단 말야. 복순 할머니 옛날이야기 듣는 것도 지겹고!"

따박따박 말을 쏟아내며 성큼성큼 걸어온 유미아의 모습에, 유중혁은 일순간 판단력이 흐려졌다.

그 틈을 타 유미아가 '은밀한 모략가' 앞으로 달려왔다.

"근데 얘 오빠랑 똑같이 생겼네. 누구야, 너?"

어느새 유미아는 '은밀한 모략가'의 지척에 있었다.

유중혁은 초조해졌다. 당장이라도 검을 휘둘러 '봉인구'를 깨버리고 싶지만, 자칫 잘못했다가는 유미아까지 격류에 휩쓸린다.

그가 고민하는 사이, 유미아는 어느새 투명한 '봉인구'에 손을 가져다대며 천진하게 묻고 있었다.

"여기 갇혔어? 꺼내줄까?"

유중혁은 당장이라도 움직여 동생을 떼어내고 싶었다.

하지만 왜일까. 그럴 수가 없었다.

'은밀한 모략가'가 유미아를 바라보고 있었다.

아주 깊은 동요로 흔들리는 눈동자. 저토록 오랜 세월을 살아온 '은밀한 모략가'도 그런 표정을 지을 수 있다는 사실에 유중혁은 놀랐다.

유미아가 채근했다.

"얘, 대답 좀 해봐."

5

허튼짓을 하면 당장이라도 흑천마도를 휘두를 생각이었는
데, 뜻밖에도 '은밀한 모략가'는 순순히 대답했다. 심지어 진
언조차 쓰지 않았다.

"그래. 나는 여기 갇혔다."

처음으로 들어본 '은밀한 모략가'의 순수한 목소리였다.

그러자 유미아가 활짝 웃으며 답했다.

"우리 오빠한테 풀어달라고 하자. 우리 오빠 엄청 세거든."

순진한 목소리에 '은밀한 모략가'가 천천히 고개를 저었다.

"나는 이곳에서 나갈 수 없다."

"뭐? 왜?"

'은밀한 모략가'는 대답하지 않았다.

"혹시 우리 오빠가 너한테 무슨 짓 했어? 뭐라고 나쁜 말로

협박한 거지?"

"아니다."

"그럼?"

'은밀한 모략가'는 이번에도 대답하지 않았다. 대답하지 않은 채로, 가만히 유미아를 들여다보았다. 이제 그에게는 존재하지 않는 존재를, 한참이나 들여다보았다. 그리고 처음으로 아주 희미하게 웃었다.

"내가 그렇게 결정했기 때문이다."

그 미소를 보며, 유중혁은 아무 말도 할 수 없었다. 그게 무슨 말이냐는 듯 떠드는 유미아의 목소리와, 그런 유미아를 가만히 바라보는 '은밀한 모략가'.

천천히 손을 들어 올린 '은밀한 모략가'가, 얇은 막을 사이에 두고 유미아와 손을 겹쳤다. 비슷한 크기의 손. 시공간을 초월해 겹쳐진, 하지만 결코 만날 수는 없는 손바닥이었다.

"어? 어……."

눈을 깜빡이던 유미아의 몸이 흔들린 것은 그때였다.

"왜 졸리지……."

천천히 바닥으로 쓰러지자, 유중혁이 달려가 유미아를 품에 안았다.

"네놈, 무슨 짓을……!"

【그냥 좋은 꿈을 꾸게 해준 것뿐이다.】

유중혁은 잠든 유미아를 내려다보았다. 실제로 유미아의 화신체에는 아무런 이상 징후도 보이지 않았다. 그저 "비치발리

볼"이라든가 "오징어 파티" 따위의 알 수 없는 잠꼬대를 중얼거리며 새근새근 잠들어 있을 뿐.

유중혁은 복잡한 눈으로 '은밀한 모략가'를 노려보았다.

아무리 약해진 상태라도, 유미아를 이용한다면 이 상황을 벗어나기는 어렵지 않았을 것이다. 그런데 그는 그렇게 하지 않았다.

다만, 잠든 유미아의 얼굴을 하염없이 바라볼 뿐이었다.

"네놈의 세계에서 미아는 어떻게 됐지?"

【살아남았다.】

즉답이었다.

【그리고 죽었다.】

그 또한 즉답이었다.

"그게 무슨……."

입을 여는 동시에, 유중혁은 그것이 무슨 의미인지 바로 깨달았다. 그래서 다시 입을 다물었다. 가늘게 흐느끼는 듯한 스파크. '끊어진 필름 이론'의 맥락 속에서 두 존재의 기억이 진동하며 설화가 움직이고 있었다.

「어떤 세계선에서 유미아는 오랫동안 살아남았다. 심지어는 그가 죽은 후에도.」

1,864번을 살아온 자의 세계란, 대체 어떤 곳일까.

「하지만 어떤 세계선에서 유미아는 죽었다.」

회귀자는 누구보다 더 많은 '현재'를 살아가지만, 사실은 과거의 망령일 뿐이다. 과거를 바꾸지 못했기에 다음 회차를 살아가야만 하는 존재.

0회차, 1회차, 2회차, 3회차, 4회차…… 1,863회차.

눈앞의 존재는 그 어떤 회차의 유중혁도 아니었다. 그는 그 모든 세계에 속한 유중혁이자, 모든 세계를 부채로 짊어진 유중혁.

그렇기에 누구보다 유중혁인 유중혁이었다.

【나를 동정하는군.】

"누가 네놈 따윌……."

【내가 불행하다고 생각하는가?】

이것은 자기 자신에 대한 연민일까. 유중혁은 알 수 없었다.

그러쥔 흑천마도의 칼날이 희미하게 떨리고 있었다.

무엇을 망설이는가. 대체, 이제 와서 무얼 망설인단 말인가. 고작 녀석의 과거사 좀 들었다고…….

'은밀한 모략가'가 입을 열었다.

【알고 있는가? 네가 타고 있던 지하철 앞칸에는 모든 회차에서 죽는 소년이 있다.】

뜻밖의 물음. 유중혁의 머릿속에 자연스럽게 지하철 풍경이 떠올랐다. 첫 번째 시나리오. 그가 매번 겪어야 하는 지옥의 첫인상.

하지만 유중혁은 그런 소년에 대해서는 알지 못했다. 그런 식으로 죽어간 사람이 너무나 많았기 때문이다.

【몇 번이나 회귀하며 그 죽음을 막아보려고 했지만 막을 수 없었다.】

"……."

【어린 소년이었다. 신유승보다도, 이길영보다도 어렸지. 그런 아이가 강제로 '가치 증명'을 해야 했다. 0회차부터 1,863회차까지. 그 아이는 싸움 한 번 제대로 해보지 못하고 죽었다. 죽고, 죽고, 또 죽었다.】

유중혁은 아무런 말도 할 수 없었다.

'은밀한 모략가'가 물었다.

【1,863번을 회귀한 사람과 1,864번을 기억도 없이 죽음만을 반복한 아이 중, 어느 쪽이 더 불행하다고 생각하지?】

"그건……."

'은밀한 모략가'는 말하고 있었다.

너의 동정은 아무 의미도, 가치도 없다고.

그럼에도 유중혁은 그 말을 온전히 받아들일 수 없었다.

분명 불행의 경중을 비교하는 데는 의미가 없다.

하지만, 그렇다고 해서.

【<스타 스트림>은 모든 존재의 삶을 기승전결로 만들려고 하지. 하지만 본래 삶이란 기승전결이 아니다. 기에서도, 승에서도, 전에서도. 언제든 끝날 수 있는 부조

리한 것이지. 그러니 이곳에서 내 삶이 끝나도 이상한 일은 아니다.】

지하철의 그 소년도 저런 표정을 짓고 있었을까. 유중혁은 알지 못했다.

고요한 눈으로 자신을 바라보는 '은밀한 모략가'.

한참이나 그 눈을 들여다보던 유중혁이, 시선을 피하며 흑천마도를 내렸다.

"이번에 다시 회귀하면, 너는 또 그 아이의 죽음을 보게 되겠군."

결국 그의 흑천마도가 칼집으로 돌아가고 있었다.

잘못된 선택일 수도 있다. 그럼에도 유중혁은 결정했다.

그 선택이 의외였는지, '은밀한 모략가'는 한참이나 말이 없었다.

【너는 김독자의 영향을 너무 많이 받았다.】

"닥쳐라. 네놈 따윈 언제든 죽일 수―"

사람들의 기척이 가까워지고 있었다. 유중혁을 찾는 소리. 김독자와 한수영, 그리고 〈김독자 컴퍼니〉 일행들의 목소리.

【인정하기 어렵지만 한 가지는 확실하다. 이 세계선은 지금껏 내가 살아온 그 어떤 회차와도 다르다. 어쩌면 이 세계선에서 너희는 정말 '벽' 너머를 볼 수 있을지도 모른다.】

"……."

【하지만, 그것이 네가 원하는 결말일 거라 기대하지

는 마라. 그리고 그것이 네가 원하지 않는 결말이라 해
도—】

'은밀한 모략가'의 진언이 다시 흐릿해져갔다. 서서히 감기
는 눈꺼풀. '은밀한 모략가'가 다시 깊은 잠에 빠져드는 것이
보였다.

풀숲을 헤치고 나타난 김독자의 모습과 함께, '은밀한 모략
가'가 말을 맺었다.

【이 세계가 실패한 회차라고 생각하지는 마라.】

✠ ✠ ✠

"비치발리볼 했다니까요."

도대체 무슨 일이 있었냐는 질문에, 유미아는 그렇게 대답
했다.

"오징어도 구워 먹고, 오빠랑 비치발리볼 하면서 놀았다니
까? 혹시 못생기면 이해력도 떨어지나?"

우선 그 문장에는 틀린 점이 세 군데나 있다고 말해주고 싶
었다.

일단 여긴 바다가 아니고, 나는 그렇게 못생기지 않았고, 이
해력도…….

"뭐, 어쨌든 별일은 없었던 모양이네."

한수영이 한숨 놓았다는 듯이 중얼거렸다.

딱히 유중혁이 사고 친 흔적은 보이지 않았고, '은밀한 모략

가'도 여전히 깊은 잠에 빠져들어 있었다.

나는 '은밀한 모략가'를 'X급 페라르기니' 안에 다시 넣어두었다.

찜찜한 점이 몇 가지 있지만 지금 당장 따져 물을 계제는 아니었다.

"자자, 다들 모여요! 캠프파이어 할 거야!"

캄캄한 산의 어둠을 밝히며 야영장 모닥불이 매캐하게 피어올랐다. 어느덧 시간은 자정에 가까워졌다. 그제야 퍼뜩 떠오르는 것이 있었다.

"잠깐만요! 나 아직 시나리오 안 끝났……!"

제기랄, 유중혁 때문에 까맣게 잊고 있었는데.

머리 위에서 비유가 "바앗바앗"거리며 흥얼거리는 소리가 들려왔다.

[시나리오 제한 시간이 모두 경과했습니다!]

진짜 이렇게 죽어버리는 건가.

[서브 시나리오 - '노동자의 휴일'이 종료됐습니다!]

[당신이 해결해야 하는 불만 사항은 총 5개입니다.]

[당신이 해결한 불만은 총 1건입니다.]

[당신은 직원들의 모든 불만 사항을 해결했습니다.]

[<김독자 컴퍼니>와 관련된 새로운 설화가 발아하고 있습니다.]

어?

"하여간 넌 눈치를 땅에 흘리고 다니는 건지……."

한수영이 내 옆얼굴을 보며 중얼거렸다.

피식피식 웃는 일행들이 나를 바라보고 있었다.

순간, 일행들에게 말을 걸 때마다 돌아온 대답이 떠올랐다.

—딱히 불만 같은 거 없는데요.

그게 진짜였다고?

"여기서 너 탓할 사람 아무도 없어."

무심한 듯 울려 퍼지는 한수영의 목소리. 일행들은 말없이 화톳불을 쬐었다. 그 침묵에 담긴 마음에 나는 괜스레 울컥하고 말았다.

정희원이 한마디를 덧붙였다.

"뭐, 굳이 하고 싶은 말을 찾으라면 찾을 수는 있겠지만, 그건 '불만 사항'이 아니라……."

뜨끈한 화톳불이 눈앞에 있는데도 뒤가 으슬으슬 추워지는 것은 왜일까.

"아무튼, 모처럼 푹 쉬었네요. 누구는 제대로 못 쉰 것 같지만."

유상아의 말에 이지혜가 끼어들었다.

"근데 이제 다 끝난 거예요? 촛불 들고 울거나 롤링 페이퍼

쓰는 건 안 해요?"

"진짜 수학여행도 아니고 그런 걸 왜 해? 종이도……"

한수영의 핀잔을 들으며 잠깐 생각했다.

한수영이 써준 롤링 페이퍼…… 그거 제법 재밌을지도.

갑자기 말을 멈춘 한수영이 나를 보며 물었다.

"써주리?"

"됐어, 애들도 아니고 무슨."

"너 친구도 없었고 MT도 안 갔다며. 그런 거 받아본 적 없겠다."

이번 여행으로 내 정신력의 총량이 급감한다면 그것은 모두 한수영 때문이다.

추진력 강한 〈김독자 컴퍼니〉의 몇몇 일행은 벌써 '도깨비 보따리'를 통해 커다란 종이와 펜을 구입한 상태였다.

하여간 도깨비 자식들 이딴 걸로도 코인을 받아먹다니…….

불의 맞은편에 앉은 유중혁도 화가 난 모양이었다.

"나는 이딴 건 하지 않는다."

아무래도 화가 난 이유는 나와 다른 것 같지만.

아무튼 옹기종기 모인 일행들이 제각기 글자를 쓰는 걸 보니 감회가 새로웠다. 친구 없는 불쌍한 김독자를 위한 글짓기 모임 같았다.

그렇게 각자 종이에 자기 이름을 쓰고 돌리는 동안, 이길영이 손을 들었다.

"형, '도깨비 보따리'에서 이거 샀는데 한번 쏴봐도 돼요?"

이길영의 손에 쥐어진 장난감을 발견한 신유승이 반색했다.

"어? 그거 한강에서 사람들이 날리던 거 아냐?"

"안 그래도 그거 생각나서 샀어."

"나도 하나 쏴보자!"

"싫어. 네가 사. 2,000코인짜리란 말야."

이길영의 손에는 낙하산 헬리콥터가 쥐어져 있었다. 나도 몇 번인가 본 적 있었다. 줄을 힘껏 당겼다가 놓으면 하늘로 치솟으며 불빛을 발하는 장난감.

이길영의 장난감이 특이한 것은, 네 장의 날개가 커다란 네모의 형태를 취한다는 점이었다.

그나저나 저딴 게 2,000코인이라니.

"자, 쏜다!"

이길영이 허공을 향해 낙하산 헬리콥터를 쐈다. 그러자 순식간에 솟구친 헬리콥터가 맹렬하게 회전하며 주변을 불빛으로 물들였다. 꼭 불꽃놀이라도 하듯 밤하늘에 퍼지는 빛의 산란. 이보다 더 화려한 풍경에 익숙한 이들이었음에도, 일행들은 감탄한 표정이었다.

네모였던 헬리콥터의 날개가 빠르게 회전하며 원의 형태가 되었다.

그것은 꼭 포털처럼 보였다. 우리가 살던 세계로 통하는 포털. 이제 다시는 돌아갈 수 없지만, 분명 그 자리에 있었던 세계에 대한 향수.

허공에서 시스템 메시지가 들려온 것은 그때였다.

[화신 '이길영'이 아이템 '낙하산 헬리콥터(초대형 광학 스크린)'를
사용했습니다!]

　회전하는 헬리콥터의 날개가 점점 커지더니, 이내 스크린으
로 형태로 변하기 시작했다. 이지혜가 인상을 찌푸렸다.
　"뭐야, 저거 홀로그램 패널이었어? 여기서까지 시나리오 봐
야 돼?"
　"이길영, 너 사용설명서는 제대로 읽었어?"
　"아니 난 그냥 헬리콥터라길래……."
　이길영이 한마디하는 순간, 주변에 가벼운 지진이 일었다.
　일행들의 표정이 굳어졌다.
　"저건 또 뭔 지랄이야……."
　한수영의 말과 동시에, 일행들이 허공의 스크린을 바라보
았다.
　스크린을 보는 순간, 모두가 지진의 정체를 깨달았다. 이 지
진은 한반도의 것이 아니었다.
　광학 스크린에 아메리카 대륙이 드러나 있었다. 그리고 바
로 눈앞에서, 그 아메리카 대륙이 통째로 사라지고 있었다.
　지구의 아주 깊은 곳에서 솟아오르는 거대한 섬.
　그 섬의 출현과 함께, 미대륙이 통째로 지도에서 지워지고
있었다.

[해당 세계관의 개연성이 임계점에 도달했습니다!]

[잊힌 섬들의 융기가 시작됩니다!]

표정이 굳어진 유중혁이 조용히 중얼거렸다.

"멸망이 시작됐군."

[PART 4 - 04에서 계속]

Omniscient
Reader's
Viewpoint

전지적 독자 시점 PART 4-03

1판 1쇄 발행 2023년 9월 11일 **1판 4쇄 발행** 2024년 4월 27일
지은이 싱숑
펴낸이 박강휘
편집 박정선, 박규민 **디자인** 홍세연, 윤석진 **마케팅** 이헌영 **홍보** 반재서

발행처 김영사
주소 경기도 파주시 문발로 197(문발동) 우편번호10881
등록 1979년 5월 17일(제406-2003-036호)
주문 및 문의 전화 031)955-3200 **팩스** 031)955-3111
편집부 전화 02)3668-3291 **팩스** 02)745-4827 **전자우편** literature@gimmyoung.com
비채 블로그 blog.naver.com/viche_books **인스타그램** @drviche, @viche_editors
트위터 @vichebook
ISBN 978-89-349-6747-7 04810 **책값은 뒤표지에 있습니다.**

비채는 김영사의 문학 브랜드입니다.